U0453046

三小集

喻大翔中外文学论集

喻大翔 著

中国社会科学出版社

图书在版编目（CIP）数据

三尚集：喻大翔中外文学论集 / 喻大翔著. 北京：中国社会科学出版社，2024. 10. -- ISBN 978 - 7 - 5227 - 4354 - 7

Ⅰ. I106 - 53

中国国家版本馆 CIP 数据核字第 2024K8L853 号

出 版 人	赵剑英
责任编辑	张　玥
责任校对	李　莉
责任印制	戴　宽

出　　版	中国社会科学出版社
社　　址	北京鼓楼西大街甲 158 号
邮　　编	100720
网　　址	http://www.csspw.cn
发 行 部	010 - 84083685
门 市 部	010 - 84029450
经　　销	新华书店及其他书店
印刷装订	北京君升印刷有限公司
版　　次	2024 年 10 月第 1 版
印　　次	2024 年 10 月第 1 次印刷
开　　本	880×1230　1/32
印　　张	10.75
字　　数	243 千字
定　　价	66.00 元

凡购买中国社会科学出版社图书，如有质量问题请与本社营销中心联系调换
电话：010 - 84083683
版权所有　侵权必究

自　序

集名谓"三尚"者，尚象、尚变、尚文也。《周易·系辞上》曰："以言者尚其辞，以动者尚其变，以制器者尚其象"，吾反其序移评文学，以为十分的当甚或幽微。

余三十年前悟得：文化与文艺起于嫉妒自然，成于文化生命理想。如果将"器"理解为广义的文化产品，文学亦器也，而文学无不带象而行而游而动，无象则无所寄托，此谓"尚象"矣；文学成于人，亦成于时代，动于时分，天天月月年年而变，代际绵延，此谓"尚变"矣；子曰"言之无文，行而不远"，文学乃"文"的创造性场域，评论亦须斐然成章而后言之成理也，此谓"尚文"矣！不读而滥断，不思而乱语，不文而懒评、庸评或媚评，余警觉有年矣。

与世界华文文学相关之论说，吾另有专集《四海云》将择机出版。未收进此集的论文，包括《文学评论》《上海文论》《文艺报》等报刊上闻一多的诗论和部分作家论，共约十万字，可参旧著《灵感之门》等。

吾妻喜创作厌理论,偶尔也写一点散文;犬子非文学中人,对吾人之文字向来不屑一顾。整理出版者,自斟自饮也,饮春饮夏饮秋饮冬,四季而忽四十年矣!因自拟小诗一首曰:

> 一梦醒来四十年
> 学园沧海变桑田
> 笔追文帝寻勋业
> 何见马良不朽篇

是以自序且自慰矣。

喻大翔
甲辰年端午节于天津旅次

目录

自　序　/ 001

第一辑　文学理论

重建中国文学批评的话语权　/ 003
从沙田派的"伟大"论看文学经典的分层　/ 018
中国文学：行在的文学史　/ 033
文学与生活　/ 051
汉语象形诗探索札记　/ 055
截句、诗句与"整体生活"
　　——兼评《截句：只是诗句难成诗》　/ 066
中国散文的五大特质　/ 071
论散文的"真"　/ 085
历史与现实：形散神不散　/ 090
善谢朝花　常启夕秀
　　——大学散文教学琐谈　/ 99
短篇小说的四种情节　/ 104
《周易》中的旅居文化　/ 119

从山水、山水文学到文学山水　／128

第二辑　现当代文学

论汉语新文学的生态学叙述　／143
从两篇论文看当代文学批评的发展趋向　／167
现代诗创作论　／176
《朦胧诗精选·前记》　／218
散文：1987的随想　／220
踏遍山水塑人文
　　——大陆近二十年文史游记的兴起与发展　／231
李元洛：诗文化散文的树旗人　／245
破茧而出的散文文体家
　　——彦火散文创作综论　／265
王蒙论文三术　／283
《废都》之我见　／297

第三辑　外国文学

卢梭："自我实现"的孤独者　／303
庞德六帧
　　——用意象的心境读意象派的诗　／310
艾略特：迟暮的《普鲁弗洛克的情歌》　／329

第一辑　文学理论

重建中国文学批评的话语权

一

在梁启超和王国维之前，中国文学批评虽然是封闭的、不够系统的，但却有着深厚传统和自己的话语权。

此后，特别是五四新文化运动以来，中国文学批评在西方强势军事、政治、经济与文学等的威权之下，变得唯西方马首是瞻，从文艺思维到批评实践，被深深笼罩在西方文学批评的话语之中，杀头便冠的现象十分普遍。

2008年，时任佛光大学教授的黄维梁博士，在《北京大学学报》发表论文，认为中华学者"盲目地崇洋"，"20世纪的文学理论，中国多入而几乎没有出，出现严重的文化赤字"，他"尝试以中西文论合璧的方式，以《文心雕龙》为基础，建立一具中国特色的文论体系"，[1] 这些努力值得赞赏。在中国经济重新崛起、中华文化生机勃发、复兴中华民族成为时代使命的现在，重建哲学、美学和文学批评的中国话语权理应提上议事日

---

[1] 黄维梁：《20世纪文学理论：中国与西方》，《北京大学学报》（哲学社会科学版）2008年第3期。

程。如此，才能真正继承中华文化与中国文学批评丰厚的遗产，并有其再生与创造性发展的可能性。

从重建中国文学批评话语权来说，笔者认为须做好三大工程：一是挖掘和确立本民族文学批评的文化传统，也就是它的哲学与美学背景。从数千年积累的成果来看，如果说希腊罗马古典文化、希伯来神学文化和哥特人的能量文化造就了欧洲一系列的文学名著和特有的批评传统，那么中国的文学创作和文学批评来自儒家、道家和佛家的精神统系，并将最早的文化源头追溯到《周易》《诗经》和《楚辞》等应该是没有疑问的。二是梳理和界定自先秦以来各种文学现象、各类文学体裁、各种批评方法等一系列文学批评的名词、术语、概念和范畴，用以筑牢中华民族文学批评的特有思维方式和话语系统（当然不排除19世纪中期以后西方的哲学、美学与文学影响）。三是总结历代优秀批评家的文学批评实践，推广有普适性的文学批评方法与技巧，系统出版带有划时代意义的文学批评专著和专文，借以推动中国文学创作与批评的发展。

以上三大工程一直有人在做，但还远未达到体大思精、一劳永逸的程度。本文将在第二大工程中以狭义诗学的"格律美"与"颉颃美"为例，谈论如何发掘中国文学特有的文体创作传统与审美批评经验；提炼批评史中特有的术语、概念和范畴，以证实和发挥中华文学的民族特性与独有贡献，以及在世界文学历史进程中不可替代的话语权。

二

先讲格律诗及其格律美。由周颙、沈约、王融等发端，沈佺期、宋之问等玉成其事的近体诗，文学史上又称格律诗。所谓"格"，是指一首诗的格式与规制，包括首、联、句、拍、对仗等约定；所谓"律"，是指平仄、起收、粘对、拗救、押韵等要求。世界文学史告诉我们，以拼音文字为主的诗歌，没有一种格律比汉语的格律更严密、更技巧、更艺术，也更富有哲学之美。但格律诗到底是从哪里来的？就笔者阅读的资料看，要么有人感觉到了，但没有具体更没有深入地探究。如易学家朱伯崑断言："中国艺术所应用的对称与节奏的形式美法则，可以说都囊括在六十四卦卦象的构成之中了。"① 日本的松浦友久在《节奏的美学》一书中指出：中国五言诗"每句本身都包含奇数（阳）和偶数（阴）的对比感。即使不引用阴阳五行说和易学八卦，我们也知道对于古代——中世的中国文人来说，阴阳（奇偶）的对比感，几乎已成为生理上体质化了的平衡感"②。要么没有找到正确的答案，朱光潜说："意义的排偶和声音的对仗都发源于词赋，后来分向诗和散文两方面流灌。散文方面排偶对仗的支流到唐朝为古文运动所挡塞住，而诗方面排偶对仗的支流则到唐朝因律诗运动而大兴波澜，几夺原来词赋正流的浩荡之势。"并自信地说"这种演变的轨迹非常明显，细心追索，渊源来委便一目了然了。"③ 叶嘉莹是古诗研究专家，她在《汉魏六朝诗讲录》里说："为什么诗歌很讲究平仄的协调呢？因为一句话如果都是平声或都是仄声，读起来很不好听……而如果把平声和仄声间隔

---

① 朱伯崑主编：《易学基础教程》，九州出版社2002年版，第397页。
② ［日］松浦友久：《节奏的美学日中诗歌论》，石观海、赵德玉、赖幸泽，辽宁大学出版社1995年版，第167页。
③ 朱光潜：《诗论》，生活·读书·新知三联书店1984年版，第217页。

交叉使用，读起来就好听多了。所以后来就逐渐形成了……两种基本的平仄格律。"① 朱氏涉及文学史内部的流变；叶氏则只观察到平仄声交叉悦耳之所以然，这些都未击中其要害。

格律诗所用四声从何而来？四声又为何概括成平仄两个声调？两个声调为何要在一句诗里以拍的方式（多为两字或双声拍，如"客路""青山"，辅以一字或单声拍，如"外"）交替？联的概念缘何生发？五律和七律中对仗的观念与规则又是怎么来的？等等，据笔者近些年的研究，这些其实都与中国最古老、最权威的原典《周易》有关。南北朝的两位诗人理论家，已经透露了他们那个时代对于声律的认识，特别是从《周易》获得的神示和启发。

沈约在《答甄公论》中说："昔神农重八卦，卦无不纯，立四象，象无不象。但能作诗，无四声之患，则同诸四象。四象既立，万象生焉；四声既周，群声类焉。"这段话说得很清楚，即四声来自四象，四象来自哪里呢？当然是"太极"与《周易》了。《系辞·上》曰："易有大极，是生两仪。两仪生四象，四象生八卦。"四象被历代释义甚多，或曰阴阳刚柔；或曰金木水火；或曰东南西北；或曰青龙、白虎、玄武、朱雀等，沈约对应的是春夏秋冬。他接着说："昔周、孔所以不论四声者，正以春为阳中，德泽不偏，即平声之象；夏草木茂盛，炎炽如火，即上声之象；秋霜凝木落，去根离本，即去声之象；冬天地闭藏，万物尽收，即入声之象。"② 到了钟嵘，已经将四声概括成了平仄

---

① 叶嘉莹：《汉魏六朝诗讲录》，河北教育出版社1997年版，第68页。
② ［日］弘法大师原撰：《文镜秘府论校注》，王利器校注，中国社会科学出版社1983年版，第101—102页。

了。他在《诗品》中说曹植、刘桢、陆机与谢灵运等人才思精深，但并不知晓声律时谓："千百年中，而不闻宫商之辨，四声之论。"古今"宫商"的概念有多重所指，或泛指音乐与音律；或指五音中的二音；或指音韵中的平上去入四声；或概指诗律中的平仄二声。《中国历代文论选》注"宫商"，说"此'宫商'是四声之代用语。"[①] 这个显然不对，与后面对用的"四声"相重了，应是平仄之代用无疑。周振甫用异文"宫（商）羽之辨"，注为"指分音调高下抑扬，认为宫高声扬，羽声抑"。[②] 几近原意，这当然是指平仄两个对应的声调了。

　　王融（元长）也有类似的表述（可惜他的十卷著述都失传了，否则，诗歌声律的研究会大为不同），钟嵘《诗品序》披载："齐有王元长者，尝谓余云：'宫商与二仪俱生，自古词人不知之'。"王元长即王融，"宫商"能与"二仪"对举，当然也只能是"二"位数的两种声调。而"俱生"之说，则透出了王融等人对平仄声调与阴阳、天地、刚柔之相生相成的深刻认识。如果说，天地是可视的；那么，平仄就是可听的。这些思想、思维和认识资源，才是南北朝时期那些发明四声与平仄的根本原因。而我们来挖开这个文论的历史通道，也才流贯了格律诗与中国最古老、最重要的经典哲学、美学的源头活水。格律诗千年不衰，历朝历代都有诗人兴致盎然，奋勇挑战，绝不只是艺术形式的吸引，还有它背后隐藏的乾坤，阴阳哲学美学的巨大吸引力与思维惯性使然。

---

　　① 郭绍虞主编：《中国历代文论选》（一卷本），上海古籍出版社1979年版，第317页。
　　② 钟嵘：《诗品译注》，周振甫译注，中华书局1998年版，第28页。

自六朝至隋唐的学人将当时的中国语言分类为四声,又将四声概括为阴阳二个声调,并运用到诗歌创作中去的时候,实际上,他们已经自觉进入了《周易》哲学与美学的思维体系之中了。格律诗与《周易》思维及哲学、美学的联系是全方位的,下面只略论二端。

第一,律诗有一个很重要的规律,平仄在句内是交替的,但不是"平仄平仄平仄"这样的单声交替,如陶渊明"结庐在人境",用《平水韵》看,这个五言就是"仄平仄平仄",是典型的非律句(他的《饮酒·其五》仅有"采菊东篱下"——"仄仄｜平平｜仄"一个律句);而是双声拍(二字)和单声拍(一字)的交替,且以双声拍为主。以五言律句为例,有四个最基本的句型,前两个相对比的句型:仄仄｜平平｜仄,平平｜仄仄｜平,是二二一即双双单的平仄交替;后两个相对比的句型:平平平｜仄仄,仄仄仄｜平平,是二一二(或三二)即双单双或三(三声拍不多)双的平仄交替,这就是典型的律句,是格律诗句平仄排列与声调建构的基础。王之涣的五言绝句《登鹳雀楼》,两联四句,就是典型体现这四种律句句型的绝世名作:

  白日依山尽 仄仄｜平平｜仄
  黄河入海流 平平｜仄仄｜平
  欲穷千里目 平平平｜仄仄
  更上一层楼 仄仄仄｜平平

全诗仅仅是第二联出句(全诗第三行)的第一个字"欲"应平而仄了,但它符合"一三五不论"(五言"一三不论")的规则,不算出韵。

如果用《周易》阴阳符号来表述，以阴爻"- -"表示平；以阳爻"—"表示仄，那就与《周易》的卦象联系上了，也基本扣合上了。我们来看中孚和小过两个卦象。

六十四个卦象非常富有节奏之美。中孚卦"䷼"由下兑、上巽两个纯卦构成，从下往上读（古人阅读卦爻的习惯思维），兑卦三爻当读"阳阳｜阴"，两拍。若一爻当作一个字来看，当然可读成"仄仄平"，为二一节奏，有一个简单的仄与平的交替；巽卦三爻当读"阴｜阳阳"，也是两拍与二一节奏，是一个简单的平与仄交替。兑卦与巽卦叠合成杂卦之后，则有初九、九二、六三、六四、九五和上九计六个爻，若把它看成一个句子，无论往上读还是往下读，均是"阳阳｜阴阴｜阳阳"，转换成格律就是"仄仄｜平平｜仄仄"三拍，这是一个大交替，非常富有节奏之美。在六爻的基础上，删一个仄声就变成了五言"仄仄平平仄"；增一个平声就变成了七言"仄仄平平仄仄平"。

小过卦"䷽"是中孚卦的错卦，由下艮、上震两个纯卦构成，艮卦三爻、震卦三爻的阴阳与节奏跟上述的兑、巽二卦正好相反，但阴阳相对而相合的思维和审美格调是一致的，整个杂卦组成"阴阴｜阳阳｜阴阴"的关系，转换为律句的平仄声调，可读为"平平｜仄仄｜平平"三拍。又若将中孚和小过两个杂卦的十二爻作为一联来读，那不就是"仄仄｜平平｜仄仄，平平｜仄仄｜平平"，一个典型的六言联句或对句了（《诗经》齐风的《还》《著》等诗，无论带不带"兮"字，都应是典型的六言诗，只是后来没有成为主流而已）。《周易》所有的卦象只有六爻六行，只能构成三联，律诗则在卦象的基础上扩展成了四联,就成为八行了。沈约所说的"能达八体",不知道是不是也包含了这个意思。

尽管中孚卦和小过卦分别都是六爻或六个符号,也可以说是六言,却涵盖了单拍与双拍交替的节奏,无疑给了南北朝和初唐诗人在诗句内进行单、双声拍交替而行的创作启示,而且取得了成功,并开创了中国诗歌律化的辉煌时代。至于为何格律诗只有五七言两类句型,这无疑也与《周易》阴(双数、偶数)阳(单数、奇数)相对、相错且相属的观念紧密相关。若每句用六言或八言,都由双声双拍构成,那就没有阴阳对举、单双对转、平仄交替的哲学旨趣与审美的颉颃韵致了。但中国古诗如何从二言、四言、五言、六言发展到七言,而格律诗最后又定型在五言与七言两类经典句型上,它们是如何演进的,又与《周易》的哲学思想及其卦象美学有着怎样的深度关联,这些,需要更深入地爬罗剔抉与刮垢磨光了。

第二,谈格律诗,"联"的观念非常紧要,因与声律相关的大部分规则,都是在一联之内完成的。一联之内,出句(上句)与对句(下句)的平仄是要对立的,譬如李白的《闻王昌龄左迁龙标遥有此寄》:

  杨花落尽子规啼　平平仄仄仄平平
  闻道龙标过五溪　平仄平平仄仄平
  我寄愁心与明月　仄仄平平仄平仄
  随君直到夜郎西　平平仄仄仄平平

上面对应的抽象平仄格式,是对李白诗歌文本的标注,若完全按七言绝句平起平收的抽象格式，第一联对句的第一字"闻"应为仄声；第二联出句应为"仄仄平平平仄仄"，李白在这里有一个句内拗救，因"明"与"月"不能拆分，就用"仄平仄"代替了"平仄仄"，这些都是规则允许的。一般来说，出句仄起仄收或平起仄收者，可与对句构成"绝对"，如《登鹳雀楼》的首联；出句仄起平收或平起平收者，因一联两句尾字都是平声，就不那么"绝对"了。李白的诗，首联出句尾字"啼"是平声，对句尾字"溪"又是平声，因格式是平起平收，这两字也就不可能"绝对"了。但格律诗一联之内阴阳相应、平仄相对是必须要做到的（对仗也建立在联内平仄对立的基础上，只不过加上了词性的要求与联位的限制而已），从律拍（双声或单声）、律句（五言或七言）到律联（两联、四联或以上），是格律诗最重要的建筑单位，否则，就不能视为格律诗。

那么，联的观念来自哪里呢？当然也是沈约、王融他们指出的方向——《周易》及其卦象。《周易·说卦传》："立天之道，曰阴与阳；立地之道，曰柔与刚；立人之道，曰仁与义。兼三才而两之，故易六画而成卦；分阴分阳，迭用柔刚，故易六位而成章。"借用"兼三才而两之"的思想与方法，我们就可以将既济卦䷾与未济卦䷿各分成三联（一爻当作一个句子、两句构成一联），每一联都是阴阳相对或平仄相对了。既济卦可读成"阳阴｜阳阴｜阳阴"，当然可转换成"仄平仄平仄平"，构成三个仄平对比、对应甚至对偶句；未济卦可读成"阴阳｜阴阳｜阴阳"，也当然可转换成"平仄平仄平仄"，三个平仄对比、对应甚至对偶的句式了。这两卦或两个六言句式，减一拍或一联就成为绝句，加一拍或一联就成为律诗。如既济卦减去下面一拍，格律诗（这时要从上往下读了）就相应成了一个平起句一个仄对句（阴｜阳），再一个平出句加一个仄对句（阴｜阳）。每句以第二字为判断标准，平声为平出或平对；仄声为仄出或仄对，无论五言或七言，也无论绝句或律诗，道理都一样。只是绝句两联之间，律诗四联之间，没能体现出"联联相粘"的规则（《周易》仍有卦象表达这种联与联之间如何生成的规则，如随卦与蛊卦），这个不在我们的讨论范围之内，不详论。

格律诗的创建与发展是在一代又一代伟大人物的灵思妙悟中完成的，除了上述诸人，还应该有传译佛经的高僧以及范晔、谢朓、庾信、陆法言等人的功劳与贡献。

由此，我们可以看到，只有在《周易》的文化传统中才能产生汉语的格律诗，也只有用《周易》话语的美学思维与批评方法，才能解开格律诗的艺术奥秘。在这里，西方一切的文化批评与文学评论方法都只能失语。

三

再讲"颉颃美"，这既是一个可能成立的批评术语，也可能是一个诗学范畴，就看我们在与西方"张力"（tension）概念与理论的比较中，阐释、理解、运用的认可度与强度的大小了。20世纪40年代以来，在九叶派的推动下，由于对西方文学"新批评"派的引进，更由于英美文豪级人物艾略特（T. S. Eliot）的诗歌创作与批评的持续影响，张力理论被中国文学界广泛研究和使用，前些年甚至出现了《现代诗：语言张力论》[①] 的专著，出

[①] 参见陈仲义《现代诗：语言张力论》，长江文艺出版社2012年版。

版一年左右,北京大学中国新诗研究所专门为这本书召开了一个研讨会,据相关负责人说,这是该所成立以来第一次为一部理论著作专门召开研讨会,可见受到器重的程度。有人更赞赏"中国文学批评从未做到真正的文本的语言的批评,《张力论》给中国诗歌理论补上了'新批评'这一课"。① 我们应该肯定该书作者陈仲义一直以来对中国新诗贡献的智慧与力量,而他的研究也极富有专业精神。但从被中国文科站在前列的高等学府热捧这件事情本身可以看出,当代中国文学批评界对根植于西方文化强权的批评理论仍然有萧规曹随之态(笔者前数十年也是"张力"等西方理论的推介者,从本论文集的多篇论文就可看出来,但十年前已开始反省了),而自出、自阐、自创的文学理论与批评,自然被冷落了许多。

"颉颃"一词出自《诗经·邶风·燕燕》,第二节写道:

> 燕燕于飞,颉之颃之
> 之子于归,远于将之
> 瞻望弗及,伫立以泣

除了"颉之颃之",其他几节还用了"差池其羽""下上其音"来烘绘,当然,核心语词还是"颉颃"。《辞源》释"颉颃"义为"鸟飞上下貌""上下不定,变化莫测""不相上下,相抗衡"② 等,这三个基本义项《燕燕》都蕴含了,与《周易·乾》

---

① 新浪微博,http://blog.sina.com.cn/s/blog_4383b0cf0102ectc.html,2016年7月4日。
② "颉颃",《辞源》(修订本)(合订本1—4),商行印书馆1988年版,第1845页。

所谓"飞龙在天""或跃在渊"的立象之意有异曲同工之妙。

需要说明一点的是,"颉颃"两字在现代汉语都念阳平,失去了语音意义上的对偶之美。"颉"在中古音里(格律诗成熟时期)读入声(类似现代汉语的"泄"音,相信上海话、广东话等方言区,仍保留着这个读音,至少类似),"颃"("杭"音)为平声一直未变,这样,仅从声调言,"颉颃"一词本身就是仄平交替的。汉代张衡《归田赋》有句"交颈颉颃,关关嘤嘤";晋代陶渊明《归鸟·其二》谓"遇云颉颃,相鸣而归";南朝梁代的刘勰《文心雕龙》五十篇,只在《论说》里用了"颉颃"一词,他说:"至汉定秦、楚,辨士弭节,郦君既毙于齐镬,蒯子几入乎汉鼎。虽复陆贾籍甚,张释傅会,杜钦文辨,楼护唇舌,颉颃万乘之阶,抵噓公卿之席;并顺风以托势,莫能逆波而溯洄矣。夫说贵抚会,弛张相随,不专缓颊,亦在刀笔。"其中的"颉颃万乘之阶,抵噓公卿之席",赵仲邑白话译为"上下于万乘之主的殿阶,来往吐谈于公侯卿相的席上",三人用的还是《诗经》的初创意义。后来,清初的王夫之与清末的王国维在诗论和词论里都用过"颉颃"一词,也都是赋写其物,未继承沈约和严羽的转义。

就在刘勰创作《文心雕龙》前后,沈约第一次将"颉颃"转义,他在古风《伤胡谐之》里有"颉颃事刀笔"句,意即用上述所包含的至少三层意义与方法,来从事案头工作亦即文学创作,将该词引入了文艺领域。宋朝严羽第二次转义,其《沧浪诗话》云:"词气可颉颃,不可乖戾。"[①] 这次转义极其重要,将

[①] (清)何文焕辑:《历代诗话》(全二册),中华书局1981年版,第694页。

"词气"泛指整个诗文本的"言词声调"(《辞源》),使颉颃一词变成了既是动态的,又是静态的;既是描述的,又是形容的;既是对立的,又是统一的;既是矛盾的,又是谐和的。几乎关系诗歌从视觉到听觉,从内容到形式的一切方面,使之上升到了诗歌美学的高度。"颉颃"兼有动词、形容词和名词的功能,也包含了从动作到概念和范畴的多项能量,这与《周易》"以言乎天地之间,则备矣"的思维是一致的。

颉颃不仅有着中国文化的内生传统,较英、美现代诗论所讲的"张力"既深且广,有历代哲学、美学和诗学思想的支撑,其词语的多重属性,让它有了更多的容涵力与更强的表现力,更方便用来描述和分析所有诗歌——从古典到现代、从中国到外国、从艺术内容到形式的一切既相矛盾又相和谐的审美文本。下面,我们以下之琳的小诗《断章》为例:

> 你站在桥上看风景,
> 看风景的人在楼上看你。
>
> 明月装饰了你的窗子,
> 你装饰了别人的梦。

这是诗人写在20世纪30年代中期的一首小诗,类似格律诗中的七言绝句,但它字数不整齐,联与联之间也不相粘,况且完全不押韵,因此,辞色(字面)上一看就不是格律诗,但它确实受到了中国传统诗歌精神与格式的重大影响。

先说格式:诗有两节,类似两联;加起来刚好四行,这是不是有五绝和七绝的影子？同时，它的句子相对比较整齐，尤其第一节第二行与第二节第一行，都是9个字，加上它们各自的上下又站着8个字，颇有仪仗的味道，看上去至少像是闻一多与徐志摩提倡的新格律诗。如果说，新格律诗的建筑美、绘画美与音乐美同古典的格律诗一点关系都没有，无论如何是说不过去的。再看它的关键字，第一行第二字"站"与第二行第二字"风"；第三行第二字"月"与第四行第二字"装"，是不是都相对了（无论是《平水韵》的中古音还是《中华通韵》的现代音）？这有可能是巧合，但正是巧合，说明了作者的格律诗功底，已经潜移默化了，深入骨髓了。所以，无论从仪仗的辞色还是两节（甚至可以称为两联）关键字的对比或对立，都有着格律诗鲜明的形式美甚至《周易》的卦象之美，一句话，颉颃之美。

再说《断章》的精神内核，估计又要回到"诗无达诂"的古训了，人会各有其解，在我看来，诗虽小，意义巨大，恐怕要分层简说了。浅层：从白天与夜间两个镜头的时空转换中，写出了世事无常，最后虚无成梦；中层：人与人只可远观，不可亲近，并可延伸为爱有距离才美，也才能够想象并成为美梦，否则，情感很可能不可收拾；深层：大千世界，你中有我，我中有你，这个你我能够感应，全凭了自然美景的衬托、打扮与某种特殊的帮助；底层：恐怕要进入太极哲学与《周易》思维了。我更倾向于将太极解释为阴阳混合未开的原初，但有阴有阳，阴阳互抱与互含，却又互在，互有边缘或界限，它们一而为二，二而为一；分中有合，合中有分，宇宙里的一切都是一体的，又都是相对的：对视、对应、对立甚至对转，而中华民族最早、最重要的原典《周易》，就是探究这个颉颃的太极及其随后的对视、对应、对立甚至对转的。《断章》虽然短如绝句,但它把从太极到两仪、两仪到四象、四象到八卦、八卦到世事万物的变化,都浓缩或暗示进来了。而这一切,都建立在"你"与"看风景人";"你"与"别人";"桥"与"楼";"明月"与"窗子"(即乾与坤、天与地);还有"风景"与"梦"这些对视、对应、对立甚至对转的意象之上,并从某一个角度,揭开了或继续隐藏了极富颉颃哲学、美学甚或玄学的神秘内容。

所以笔者认为,"颉颃美学"源自中国哲学,表现于中国诗学,内藏于历代文学理论,又能够用来分析那些相对比、相对应、相对立又相谐和于一个文本形式与内容的文学艺术作品,比西方的"张力"之说,要丰富和深刻得多了。

2018年12月5日上海初稿
2024年1月5日于天津修订

从沙田派的"伟大"论看文学经典的分层

一

"沙田派"是香港当代的一个文学派别,由20世纪70—90年代,香港中文大学一群兼擅学问与创作的学者组成,因中大坐落在新界沙田而得名。1974年之前,中大已有人在教学研究之余从事文学创作,但这一年夏天,余光中从台湾师范大学英文系离职,就任中大中文系教授兼系主任,一下子就成为沙田文坛的领袖,先后组成了以余氏为首,蔡思果、梁锡华、黄维梁、黄国彬和潘铭燊等为核心的内圈;以卢玮銮(小思)、金耀基、金圣华、黄坤尧、刘创楚、伊凡等人为主的外圈。他们并没有一个明确的组织,但文人们同在一校,互相珍惜、互相呼应、互相支持,出版个集与丛书如"沙田文丛",让中文文学创作和中外文学研究在沙田的马料水山上和吐露港边风生水起,并一直影响到21世纪中文大学、整个香港乃至中文世界的文学发展。

这是一群既热衷各种文体如诗歌、散文、小说、批评和翻译创造,又悉心文学观察、交流、教育,并善于总结中外文学规律的人。当大陆刚开始进入"文化大革命",前"沙田派"的余光中在台湾就开始了什么是文学经典的探索。

1966年12月，余光中写了《谁是大诗人?》[①]一文，他从"文学史该怎么写"这个"要对读者对历史负责"的严肃问题出发，对那些"公认"或"接近公认"的"伟大"诗人提出了六个标准：第一是"影响力"，认为"一个大诗人不但左右一代风尚，抑且泽被后世"，那些模仿和效颦者，都是"一张投向伟大的选票"。第二是"独创性"，认为"伟大的作家""具有最高度的独创性"，尽管有的作品偏向形式，而有的作品突出思想。但在莎士比亚的古典诗中，形式和内容是平衡的，因而也是最为自然和高级的独创。第三是"普遍性"，包括了雅俗共赏与"异地同感"——"因为人性相通，大诗人应该是国际性的"，尽管因为翻译的问题，不同的诗人在不同的语文圈里有与名声和地位不尽相同的待遇。第四是"持久性"，认为"时间把杰作愈磨愈亮……真正的杰作非但历久不减，抑且因后代的作品不断引用它，影射它，学习它，而愈益光大"。他又觉得持久性并不等于持续性，即便大诗人的盛名，也有暂衰甚至中断的现象；他也承认，持久性这一条，不能用来评价当代的作家。第五是"博大性和深度"，前者是指诗人对人生感受的广度；后者是指他在一定范围内对人生的思考和了解的程度。有的诗人偏于前者，有的偏于后者，而"杜甫与莎士比亚，则似乎兼有博大与深邃，达到横阔与纵深的平衡"。第六是"超越性"，认为"超越性应该是大诗人的一个必要条件"，如果他不断超越，"超越古人，超越时人，超越自己"，而超越自己是最困难的，但"只有能够超越自己的作

---

① 余光中：《谁是大诗人?》，载《望乡的牧神》（蓝星丛书之五），纯文学月刊社1968年版，第71—83页。

者,才会被提名成为大诗人的候选人"。

文章依照这个标准分析了现代英美诗坛的代表性(经典)诗人与动向,并指出台湾当时的现代诗正处于一个过渡期,暗示出现大诗人还有待时日。

英国诗人艾略特(T. S. Eliot)是能使余光中发热发光式的人物,《谁是大诗人》明显受到前者《什么是经典作品》一文的影响。艾氏早于余氏三十多年提出产生经典作品的五大特征,即心智的成熟、习俗的成熟、语文的成熟、共同文体的完善和普遍性——"尽可能地表现代表本民族性格的全部情感"与"最为广泛的吸引力"[1],有一些词语和概念,如"伟大""品质""成熟""普遍性"与"莎士比亚"等,与其说来自中文词库,不如说,他是在分享和发挥艾略特关于文学经典的思想资源,只不过是用自己的母语转换过来罢了。

在赴中文大学任教的两年前,余氏另有一篇短论曰《大诗人的条件》[2],认可并概括了诗人奥登(Wystan Hugh Auden)提出的五个条件:多产、广度、深度、技巧与蜕变。有意思的是,奥登是艾略特的大弟子,五个条件里面,有三个是从师父那儿"拿来"的:"广度"与"深度"就是艾氏的第五条;而"蜕变"其实就是前三条,表述不尽相同而已。余光中描述了大诗人与次要诗人的"边缘地带",也介绍了批评家或选家的不同标准。更重要的是,他自20世纪60年代中期开始,就一直在思索文学,特

---

[1] [英]艾略特:《什么是经典作品?》,载《艾略特诗学文集》王恩衷编译,樊心民校,国际文化出版公司1989年版,第88—205页。
[2] 余光中:《大诗人的条件》,载《听听那冷雨》,纯文学出版社1974年版,第175—179页。

别是诗歌伟大与经典的问题。在沙田黄金时期的1980年，余光中写过一篇长文《缪思的左右手——诗和散文的比较》，他引用艾略特的话说："一位诗人若要写一首大诗，就必须先能掌握散文的一面"①；又认为苏轼的词虽被时人批评为往往不协韵律，"却无妨其为伟大作品"。② 他关于文学经典或伟大之思想，无疑对沙田同人发生着影响。

在《谁是大诗人？》11年之后、《大诗人的条件》5年之后，黄国彬于1977年6月发表了《论伟大》③，那年他刚刚进入香港中文大学任职。作者讨论文学作品尤其是诗成为经典或"达到伟大所必具的条件"。认为"构成伟大的因素之一是'大'，入选的作品大都是长篇钜制而不是袖珍短章"，这"是一切伟大作品的准考证"；另一个因素是"伟"，即"超凡的想象幅度……作者能往来古今，无远弗届，处理广袤无垠的时空，同时又能全面而彻底地处理人性和生命，不受此时此地所局限"，成为"澎湃磅礴的作品"；第三个最重要，是"直达灵视境界"，作者描述说："这里所指的灵视，是《神曲》最后一章的圣光。这种圣光，至明，至善，至美，众色在里面灿然相宣……一旦经这种至纯至明的光芒洗涤，就会望入至清至澄的晶空望入永恒，刹那间分享到神的睿智。"黄国彬总括说："一部作品，具备了上述三个条件，才称得上伟大。否则，充其量只能用优秀、杰出、上乘

---

① 余光中：《缪思的左右手——诗和散文的比较》，载《分水岭上》，纯文学出版社有限公司1981年版，第267页。
② 余光中：《缪思的左右手——诗和散文的比较》，载《分水岭上》，纯文学出版社有限公司1981年版，第257页。
③ 黄国彬：《论伟大》，载黄维梁编《黄国彬卷》，天地图书有限公司2016年版，第436—442页。

这类词语来形容。"

之所以强调黄氏文章在余氏之后,并受到启发,至少有两点可供考索:一是关于"灵视"这个词。余光中在1964年5月写过一篇《从灵视主义出发》①,是一篇主张现代绘画回到东方古典传统的艺术哲学宣言。他认为"灵视主义"在手法上是二元的,在精神上是古典的,"在一切纷扰之后,古典的坚定和静观是何等的可靠!""我们理想的作品,是永恒的结晶,不是瞬间的爆发;是秩序的建筑,不是混乱的追逐。"虽然,余氏"灵视主义"译自英文为"Clairvoyancism",而黄氏的"灵视"所据英文为"Vision"(许多人译作"视境"),但"灵视"的中文表述,余氏在黄氏之前十三年是不争的事实。在阐释角度上,余氏虽多来自佛老哲学,黄氏多来自基督圣训,但深入内核的表述有相近相同之处,比如澄静、比如依模古典、比如永恒之境,等等。二是两人都提到杜甫的组诗《秋兴》。余光中谈到雅俗共赏时说:"有时同属一人作品,读者的反映却互异,《兵车行》应该是雅俗共赏的,《秋兴八首》就不尽然了。"②黄国彬在上文中用自己的经验作了诠释:"读中学时仍不怎么喜欢《秋兴》,现在却对这组诗爱不惜手。"③还有其他用语上的"师承"关系,就不再列举了。

越三年,1981年5月,黄维梁在中文大学写了一篇随笔式

---

① 余光中:《从灵视主义出发》,载《逍遥游》,时报文化出版事业有限公司1984年版。
② 余光中:《谁是大诗人》,载《望乡的牧神》(蓝星丛书之五)纯文学月刊社1968年版,第76页。
③ 黄国彬:《论伟大》,载黄维梁编《黄国彬卷》,天地图书有限公司2016年版,第440页。

短论《伟大和卑劣》①,先从两个极点评述两种类型的作品及作家:

> 反映时代社会的真实,探索深沉而永恒的人性,有悲天悯人之心,具民胞物与之怀,视野宏大,气魄雄伟,文字炉火纯青,技巧高明超卓,使人读来有登高望远、境界独辟之感,这样的作品是伟大的。《红楼梦》、《战争与和平》等是公认的伟大作品。写出这样子作品的人,是伟大的作家。有的作品,单篇而论,成就未臻此境,但多篇合起来就有这样的规模;写出这样子作品的人——如杜甫——也是伟大的作家。歪曲现实,扭曲人性,诲淫诲盗诲暴力诲损人利己主义,文字拙劣,技巧粗糙,这样的作品是卑劣的。写出这样子作品的人,是卑劣的作家。

作者从内容(前两句)、作家心理(三四句)、风格(五六句)、文字艺术(七八句)、读者接受之美(再连着两句)数个角度,构列了经典作品几个维度的内外"标准",应该说,比起余光中主要关注作家与作品,黄国彬专注对"伟大"一词的描述,黄维梁更加全面、更加富有理论性与系统性,也更具有中国文化与文学精神。而且,后者不再只是论诗或主要放在诗歌一体上,而是放宽至所有的作家,"把作家的类型和评价分成两大类:一是伟大的,一是卑劣的",这就在文学文体的经典性上不再留下空白。所以,黄维梁列举的文本,既有小说,又有诗歌。当

---

① 黄维梁:《伟大和卑劣》,载《大学小品》(黄维梁主编"沙田文丛"之三),香江出版公司1985年版,第40—41页。

然，前两位沙田同人对经典的认识，无疑也为他的综括性论述注入了营养——像他们三人"不约而同"对杜甫的推崇；像"视野""雄伟""永恒""境界""超卓"这些词语的标举，使他的思路、眼界和标准，与余光中和黄国彬自觉地形成了"圈中人"——他们在平时宴游或朋友聚会时所惯称的"沙田帮"。

相对于大陆学术界直到21世纪前后才开始关注文学经典问题①，沙田派要早出数十年之久了。

二

文学及诗歌的"伟大"应该就是最高的经典。但余光中在论证诗歌的"独创性""博大性"与"深度"；黄国彬在描述"优秀""杰出""上乘"与"伟大"的不同时，都为经典的"相对性"留下了余地。黄维梁亦如此，他在《伟大与卑劣》一文的最后说："在伟大与卑劣之间，作家的类型和评价，是一个长长的光谱，分析这个光谱是艰巨的工作。"其实，艾略特早就说了，"某种文学没有一个完全经典的作家或者时期，或者像英国文学那样，相对而言最符合经典定义的时期并不是最伟大的时期"②，文学经典，无论是"公认"还是"我以为"，其实都不是绝对的。本文无力也无意辨识世界范围内有哪些作家站在伟大与卑劣的通道上，但上述数家对"经典"的犹豫或宽容，意味着经典是有层次的，也给我们指出了为经典分层的可能性。有了这

---

① 黄曼君：《中国现代文学经典的诞生与延传》，《中国社会科学》2004年第3期。

② ［英］艾略特：《什么是经典作品?》，载《艾略特诗学文集》王恩衷编译，樊心民校，国际文化出版公司1989年版，第189页。

种认识并赋予分析的方法，我想，关于经典的很多争议就可以理解、容忍甚至搁置起来了。

我们至少可以为世界范围内的文学经典拟定两种标准：一种是横向标准，可称为文学要素标准，如语言经典（文言与白话、中文与外文等）、文体经典（四大文学体裁）、主题经典（童心、怀乡、人生观、政治与时潮）和题材经典（农村、城市、历史、军事、科幻）等。这些可以单独衡估，也可以总体性评价。

先讨论语言经典的一些问题。戊戌维新及此后，中国人的口语尤其是书面语发生了很大改变，概括说就是从文言变成了白话；从单字节奏变成了复字（词语）节奏；从繁体字变成了简体字；从士人化变成了平民化。如此一来，以白话为书面语的中国文学，从作家的感觉、心理酝酿、叙述抒情、构成文本、发表传播，一直到读者阅读与批评，与古典的文言作品形成了两个相对照、相比较和相颉颃的艺术系统，发展到一定历史阶段，有时甚至出现了相排斥的尴尬。文言作品创作与积累达三千年（以《周易》为起点）之久，而白话文学不过一百年（以胡适的新诗为起点）。先不说经过数千年的淘洗与反复认定，文言经典已大体确立，而白话经典仍在被时间不断判别和确认的过程当中；即便是从承载作品语体（其实是最基础、最重要）发展这一端而论，文言仍在发生作用，甚至仍在演化；而白话仍在磨合仍没有成熟，更不能说到达巅峰。这一百年的新文学作品，仅从语体及其表现能量的角度来衡量，我们就不能给予太高的评价，对经典尤其是用文言经典三千年的漫长历程来检验、磨洗与认定，就不能过于乐观。至少，评价文言经典与白话经典的标准，也不能完全用一个模子。如果以为现代社会进步了、民主了、自由了、白话了,因此也可以随心所欲了,在一个几乎完全开放的世界文化环境中,人们更喜爱白话或当代作品了,那是相当危险也相当不切实际的。

一个显然的例子是李白的《静夜思》。你不能说它是白话诗,更不能说它是新诗,它必须是古诗,一首文言诗,因为它创生在古代、在古文大行其道的时代,有集中的内容和精练的形式——它是一首五言古风,不讲整体的粘对规则,但首联上句平多,下句仄多,总体是平衡的;次联没有整体的对仗,但却是漂亮的对比结构,而"思故乡"与"望明月"对得天衣无缝。此外,每句的二、三节奏,押下平声七阳的韵部,都极和谐而有情味,将夜间之景物与心中之思念作了非常自然的融合。李白不是不会写五言绝句,他很年轻时候创作的《夜宿山寺》,就是一首平起仄收且有拗救的好诗。他的近体诗艺一点也不逊于杜甫与王维,只是由于他的性格和审美理想,将大部分才能贡献给了更随意、更放达、更豪迈、更无拘无束的古风,《静夜思》也成了家喻户晓的代表作之一。只不过,它散中有整、整中有散,更口语化一些,更散文化一些罢了。此外,更重要的是,它是唐人的诗,盛唐的诗,又是李白的诗,中国第一诗人的诗(至少在相当一部分古人和今人看来);人们一般疑今崇古,中国人更是这样(现在所说的"中华民族伟大复兴",如同一理)。在文学领域,人们不仅仅是崇拜古人的古诗,更崇拜那个辉煌时代的文化、文化中的人格、人格中的文学创作;还有,人们更相信第一个筚路蓝缕的人,也就是相信首创者的创作,如果后面的人作品差强人意,那根本就不屑一顾。《静夜思》应该都符合这些历史的、文化的、文学的条件,更重要的是,还有审美心理上的民族情结。

其实,"低头思故乡"并不怎么文言,也不怎么深奥,但它上面的一行与之形成了诗意的颉颃(首联也是一天一地,形成对比和相似性联想):举头是自然的,低头是人文的;头上望见的是可读的、明亮的、温暖的;地上思念的是不可及的、空茫的、牵挂的。一天一人,一望一思,就这么相当直白地点破了中国人发现与积淀了几千年的天人关系、月圆情结;且将特定时间、特定风俗的一个旅人心中的无限寂寥与苍凉("霜"),被无限地放大了,成为了自李白之后,背井离乡的中国人,第一首聊以自慰的经典作品——不,无限的精神支柱。你说它不"大"吗?不"伟大"吗?不"经典"吗?有哪一部长诗、长篇小说比二十字的《静夜思》更深入人心与民心——民族之心?!一千多年来,多少游子在吟诵这首诗?多少儿童在随唱这首诗?多少课堂在教习这首诗?它的古今相通、雅俗共赏、无远弗届——一直到亚、欧、美、非之海外,真正展示了一首经典作品的力量与永恒之美。

五四以来,写思乡的新诗也已经很多了,著名者如余光中的《乡愁》与彭邦桢的《月之故乡》,两者都被誉为"新格律诗",被大陆的不少选集选载,且都被中央级的电视台与电台朗诵过、广播过。前者四节,每节结构、诗行与字数(88字)完全相同,因曾被温家宝同志引用,在大陆几乎家喻户晓,已成为当代汉诗中的名篇,也可以说是当代新诗经典。《月之故乡》三节,54字,也是相当严整的小型新诗:

天上一个月亮
水里一个月亮

天上的月亮在水里

　　水里的月亮在天上

　　低头看水里

　　抬头看天上

　　看月亮，思故乡

　　　一个在水里

　　　一个在天上

这首诗四个意象：月亮、天上、水里和故乡，不断交换、不断反复，有点像音乐中的回旋结构，当然也有古典回文诗的意味，纯净而简单，因此易于流传；相对于《乡愁》，《月之故乡》更接近《静夜思》的情境（"低头"与"抬头"）、意象、节奏与境界，但事实上，它并没有流传开来，在大陆文坛、乐坛、艺坛出现的频率，甚至还不如《乡愁》！为什么？为什么这两首相当出名、出镜的诗歌，在当代的华人世界仍不能与《静夜思》竞争？除了《乡愁》的"地方气"（艾略特语）局限——"我在这头/大陆在那头"——使它在表达两岸之分离之思念时特别有意义；除了《月之故乡》多少有袭用李白意象与动作之嫌，它们都还是太白了、太长了，太难记忆了！有现成的《静夜思》表达千古之幽情，又那么无须硬背，张口即诵，还要费心去背记那两首三节和四节的诗吗？何况，那两诗不是在任何一种情境里都管用！《静夜思》呢？只要你离别父母、告别家乡，百里、千里、万里，它就是中华游子永存永在永恒的故乡——无论唐朝之前还是唐朝之后。

文学是文化与自然的结晶，是人的精神用特定民族语言形象化的表达。近代以来，中国读者将意大利文的《神曲》、英文的《哈姆雷特》与《罗密欧与朱丽叶》、德文的《浮士德》、俄文的《战争与和平》和法文的《包法利夫人》等，视为外语文学甚至世界文学的经典，但外国读者也将中文文学的《诗经》《庄子》《楚辞》《史记》《李白全集》《杜甫全集》《苏轼全集》《红楼梦》《鲁迅全集》和《红高粱》等，都视为外语文学经典吗？这很值得怀疑，事实上也不是，且很难有相等的标准与对待。这里面除了政治体制和意识形态的障碍，更多是文化、历史和语言的问题。与之有关的翻译和欣赏的问题，会对不同国家和民族的文学作品，持有不同的眼光与标准［我可以坦率地说，读了美国作家菲茨杰拉德（Fitzgerald）中文译本《了不起的盖茨比》，无论人物形象、主题开掘还是艺术表现，都是相当平淡的作品，更谈不上经典］。这个问题只可能在某个历史或文化阶段得到缓解和一定程度的理解，想根本解决是不太可能的。否则，语言的差异没有了，文化的差异没有了，民族和习俗也没有了，文学与经典也就消失了。我以为，文学的一切问题都可放在语言这个焦点上来平衡，从语言看意象、看形象、看情节、看结构、看艺术；也可看心理、看社会、看政治、看时代、看文化，看文学经典的内部因素和外部因素。语言几乎是文学的唯一，也是文学的一切。

如果从总体性角度来评价，《静夜思》既是语言的文言；又是文体的诗歌；也是主题的怀乡；还是题材的游子、异乡客、流人；等等。如果它不是所有文学中的经典，那至少也是文体经典——诗歌中的诗歌。当然，并不是所有诗歌或其他文本的经典横向要素都这么平衡,突出其中两三个要素是常见的。

另一种是纵向标准,可称为时间空间标准,如个人经典、时代经典、国家经典、世界经典等,同样可以单独衡估,也可以总体性评价。一般说来,达到了世界经典层面的文本,就是伟大的作品,前面三个层面应该说也就达到了,这是不证自明的。但反过来却不一定,某个民族某个时期的大多数作品都证实着这种"不一定"。如钱钟书的长篇小说《围城》,作为钱氏的个人代表作是没有问题的,但要作为那个时代的代表性文本恐怕勉强,因为无论从题材还是主题,都不能反映那个时代人们的核心关切与主流倾向,也就是时代精神。小说在这儿缺环了,再往上升华到国家与世界性经典,就很困难。与此相应,个人经典与时代经典不一定是国家经典;而国家经典也不一定是世界经典,比如《林海雪原》《青春之歌》《红岩》这几部长篇小说,作为个人、时代甚至国家主流文学的红色经典,这些应该问题不大,但要成为世界经典、被资本主义世界或非社会主义体制下的广大读者所接受,就不太容易,除非将来世界政治体制格局有一个大逆袭,资本主义制度的国家成为少数派,人们对中国革命英雄人物充满崇拜,且维持一个相当长的历史阶段,那它们在全球的经典地位才有建立的可能性。

这套纵向的经典标准还有更复杂的情形:个人的作品一般不可能全部成为经典,即便只有两首诗歌传世的张若虚,《代答闺梦还》被文学史遗忘了,而《春江花月夜》不断传下来,还被清人王闿运赞其"孤篇横绝"(但这首古诗直到明代才被诗论家胡应麟关注,此前从唐至元的一千多年竟然被诗坛和文坛的各种势力、傲慢与偏见遗弃了——足见真正的文学经典需要等待，有时甚至很漫长，当然还需要知音）。毕生只写下一部长篇的曹雪芹，却让《红楼梦》成为中国文学和世界文学无可替代的伟大经典。

而时代与国家经典也不一定是个人经典，如鲁迅的杂文，一般选本大多会录《灯下漫笔》《记念刘和珍君》《为了忘却的记念》《再论雷峰塔的倒掉》和《死》[①]诸篇，自然也视作鲁迅杂文的经典。但在我看来，他作于1918年的《生命的路》，虽然篇幅不长，只有400字左右，却是最富有普遍性与民族性、具有中华民族生生不息文化品质的"鸿篇"（虽非巨制）；也是理解那一代知识分子为了复兴中华文明、为了人类进步不惜牺牲；探究鲁迅本人为何弃医从文，并为了自己的生命理想负重前行的"勇士"精神的重要代表作，当然应视作鲁迅杂文的经典，也是整个20世纪不能被忽略的中国知识分子的文化宣言。从艺术角度讲，也极能代表鲁迅洗练、隽锐、明亮、刚勇的风格。不幸的是，这篇杂文很少被史家和选家看中，因此也被忽略或遗忘在《新青年》的册页里。

沙田派几位重要作家和理论家的"伟大论"，其实就是文学经典的标准研究，已经或继续在对21世纪的中国文学发生着影响。中国自《诗经》以来的文学走过数千年了，但传统文学或

---

① 由中国社会科学院文学研究所现代文学研究室编、人民文学出版社从1982年8月起陆续出版的《中国现代散文选》，计七大卷，第一卷选编鲁迅散文25篇（为七卷书里收录篇目最多的）：《随感录（三六）》《随感录（五七）现在的屠杀者》《秋夜》《希望》《雪》《风筝》《再论雷峰塔的倒掉》《好的故事》《灯下漫笔》《这样的战士》《聪明人和傻子和奴才》《记念刘和珍君》《淡淡的血痕中》《从百草园到三味书屋》《藤野先生》《范爱农》《野草·题辞》《为了忘却的纪念》《忆韦素园君》《忆刘半农君》《病后杂谈》《白莽作〈孩儿塔〉序》《死》《女吊》《关于太炎先生二三事》。

古典文学并没有结束，一代一代的作者与读者不断在检验着过去的文学成果，也期待着这些成果奠基着、酝酿着、创造着人类伟大的杰作。

2024 年 1 月 8 日定稿于天津龙凤河畔

中国文学：行在的文学史

人是宇宙里天生的漫游者。自古以来，中国文学家就是用双脚、大脑和文字旅行的人。没有旅，没有游，没有"行"，没有"在"，几乎就没有中国文学及后来衍生而出的世界华文文学。

这篇文章主要讲三个关键词，以揭示"行在"在中国文学及世界华文文学史上的重要性。

一　行在

笔者感到，在当代生活与学术中，无论人的内部情思还是外部行为，有一种待语现象：就是现有的常用语无法表述情思与行为的丰富性，不少时候语言显得单调、苍白甚至无能为力，思维和行动陷入一种难以表达或不能表达的窘境，总期待着用新的符号来进行最恰当的陈述。解决的办法除了调用民间土语，借用外来词，造新字新词，就是重新激活沉睡了的古汉语字词，以真正建立一个"无话不说"的语用世界。

而"行在"这个词就是需要被激活的。

"行在"是什么意思呢？《辞源》和《辞海》所释之义大体

相近。《辞海》说：

> 本作"行在所"。古代封建皇帝所在的地方。《汉书·武帝纪》："举独行之君子，征诣行在所。"此指长安。《后汉书·光武帝纪上》："更始遣侍御史持节立光武为萧王，悉令罢兵诣行在所。"此指洛阳。与前皆指京师，后专指皇帝行幸所至地方。杜甫《避地》诗："行在仅闻信，此生随所遭。"指灵武，时唐肃宗在此即位。南宋称临安为行在，这是不忘旧都汴梁而以临安为行都之意。①

"行在"原是一个名词，且"专指皇帝行幸所至地方"。后来皇帝没了，诗文里的"行在"几不可见。一个与人、与帝王相关的词存在了数千年，就因"专指"的缘故，说停就停掉了吗？2005年9月在中国香港举行的首届"世界华文旅游文学征文奖"，内地作者任田荣膺冠军的散文，题为《行在四季人间》。她说："读了那么多年中国文字，最喜欢的莫过于两个字：行在。行在交子会，是指钱的流通；行在水云间，则是人的逍遥。"②

"行在"二字，一经转性，一经激活，让我大为震动。窃以为比"行期""行将""行囊""行装""行箧""行色""行走""行进""行脚""行踪""行迹""行程""行去""行船""行车""行到""行宫""行动""行为""行草""行藏""行道"

---

① 《辞海》（艺术分册），上海辞书出版社1980年版，第796页。
② 任田：《行在四季人间》，载《旅游文学的百花园·世界华文旅游文学征文奖作品集》，明报出版社2005年版，第1页。

"行旅""旅行""步行""游行""飞行",等等。带"行"的词语,要丰富和复杂得多,能够囊括以上一切词语所表达的举止和意义——"行在"不仅是静态的,还是动态的;不仅是日常的与文学的,还是思辨的与哲学的。

"行"是动词,主观的,乃人的肢体在意志支配下,借助一定的条件,与自然、人及其场景发生特定关系的行为,在语境里当然是人为的,无论主动还是被动。"在",《辞源》的第一义项就是"存在,生存",以后有"居于,处于",还有"审察,观察",连词、介词之用在最末①。英文的 exist,也指"存在"与"生活"。existence,既指生存、生活方式,又指实体与万物,这就有名词的性质了。所以,"在"既是主观的,又是客观的。说主观,当然是"行者"的"在",我在,你在和他(她)在,大家在;说客观,"在"是宇宙,是大千世界,也是人类创造的一切在世物(广义的文化产品),包括皇帝的行在所,当然也包括我们在探究的旅游文学作品和研究行为本身。这样说,人的旅游,就是"行"于"在"中;人的文化活动,就是"学"于、"教"于、"做"于或"研"于"在"中,这都是广义的"行"。因为"行",人有创造的可能;因为"在",人才有创造的条件和创造的成果。如此一来,人类有了对自然和社会的行在(最广义的旅游),才有了文学活动的行在,才有了旅游文学活动的种种行在。

接下来,人何时开始"行在"了呢,何时有了行在的中国文学呢?前一个问题与本文主旨关系不大,但我们似乎可以大胆

---

① 参见《辞源》(修订本)(1—4 合订本),商务印书馆1988年版,第320页。

地说,地球上一有了人,"行在"的彩色图谱就开始描画了。后一个问题,既是本文研究的重要前提,也是我们重点探讨的文学史实。

二　百分之五十

笔者有一个粗略估计,几千年以来的中国文学或华文文学,百分之五十以上的作品与作者的行在直接有关,按文学界的约定俗成,我们就称这些文本为旅游文学。可以说,没有行在,就没有旅游文学,也没有数千年沿袭下来的中国文学或世界华文文学;那些名垂千秋的文学大家,也就不复存在。行在的人生,带来行在的文化和行在的文学,也构建了行在的文学史。

下面,笔者通过一组统计数据,来证明行在及由此创生的文学,在整个中华文学史中的分量和重要性。这组数据的统计是这样设定的。

①从古代至当代,以至港台海外华文文学,这是时间和空间上的一个兼顾。

②强调了重要时代的重要作家,尤其是突出了文学史上的大家或大师。

③文体以经、子、集为主("史"不是有意忽略的),并偏重诗歌(广义)与散文(因为二者是旅游文学的主要载体),但力争回避可称为旅游文学的专书(开创者除外)。

④这些数据是根据郭少棠著作《旅行:跨文化想像》中关于旅行的三个层次,并由此带来三种类型的作品统计而成的。郭氏认为:"旅行的三个层次是:'旅游',指观光娱乐旅行;'行游',指非观光娱乐旅行;'神游',指精神旅行、想象旅行、网

络旅行和生死之旅。"① 换句话说，这三种类型的旅游文学作品，都在本文的统计范围之内。

1. 《诗经》

粗略统计，《诗经》的旅游诗或与旅游有关的诗七十二首，约占全书四分之一。

《诗经》的《国风》，许多诗都与行在相涉，如《周南》的《葛覃》《卷耳》《芣苢》；《召南》的《采蘋》《驺虞》；《秦风》的《小戎》《蒹葭》等。《卫风》成绩最好，如《考槃》《竹竿》与《河广》等，是非常成熟的旅游诗。《竹竿》直书"驾言出游"，相信给后世的文人或浪迹者"有行"（也可说是"行在"）出一片诗才的天空。《考槃》则被程俊英说成"一首描写独善其身生活的诗，可能是隐逸诗之宗"②。

我们来看历代读者熟悉的《周南·关雎》：

> 关关雎鸠，在河之洲。窈窕淑女，君子好逑。
> 参差荇菜，左右流之。窈窕淑女，寤寐求之。
> 求之不得，寤寐思服。悠哉悠哉，辗转反侧。
> 参差荇菜，左右采之。窈窕淑女，琴瑟友之。
> 参差荇菜，左右芼之。窈窕淑女，钟鼓乐之。

第二节转到第三节非常重要：美女追不到，只好在醒中思梦中想，"辗转反侧"，备受煎熬。后面两节就是纯粹的梦境了，与女子成为朋友，进而结为夫妻。这是典型的单相思。真是人

---

① 郭少棠：《旅行：跨文化想像》，北京大学出版社 2005 年版，第 35 页。
② 程俊英译注：《诗经译注》，上海古籍出版社 1985 年版，第 102 页。

不如鸟,哪像雎鸠,可以自由自在、成双成对啊!根据郭少棠《旅行:跨文化想像》的分类,这首《关雎》,应是行游和神游结合得很好的作品。行游建立在现实的情境中,现实的"淑女"求而不得,就只好寄托于日思夜想的神游了,神游更加痴迷动人。

2.《尚书》

《尚书》收文五十多篇,无论片段还是完形,与旅游有关的有二十六篇,占全书百分之五十左右。学术界的评价,多认为是中国古代散文的萌芽之作,要么说"我国最古老的文章汇编","在情感的表达上,其实是朴素而简要的","标志着散文在当时得到了进一步的发展"①;要么说"开辟了古代散文创作的先河","为后世散文创作奠定了基础"②。这些判断有合理性,但也未免大而化之了。从旅游散文的角度看,《尚书》也应该是中国游记作品的发源地。尤其《虞夏书·禹贡》一篇,不但是地理著作③,更是一篇完整的古典游记,无论从自然地理、人文地理角度,还是从文体学角度来说,它都是一篇以行游为主、兼具神游色彩的游记巨作,在旅游散文文体上具有划时代的开创意义。

---

① 章培恒、骆玉明主编:《中国文学史》(全三册),复旦大学出版社1996年版,第107页。
② 江灏、钱宗武译注,周秉钧审校:《今古文尚书全译》,贵州人民出版社1990年版,"前言"第2—3页。
③ 江灏、钱宗武译注,周秉钧审校:《今古文尚书全译》的《禹贡·题解》说:本篇"是我国最早、最有价值的地理著作。自此以后,《汉书·地理志》《水经注》等历代地理专著都无一不以《禹贡》为依据",第69页。

《禹贡》曰：

> 禹别九州，随山浚川，任土作贡。
> ……
> 岷山导江，东别为沱，又东至于澧；过九江，至于东陵，东迆北，会于汇；东为中江，入于海……

大意是说：大禹划定九州的疆界，标记大山，疏通河道，根据土地的出产制定贡赋的等级；又从岷山导长江一直入洞庭进大海……多么披荆斩棘，多么大气磅礴，又多么任重道远。其文字如土如石如山，扎实简朴而不可随便移异。除了可考察，可农用，为何不可欣赏？

3.《周王游行记》

《穆天子传》虽然不是每卷文学性都很强，却是我国最古老的游记专书。原有五卷，今本《穆天子传》共有六卷，是原五卷加《周穆王美人盛姬死事》一卷的合集。该书主要是记述周穆王（据"夏商周断代工程"，穆王在位是前976—前922，共54年）西行，约经二年，巡狩了今日新疆的和田、于田与中亚、西亚等地区。

刘德谦介绍，现今传本所称的《穆天子传》，是西晋咸宁、太康年间（280—289），在汲郡地方（今河南汲县附近），被一个叫不准的人盗掘出来的，那是战国时的魏襄王墓。

今本《穆天子传汇校集释》，王贻梁等编著，华东师范大学出版社，1994年4月第1版，有六千六百二十二字。加上标题和缺字的囗，不足七千字。

刘德谦认为,"它的存在迄今已近 3000 年了,即使退一步依了某些疑古学者的怀疑说,把它看作穆王死后的追记或更晚一些时候的补记,它的存在至迟也在魏襄王埋葬之前。亦即距今 2300 余年前"[①]。

卷三有一节云:

> 辛丑。天子渴于沙衍(沙中无水泉),求饮未至。七萃之士曰高奔戎刺其左骖之颈,取其清血以饮天子(今西方羌胡刺马咽取血饮,渴亦愈)。天子美之,乃赐奔戎佩玉一只,奔戎再拜稽首。天子乃遂南征。

——此则记载周穆王在沙漠中无水可饮,随从只得刺马而取血,以解天子之渴。

卷二有一节云:

> 庚戌,天子西征,至于玄池。天子三日休于玄池之上,乃奏广乐(《辞源》谓"传说天上的一种乐曲"),三日而终,是曰乐池(因改名为乐池,犹汉武改桐乡为闻喜之类)。天子乃树之竹(种竹池边),是曰竹林(竹本盛者为林)。

——周穆王游于玄池且因地植竹,虽与西地沙多树少有关,但却是古代帝王自觉的环保意识与行动,殊为难得。

《周王游行记》一书具有了真实的主体、时间,尤其是为何

---

① 刘德谦:《中国旅游文学新论》,中国旅游出版社 1997 年版,第 29 页。

而行，所行何在，而所记内容在一定程度上是可以查究的，有纪实性文学散文的特征。

4.《山海经》

《辞海》说，有十四篇成于战国，其后有晚于汉代的作品，最早提及的是司马迁的《史记》。汉学家希勒格说："中国书籍中有《山海经》，世界上最古之旅行指南也。"①

如《山海经·山经（卷二）·西山经》一节：

> 又西北四百二十里，曰崒（音密）山，其上多丹木，员叶而赤茎，黄华而赤实，其味如饴，食之不饥。丹水出焉，西流注于稷泽，其中多白玉。是有玉膏，其原沸沸汤汤，黄帝是食是飨。是生玄玉。玉膏所出，以灌丹木，丹木五岁，五色乃清，五味乃馨。黄帝乃取崒山之玉荣，而投之钟山之阳。瑾瑜之玉为良，坚粟精密，浊泽有而光。五色发作，以和柔刚。天地鬼神，是食是飨；君子服之，以御不祥。自崒山至于钟山，四百六十里，其间尽泽也。是多奇鸟、怪兽、奇鱼，皆异物焉。

方位、地名、动植物、水源、矿产、传说，甚至有哲学"以和柔刚"的议论，说是早期带神游色彩的游记文本恐不为过。

5.《李白诗选》复旦大学中文系古典文学教研组选注，人民文学出版社，1977年11月北京第2版。

全书分"编年"和"不编年"两部分。前者收诗作一百七

---

① ［荷兰］希勒格：《中国史乘中未详诸国考证》，冯承钧译，台湾商务印书馆1928年版，第7页。

十六首，后者收诗作六十六首，旅游诗或与旅游有关的诗作共占一百六十八首，与旅游完全无关的诗只有八首，这个比例是相当惊人的。李白继承了楚歌与楚辞奇崛、瑰丽、浪漫与豪放的传统，一生漫游、浪游或云游，写下了许多重要甚至伟大的诗篇，是中国诗河里昂然拔起又飞流直泻的巨石大瀑。要是没有李白，中国诗的潇洒、阳刚、放达之美，很可能还停留在梦想的阶段。而笔者不无根据地说，正是他的旅游、行游和神游诗作，成就了一代诗仙，成就了一座唐朝，也成就了一个诗国。

旅游诗如早期的五古《登锦城散花楼》：

> 日照锦城头，朝光散花楼。
> 金窗夹绣户，珠箔悬琼钩。
> 飞梯绿云中，极目散我忧。
> 暮雨向三峡，春江绕双流。
> 今来一登望，如上九天游。

行游诗如长达六十三行的古风《忆旧游寄谯郡元参军》，在叙述与挚友四次聚散的过程中，透露了诗人的抱负、才华与性情。"五月相呼渡太行，摧轮不道羊肠苦""黄金白璧买歌笑，一醉累月轻王侯"。诗人不是观景，而是入境，"行来北凉岁月深"的北地生存经验，不只是乐而旅、行而乐所能描述的。

神游诗如《忆东山·其一》：

> 不向东山久，蔷薇几度花。

> 白云还自散，明月落谁家。

他倾慕隐居的谢安，当然也倾慕那里自开的蔷薇、潇洒的白云和清悠的明月。他去过上虞的东山吗？至少现在远离东山，一种归隐的白日梦。

李白还创作了许多旅游中有神游，行游中有神游，甚至旅游、行游和神游结合在一起，令人气荡心驰的诗作，如《登太白峰》《行路难》《梦游天姥吟留别》等。我们再读一首行游兼神游的名诗《闻王昌龄左迁龙标遥有此寄》：

> 杨花落尽子规啼，闻道龙标过五溪。
> 我寄愁心与明月，随君直到夜郎西。

把既在的、想在的和将在的主客体情境画在一幅诗意里，大千世界中的人之旅、诗之旅表现得恩恩切切，浪漫动人。而这一切都得益于诗人李白的行在，得益于他行在的诗章。

得益于李白之行在的诗人如同时代的王昌龄、高适、杜甫，此后的岑参、李益、韩愈、白居易、李贺、许浑、苏轼、黄庭坚、陆游、文天祥、龚自珍、郭沫若、余光中等，哪一代诗人能躲过他的月影飞瀑……

6.《杜甫诗选注》，萧涤非选注，人民文学出版社，1979年6月北京第1版。

该书选注了二百七十九首诗歌，与行在有关的有二百三十八首，占比百分之八十五点三。杜甫是中国古代另一座诗歌的丰碑，虽然他的诗风与李白相比有很大不同，但他得益于"满目悲生事，因人作远游"① 的行游生涯是没有疑问的。无论自言还是代人立言，他的那些代表作如"三吏""三别"；《望岳》《赠李白》《兵车行》《丽人行》《自京赴奉先县咏怀五百字》《春望》《乾元中寓居同谷县作歌七首》《闻官军收河南河北》《秋兴八首》《壮游》《登高》《登岳阳楼》等，无一不是行在和行游的结晶。文学史上一直称杜诗为"诗史"，这是确切的。他用史诗性的如椽之笔，用激情与想象记录了一个诗人和一个时代的历史！广义的旅游诗，绝非山水风景所能概括，那是人生和宇宙，当然也是李白和杜甫等人的行在诗歌。

我们甚至可以发现：在文学创作中，因旅游、行游与神游作品的多寡和风格之不同，可以判定一个诗人或作家主要站在哪一个"主义"里，如李白的浪漫与杜甫的现实等。

7.《陆游选集》，朱东润选注，上海古籍出版社，1979年10月新1版。

全书分诗选、词选、文选三部分，共收作品三百五十首（篇），与行在有关的约一百八十七首（篇），占总数的53.4%。其中，旅游为十九首（篇），行游一百六十四首（篇），神游四首（篇）。这位我国历史上创作最丰的诗人，临终前还念念不忘收复国土，其爱国情怀让读者为之动容。他的作品也以这一类题材为最多，可以划归军事行游一类，是行在文学的重要组成部分。

8.《沈从文全集》，北岳文艺出版社，2002年11月至2003年5月出版。主编：张兆和；编辑委员：凌宇、刘一友、沈虎雏、王继志、王亚蓉、向成国、谢中一、张兆和。

---

① 杜甫《秦州杂诗二十首》之一。参见萧涤非选注，《杜甫诗选注》，上海古籍出版社1983年版，第122页。

全集收入文稿共一百多万字,其中作者生前未发表的作品及书信等约四百四十万字;另配插图一千七百一十余幅,内含作者不同时期的生活照、手迹和绘画等珍贵史料图片近二百幅。短篇小说暂不计,沈氏一生创作长篇小说二部《阿丽思中国游记》和《长河》,全与旅游有关。创作中篇小说共八部,与旅游文学有关的占六部。比例相当高。散文收一百六十九篇,与旅游相关的有一百二十八篇,占总数的百分之七十五点七。《湘行散记》与《湘西》两部游记,笔者一直认为是中国现代改造文化乡土最丰富、最优美、最有力的作品。我曾在《用生命拥抱文化》一书中说过:

> 《湘西》,可说是要景有景,要人有人,要理有理,将乡土文化与民族传统的优劣写得生动而精深,一派学者作家风范。其对自然、社区、问题的发现,以至于"建设湘西、改造湘西"的宏愿,是非常自觉的。事隔近半个世纪,他回顾《湘西》的写作历史,一点也不避讳当初"可望改变社会面貌"的用意。①

很显然,生命的行在对于沈从文一生的创作有着怎样的意义,这在他20世纪40年代的《水云》一文中,已经有着深刻的披露。

9.《海外华人作家散文选》,木令耆编,生活·读书·新知书店香港分店、花城出版社,1986年3月第1版。

---

① 喻大翔:《用生命拥抱文化——中华20世纪学者散文的文化精神》,人民文学出版社2002年版,第365—366页。

全书收文五十三篇,其中游记三十三篇,占总数 62.3%,而本书所有文章均为海外华人作家创作,都是广义的旅游文学。

10. 余光中的三部散文集

这是世界中文或华文文学的宝贵财富,也是旅游文学或游记的上乘之作。第一部是《记忆像铁轨一样长》,余光中自己编定的个集,由台北洪范书店 1990 年 2 月出第 5 版。收文二十篇,十四篇均为游记,只有六篇与旅游无关,占全书总数 70%。第二部是《余光中选集·第二卷·散文集》,由时在香港的黄维梁教授和江弱水博士编选,安徽教育出版社 1999 年 2 月第 1 版。全书分三卷,总计五十四篇,其中三十三篇是游记,占总篇目的 61%。第三部是《桥跨黄金城》,由大陆的林杉编选,分《逍遥游》《莲恋莲》《另有离愁》和《剪掉散文的辫子》四辑,前有余光中的《自序》,人民日报出版社 1996 年 1 月出版。全书收文六十篇,其中游记三十一篇,占总数的 51.7%。

我在《用生命拥抱文化》一书中曾说:

> 整个 60 年代,他诗名已成,批评所向披靡,又谋略在散文的"重工业"中印刷他游记的"身份证"。写下了《塔阿尔湖》、《逍遥游》、《四月,在古战场》、《黑灵魂》、《塔》、《咦呵西部》、《南太基》和《丹佛城》等一系列以域外题材为主的游记,以建构"一支难得充血的笔,一种雄厚如斧野犷如碑的风格"[1]

---

[1] 喻大翔:《用生命拥抱文化——中华 20 世纪学者散文的文化精神》,人民文学出版社 2002 年版,第 407—408 页。

后来，经过20世纪70年代中期到80年代中期的沙田十年，余光中散文风格从非常阳刚过渡到阳中有阴，且刚且柔且浑厚多了。而风格的转变，又是用他《听听那冷雨》《沙田山居》《春来半岛》和《凭一张地图》这一类作品奠定的。可以清楚地看到，余光中前后的代表作和整个风格的完成，主要靠他的游记，也就是靠他独特的行在及其创作的精神产品。这也是上述作家们共同的经验与成就的源泉。

总的来说，这些统计与分析，证明中国古典文学和现代以来的世界华文文学作品，百分之五十以上与行在相涉，是有相当说服力的。反过来说，没有行在，没有旅游，就没有李白，没有杜甫，没有苏东坡，也没有沈从文和余光中。

其实，作家之行在不光对于中国文学或华文文学影响深远，在西方文学中，也有非同小可的力量。荷马的《伊利亚特》与《奥德赛》，与行在有着重要关系。前者描绘了壮观的战争场面，充满了英雄主义气息，是典型的军事行游作品；后者记叙了奥德修斯的海上漂泊生活。可以说，没有行在，就没有荷马史诗这一西方文学经典。《圣经》的《出埃及记》便是一篇游记，而摩西或许是人类历史上最早的导游了吧。《神曲》这一部引导人们走出中世纪黑暗的伟大作品，是一部典型的神游或幻游之作。作者丰富而深刻的想象，赋予了读者穿越任何一个世纪的魅力。读者跟随但丁游历地狱、炼狱直至天堂，灵魂也受到了洗礼。《浮士德》《堂吉诃德》《鲁宾逊漂流记》《战争与和平》《瓦尔登湖》《昆虫记》等，都无不与行在相涉。一部西方文学史，行在的旅游文学到底占了多大的分量，这是值得关注的重要课题。

三　莫名其妙

"妙"就是奇，就是美，就是鲜有。"妙"的异体字左边是个"玄"，右边是个"少"，又玄又少谓之"妙"也。人要行在，人要走出去，人还要把新奇的感觉与思考记下来和写下来，也就是为了保存这个妙字。

任何一个空间，待久了，必定平庸和凡俗，大千世界莫名其妙的东西太多了，也太诱惑人了。旅游的最大动机，就是为了发现那些永远也不会过时的"妙"！

但为何笔者说其妙而"莫名"呢？一是指文学作家们都还没有意识到他们的行在及其留下的辉煌成果，对整个中国文学和世界华文文学，会有那么大的影响与推动；二是指近一百年的中华文学史家和批评家们，也还没有注意到旅游文学作品会在整个中华文学史中占有如此大的分量，取消作家的行在及其文学创作成果，中文文学到底还有多少价值与伟大可言？

行在，这样一个由社会主体之间与自然客体之间探究、交流和解释的活动，为什么会带来文学的创造呢？本文以为下面数条特别紧要。

（一）寻找可能。人自身的可能，社会的可能，山水的可能，整个宇宙的可能真的太多了，人文和科学不能解释的现象也不少，旅游及由此带来的旅游文学，有可能寻找这些可能。存在主义哲学强调"可能"，这种阐释的可能与事实的可能是相通的。

（二）逃离与回归。逃离自我、逃离环境、逃离历史等，再回来，再逃离，在这种逃离与回归的循环中人会有新感受，心理也会发生新变化，价值也会得到重新肯定等。

（三）发泄与创造。发泄种种苦闷的、不幸的、忧郁的，创造前人或别人未曾想过或做过的。旅游带来快乐，也会收获灵感。

（四）天人之争。这一层在古来的文献中可以发现很多资料，人所以创作文学，创造文化，最根本的一点就是"欲与天公试比高"，请注意，不能是胜天，更没有"一定"，只是在文化生命上与自然的天命较一个短长而已，这是人的真正价值所在。东晋文学家孙绰写有一篇《游天台山赋并序》，该序最后说："浑万象以冥观，兀同体于自然"，在神会的、整体的、浑然的观察中，万物如我，我如万物。唐宋八大家之一的柳宗元在"永州八记"《始得西山宴游记》中说的九个字："心凝形释，与万化冥合"，更是孙绰哲学意义的大发挥：人在高山之巅，暮色徐来，心灵与宇宙高度凝化，似乎连自我的身体都不存在了，我就是自然，自然就是我。这样，人在一刹那，就有宏大宇宙的永恒之美了，而捕捉这一永恒的旅游文学作品，当然也富有同等价值。如此，明代袁宏道才说，一个画家或读画的人，"唯于胸中之浩浩，与其至气之突兀，足与山水敌"（《题陈山人山水卷》）。读画的精气与画中的神气相融会，且突然悟通，那是可以与奇险峻美的山水相匹敌了。所谓天人之争，其实只是人对于大宇宙的嫉妒，从而引发人的文化创造力而已。人从大自然中发现自我，人的行在及其旅游文学，正是文化与文学创作的重要途径。

笔者附记：

本文所引全集、选集和别集的统计数据，《李白诗选》和《杜甫诗选注》由笔者统计；《诗经》《尚书》《陆游选集》由胡庆雄统计；《记忆像铁轨一样长》《余光中选集·第二卷·散文集》由周黎萍统计;《沈从文全集》和《桥跨黄金城》由黄燕统计;《海外华文作家散文选》由邓琳统计。根据笔者校对《杜甫诗选注》的经验,上述统计可能不太精确,但行在或旅游文学作品在全集、选集和别集中所占比例,目前统计的数据可能偏少。

2007年12月作于上海鸿羽堂

——香港世界华文旅游文学第一届国际学术会议宣读

文学与生活

我们阅读一篇作品,就是阅读作家给出的一种生活。可能是曲折的故事,可能是飘忽的感觉,可能是现实的一群人物,也可能是梦幻里的一株怪树。文学作品,恐怕没有哪一首、哪一篇、哪一部不是生活化了的语言符号系列。首要的问题是,我们如何去看待"生活"。

"生活"一词流行于中国文学界,少说也有半个世纪了。说来说去成了一个老问题,人们因此也迟钝起来,大多没有从语义的角度去把握它在文学中的意义,用起来也常常难免含糊和混乱。稍作分析之后,我发觉它在文学里至少有四个层面的含义。像"生活""深入生活""熟悉生活"等词,"生活"指的是现实生活形态;"有生活""生活底子厚""生活贫乏、丰富"等,"生活"是指作家活动的区域、社会关系及生存环境;而"反映生活""刻画生活""描绘生活"或"表现生活"等,"生活"则指已经作家艺术化了的形象、情感与思想甚至艺术本身等的总和;至于"文学生活"一词,则纯粹是指文学创作过程和发表、出版、阅读、批评、论争等各类文学活动,不过是广义的"现实生活"之一种罢了,由此可见,生活与文学从不同角度的搭配,不同场合的运用,其所指是不太一样的。

文学界强调的深入生活,应该是指广大人民复杂生动的现实生活了。就对这个层面的"生活"之理解,我以为仍是有所不同。汉语词典对"生活"的定义是这样的:人或生物为了生存和发展而进行的各种活动。从生命体的存在方式来说,这自然是不错的。没有维持生命的各种活动,生命消失了,哪还有什么生活?这也是作家创作最本原的东西,任何人也违抗不了。没有活动就没有生命,没有生命无从创作。有了生命也不一定有创作,倘不用文学的眼睛去生活和占有生活,你的行动与目的跟文学也扯不上什么关系,你也不会在文字的组合中去开发生活,完成你在某一个生活段落上所萌发的理想。

然而,文学面对的生活,靠辞典解释还是不够的。只有理性的、有目的的动作,在很多时候,它还被人作狭隘的解释,以至于认为生活只是外部的劳作,只是肢体的剧烈的运动。作家是知识分子,没有生活,自然也就得出去,去熟悉和深入。对于一部分作家,对某个时期的状况言,这并不错。从某个角度说,生活即文学本身。你要写工人和农民,而你本人又不在这个海洋的漩涡里,你自然就得去了解他们或做他们的一员。但是,作家的类型、理想、触角、趣味之种种的不同,他们笔下所描绘的生活远比有理性的、有目的的、看得见的外部活动广阔和细腻得多。

作家本身就是一个生命体,而且,是有一定智商的生命体,他本身就在生活,他还时时以主动的姿态用丰富的人性的感觉、良知、智慧去体验自己、他人、社会与时代的生活。创作的使命每时每刻都给予他一种指令,这指令是秘密的,激动人心的,除非他放弃他的使命，除非他与文学的语汇和造句谋篇的文字艺术告别。何况，普天下的文学家，只要他是真诚的，他就是人民的一员，既不会置身人民之外，也不会置身人民之上。

作家，一个发生创造欲望的人，最初总是以弱者的心态出现的，所以，他身内身外都充满了平民的生活。至于一个作家拥有生活的多少和质量的高低，那就与作家其他的能力有很大的关系了。这些暂且不谈，只说文学面对的创造的生活，实在跟人与社会一样的繁复。除了现实的、群体的、外部的生活，还有历史的、个人的、内部的生活。个人的也还有角色的、性别的、年龄与遭遇的、变化万千的感觉与性格的生活；至于心理的生活疆域，不但更为广袤无边，而且丰富、神秘、诡异。不说理性的内容难辨真假，潜意识的、非理性的，甚至人自己毁灭了自己的那种东西更无从捕捉，这是作家最难以把握和熟悉的生活。人有时面对自己也无可奈何，作家也是。但无可奈何并不是创作的无所作为，他要写各种各样迷人心眼的生活，包括那种无可奈何。所以，文学的生活无所不涉。

生活本身又是一个大谜团、大系统，不能轻易割开。作家却需要沉醉般地去回忆、捕捉、了解、熟悉、深入和探索生活，在此基点上再进行合乎艺术理想的创造，他的创作也才是被读者所喜爱的。阿根廷著名作家埃内斯托·萨瓦托说，"人们为什么要写东西呢？……倘若能用一句话来概括，这些东西所表达的正是复杂而矛盾的现实。它们不是某些肤浅的理论家所断言的是现实生活的'反映'，而是其真实的写照。并且，根据本体论的观点，作者运用象征、隐喻及虚构等手法把现实生活展现出来。这是人类最高最深刻的表现。"这是一个关注民族命运的作家的创作谈，他对自己作品与现实生活的关系是理直气壮的。即便那种宣言写作只是为了自我的不幸，或是拯救自己的作家，一谈到自己具体的创作及作品，也仍然承认，"作家所反映的正是他那个时代人类经验和教训的总结"（美国：菲丽普斯）；"不懂得的东西，尽管人们常说，也不能写"（阿根廷：西尔维亚·奥坎波）。一个真正的作家，他知道生活本身的价值，也知道生活对于文学或文学对于生活的意义。当然，这生活绝不是海面上的漂浮物。

最后再谈一点。不同的文体家，其作品切入生活的锋面不同，跟着来的，是参与生活，获得生活，对待生活的态度与方式也有所不同，这是显而易见的。

一个报告文学家，他面对的是急剧变化的世道人心，他要在宏阔的视野里写出人物、观念或思潮，不做有意识有计划的社会接触与采访活动，写作简直是不可能的；而一个诗人，既可以与外部世界进行不间断的沟通，成为时代生活的重要一员，也可以把自己封闭起来（也许不自觉），作一种完全个人化的情绪独白，诗作甚或可成世界名著。因为一般来说，诗的文体特质偏重个人抒情，一个内心情感生活丰富、曲折且离奇的诗人，这本身就是他汩汩流淌着的创作之源。当然不能说，一个在孤独中生活的人，他的情感就不是开放的，他一定有着对比、矛盾与痛苦。即使充满幸福，也有刺激的作用，他的情绪借着感应这个奇妙的东西多少也交织着外部世界的内容。

文学与生活是个说不尽的题目，本文只好到此为止了。就我个人来说，拒绝生活就是拒绝创作，而停止了创作也就停止了生活。

1992年作于海口小可斋

汉语象形诗探索札记

一

在古代的东西方，大约六七千年前，中国文字、古埃及文字、苏美尔人发明的早期楔形文字，都是模拟的、形象的、生动的象形文字。但后来，其他的象形文字消失了，唯有中国的汉字，无论繁体还是简体，绝大多数仍保存着或隐藏着象形字的原型，尤其是隐藏着整个中华民族象形思维的集体无意识。

更为值得珍视的，是我们智慧的祖先，用陶文、甲骨文和金文等特殊字形与载体，为我们保留了不同时代汉字的书写系统。这些系统到现在还活着，活在兽骨、简册与瓷器上，活在历代的字、书、画中，参与我们的历史、文学、哲学、美术、音乐、饮食、医药等领域的再创造中，当然也在诗歌的再创造中。

更值得我们骄傲的，是中国很早就有书家，将汉字作为独立的观赏艺术，在各种材质上进行视觉美的表现，以篆书、隶书、草书、楷书和行书等这世界上自古以来特有的书写技艺，施展了极大的文化力、想象力与象征力，中国书法与国画、篆刻、民乐和京剧等一道,构织了一长卷民族的"清明上河图"。可以说,象形的汉字不但是这地球上最古久的流传文字,最变化而多体的书写文字,最空间而蕴美的图画文字,为中华文化和世界文化的交流与建设做出了无可估量的贡献;同时,它极大的艺术潜质还等待着我们一代又一代的学人来开掘,它灿烂的文化光芒也必定能更深切、更广阔地照耀到我们民族的文艺创造之中。

文字是文学的唯一工具,也是雕塑诗歌的唯一材料。就汉语诗歌而言,特别是五四以来的自由诗,我们为什么不可以将汉字的视觉之美和空间之美,与诗章的想象之美和抽象之美融合起来呢?我们为什么不能以字画诗,以象形的字写形象的诗,创作出一种笔者在20世纪80年代就提出来的"象形诗"① 呢?

所谓象形诗,我想这么样来描述:根据某一首诗的意象群尤其是核心意象及其意义指涉,在文字的排列中来结构物理感、视觉感、图画感极强的诗歌文本,让平面的诗歌尽可能直接呈示形象性世界,以求该诗在意象的内视象和字形的外视象上达到完美统一。

二

公元350年前后的中国东晋,女诗人苏若兰在简单的织布机上织出了一首复杂而非同一般的诗,这就是流传至今也至今在考验着读者的回文诗《璇玑图》,它是中国古代的一种杂体诗,也是一幅锦缎的图案,应该就是古人写作的典型的象形诗了。据说

---

① 喻大翔:《雪是太多了》,《北京青年报》1989年4月25日乐土版。

宋元间人读《璇玑图》，有人竟反复读出了四千二百零六首诗。①无论如何，这样精心结构的象形诗，至少在视觉上显示了新奇感，在组词上突破了旧思维，在断句上向读者提出了挑战，它毫无疑问是空间意识的觉悟，也是形式美学的觉醒，直到现在还闪耀着过人的创造力与孤独的神秘感。

在西方，英国17世纪的宗教诗人乔治·郝伯特（George Herbert，1593—1633）写有与宗教内容有关的《祭坛》与《复活节的翅膀》②；18世纪的荷尔德林（Friedrich Holderlin，1770—1843）写有楼梯诗《许佩里翁的命运之歌》和《致命运之神》③；19世纪的马拉美（Stéphane Mallarmé，1842—1898）写有《骰子一掷永远取消不了偶然》；阿波利奈尔（Guillaume Apollinaire，1880—1918）则写有椭圆形的《镜子》、心形的《心》④《神谕》《听听是否下雨听听是否下雨》《言语之桥》和《二十岁》⑤等诗；20世纪加里·史奈德（Gary Snyder，1930—）写有《只有一次》⑥等诗。这些诗，被西方的理论家称为"Pattern Poem"或"Concrete Poetry"。前者多译为图案诗，后者多译为具体诗。图案也好，具体也好，大概英、德、法三个国家全用

---

① 余元洲选编：《中国古代回文诗词300首》，武汉出版社1993年版，第5页。
② 黄杲炘：《从英语"象形诗"的翻译谈格律诗的图形美问题》，《上海外国语学院学报》1991年第6期。
③ 飞白：《诗海——世界诗歌史纲·传统卷》，漓江出版社1989年版，第322—325页。
④ 飞白：《诗海——世界诗歌史纲·现代卷》，漓江出版社1989年版，第1216—1219页。
⑤ [法]阿波利奈尔：《烧酒与爱情》，李玉民译，安徽文艺出版社1992年版，第114—175页。
⑥ 赵毅衡编译：《美国现代诗选》（下），外国文学出版社1985年版，第560—561页。

拼音文字，基本没有形象感，所以才有诗人试图在自己的作品里，依照相关意象用有限的文字线条画出一些具体事物。而这些尝试自然也产生了特殊的效果，使拼音的、几近于抽象的文字符号一下子活泼起来，飞动起来：

> 造人的上帝给人丰裕生活，
> 但愚蠢的人把它丧失，
> 就因为日益堕落
> 最后竟至于
> 极落魄；
> 让我象
> 宛转的云雀
> 和你呀同上天堂
> 并歌唱今日你的胜利：
> 于是堕落更促我奋飞向上。

这是乔治·郝伯特《复活节的翅膀》第一节，一对飞翔的翅膀，一首有着严谨格律的具体诗。英国学者罗吉·福勒主编的辞书说："具体诗是把诗当作表意符号的结果。在具体诗中，单词既包含同时存在的多重意义，又是具有物质性和空间感的实体。这些单词按照视觉观感的方式排列组合，从而形成读者一看就知其然的篇章，把印刷形式和语义内容结合起来，这是具体诗的作者苦心追求的目的。"[①] 这段话拿来评论用拼音文字象形的

[①] ［英］罗吉·福勒：《现代西方文学批评术语词典》，袁德成译，朱通伯校，四川人民出版社1987年版，第52页。

《复活节的翅膀》，也没有什么不合适的。

拼音文字国度的诗人都想把诗具体化、象形化，这是可敬佩的，但同时他们也有着先天缺陷，因而也是力不从心的。闻一多在《诗的格律》一文中为了替"建筑美"寻找理论依据，他说道："我们中国的文学里，尤其不当忽略视觉一层，因为我们的文字是象形的，我们中国人鉴赏文艺的时候，至少有一半的印象是要靠眼睛来传达的。原来文学本是占时间又占空间的一种艺术。既然占了空间，却又不能在视觉上引起一种具体的印象——这是欧洲文字的一个缺憾。我们的文字有了引起这种印象的可能，如果我们不去利用它，真是可惜了。"[①] 象形的汉字世界才是象形诗成长的肥沃土地，是象形诗自由翱翔的文化天堂。只可惜闻一多与新月派的象形之美，止步在块状结构或大致整齐的边境，若再越界向前，根据核心意象内藏的象形功能为整首诗精心设计空间效果，将内外视觉交融起来，那就是笔者所说的象形诗了。

中国台湾的诗人们从20世纪60年代开始，就注意到了民族的杂体诗传统和西方的具体诗实验，他们将自己的诗文本命名为图案诗（也许就从"Pattern Poem"翻译而来）。林亨泰、白萩、非马等诗人创作了堪称经典的不少好诗，令20世纪整个中华诗坛别生一色。我们来看看非马的一首微型象形诗《鸟笼》（为了尊重原诗和原版，更为了尊重象形诗的诗形与诗意，仍用繁体竖排）：

[①] 闻一多：《诗的格律》，载《闻一多全集》（第2卷），湖北人民出版社1993年版，第141页。

鸟笼

非马

打开
鸟笼的
门
让鸟飞

走

把自由
还给
鸟
笼

一九七三年三月十七日[①]

鸟笼者，玩鸟者有之。"打开"放在第一行，如同一把锁，当然是象征打开了的锁；接下来的三行是象征打开门的鸟笼；"走"字象征鸟，孤独一只飞行在广阔天空；最后四行用心良苦，把"鸟笼"二字拆开（标题可是在一起的），意在鸟笼打开后，鸟得到了自由，鸟笼也得到了自由。诗句极短，诗行很少，却充满着意义，且这意义应该是钱钟书所说"一柄而多边"的。

这首诗从标题到九行诗句，那真是精心策划的杰出象形小诗。它可以横竖重排成几十首不同结构的诗作，但我相信，再不可能有一首会像目前一样，将内视象与外视象作如此完美的融合，而将"鸟"和"鸟笼"的比喻或象征意义，在双重视象的交相辉映中，作出极富艺术颐颃的表现。

三

大陆诗坛近百年来，对笔者所说的象形诗一直抱着偏见。尤其是各种文学媒介，一看到象形诗之类的文本，就如临大敌，用

[①] 非马：《非马集（海外文集）》，生活·读书·新知三联书店香港分店1984年版，第10页。

"玩弄技巧"之类的贬评一退了之。在经历了现代主义和后现代主义之后,在被"有意味的形式"熏陶和"后结构主义"等理论解构了之后,在被解放过度了的自由体和修饰过度了的新格律体烦腻了之后,我觉得,作为诗体的一变,象形诗不但应该容忍,甚至是可以提倡的。用文字画诗,用符号绘诗,让这个宇宙所见和不所见的一切形象,借用这个世界上现存的最富有画面感、美术感的文字刻绘出来,让物理的美在情感与思想的力量中突显出来,使融解了诗意的间接形象更富有冲击性,这不是汉语诗歌的莫大幸福吗?不是创造中国作风和中国气派的可登之径吗?

笔者自20世纪80年代以来,对象形诗作了一些尝试,特别是20世纪八九十年代,得到了中国香港老作家刘以鬯先生的支持,在他主编的《香港文学》月刊上,我以荒野的笔名先后发表了近三十首实验性诗作。后来,大陆的《北京青年报》《诗刊》等少数几个刊物,也选发了几首。2007年,由于我所在的大学举行百年校庆,受命创作了一部《舟行纪——同济百年诗传》上部,对象形诗体作了一系列探索。在这个过程中,笔者积累了一些心得,现概括成从创作到阅读的三组关系,提出来请教方家:

一组是构形与象形,这主要是就诗作者从构思到写作的阶段说的。有所感兴、选取诗题,下笔绘诗,这其中最重要的一环当然是立定核心意象。核心意象不但统治着意象群,尤其决定着一首诗所象之形,因为一首小诗绝不可能无形不象,它只能集中在一形一象上做诗章,以突显形象与情思之间的特殊联系。如笔者的一首《啊井》[①]:

[①] 喻大翔:《舟行纪——同济百年诗传》(上部),同济大学出版社2007年版,第131页。

```
雪                    小
白                    小
的                    的
最上面是阳光高原的阳光漫无边际的阳光
光                    城
雪                    至
亮                    今
水                    还
最下面是井水深情的透明的碧蓝的云的影
的                    在
心                    那
还                    里
醒                    啊
着                    着
```

　　从地球到外太空，从自然到人文，诗歌可象之形真是取之不尽，用之不竭。但汉字诗歌的力量并不是无限的，象形字绘制空间物理（广义）的功能也并不是无穷的。从主观情思、意象所指、汉字表现到所构之形等，这里面有相当复杂的艺术矛盾需要协调。

　　另一组是显形与隐形，这主要是就如何艺术地冷却诗歌文本而言的。可以放在创作过程中来谈，也可以将文本放在与作者和读者都不相关的隔离状态来谈。也就是说，谁也不要去干预它，它本身就是显隐自如的存在物。这里的"显"与"隐"当然是广义的，是象形诗歌文本自动呈示的艺术法则。笔者愿意介绍网上的一首诗作与诸位共享：

母亲是首最美的诗
——"河姆渡母系氏族文化遗址"考古大发现

母亲

是一首

最美的诗,

为生命书写。

已读懂了的人们,

得到了幸福;

还没有读懂的,

遭受着痛苦。

有了她,

才有爱,

以及精彩。

我们经历过

伟大的河姆渡,

把远古母亲的爱,

揉进六千年的陶土,

熊熊烈火燃烧了千年,

却还存着新的温度。

陶罐中盛着母乳,

只怕我们饿哭。

残留的历史呀,

渴望被母亲再次

用筋线和骨针缝补,

做一件缀满爱的外套,

抵挡那瞬间流转的寒暑。
我们要用生命远去狩猎，
捉回一顿顿丰盛的晚餐，
填充进化的饥肠辘辘。
我们还要点起烈焰，
为灵魂照亮归途，
母亲的催眠曲，
把梦也迷住。
漫长时光，
悄悄倾吐；
改朝换代，
思念永驻；
母亲的爱，
为子孙们
指明道路。
如今已是
黎明来临，
回望过去，
还见母亲
高举着灯烛，
闪着慈祥的光，
跳着告别的祭舞

　　核心意象，是性别的特征，崇敬的情怀。在诗人史诗般的彩绘下，该隐的隐了，该显的显了：一个翘首以盼的母亲，一个怀孕的母亲，一个刚直如山的伟大母亲，一个东方尤其是中国的母亲——因为她穿的可能是旗袍——在象形的图画中站立起来了。

一组是离形与会形，这主要是就读者阅读阶段来说的。离形是说读者在"看"了诗歌之后，既游离象形的文本，又游离文本提示或暗示的所象之物理，去到读者与这一切有关的更广阔的想象空间，更丰富的形象世界，那个世界与他的记忆有关，与他的知识和他可能的情思能量有关。"会形"是说读者在离形的自由状态中，进入双重的心领神会：一是"与万化冥合"，独立苍茫，不分物我；二是与形中之神相通，从有形之境地踏入无限之象征，以达成形与神会。两者都可得当然完好，哪怕只得其外视象之纯静、严密与生动，那也可以显示汉字诗画美学的力量。

探索是永无止境的，最后，我愿借清代诗人蒋士铨的一首古风结束这篇短文：

拟《秋怀诗》

文字何以寿，身后无虚名。
元气结纸上，留此真性情。
读书确有得，落笔当孤行。
数语立坚壁，寸铁排天兵。
苟非不朽物，谁复输精诚。
入隐出以显，卓荦为光明。
庶几待来者，神采千年生。

2010年6月25日

截句、诗句与"整体生活"

——兼评《截句:只是诗句难成诗》

近年,"截句"借助网络与微信,"忽如一夜春风来"似的热闹起来;近读《光明日报》"文学评论"版上张公善的文章《截句:只是诗句难成诗》,使问题复杂化,觉得有些认识有继续讨论的必要。

蒋一谈去年11月出版小诗集《截句》;半年左右,他又在黄山书社主编了一套"截句诗丛",一口气出版了19种,书套上还用最大字体印出"北岛推荐"云云,甚为热闹。

什么是"截句"呢?蒋一谈有个解释:"我把截句理解为来不及起名字的短诗,截句是短诗的一种""截句最多不能超过四行,强调句子的瞬间爆发和力度",并将截句的命名与李小龙的"截拳道"联系起来,是他参观旧金山一家功夫馆受到的灵感启发。概括起来看,截句是由短句和短章构成的,短句限制了字数,短章限制了行数,且强调简单、直接、快速出手,属于短诗的范围。

这种诗作古来就有(每一首是否在瞬间完成就另当别论

了）。但不知是他自己还是出版人，说蒋一谈等人创作的截句，"填补了当代中国短句诗歌写作的空白。'截句'这一诗歌写作理念，也是在国内外首次正式提出"。这种评价轻说是无知，重说恐怕有些欺世盗名了。

中国是一个重视抒情诗的国度，流传下来的经典佳作，多是短章。像李白的五古《静夜思》太著名了，一首五行，每行五字，千古明月撩静夜。另有一首《夜宿山寺》："危楼高百尺，手可摘星辰；不敢高声语，恐惊天上人。"属五言律绝，高蹈出尘，浪漫百代，也不过二十字。在远古时候，即使是叙事诗，也短速如矢。像《古诗源》收录的《弹歌》："断竹，续竹；飞土，逐肉"，两行八字，最多也就四行，有古楚音的韵味，虽以仄声为主，但也抑扬顿挫，有人以为我诗国开先河之作。《诗经》中有不少叠句的重章，均在四行之内；唐宋及以后五绝、七绝百花争艳，灿烂了中国古典诗河的一大片天空。五四时期，冰心、宗白华等人的小诗也滋养了不少诗人的联想。至当代，流沙河、沙白、非马、顾城、林焕彰等诗人的作品，一些可作为短诗精华。北岛有一首标为《生活》的诗，文本就只一字"网"，这恐怕是古今中外短得不能再短的短诗了，但它被视作"朦胧诗"，一字并不等于一义或一解，有相当强的概括力与象征力。知道了这些，"填补空白"之说就显得过于着急了。泰国有一个华文诗社叫"小诗磨坊"，专写六行之内的小诗，每年出版一部小诗选集，今年已出到第十本了。其中四行短句的好诗不少，应该也受到了中国古来短小诗作的深刻影响。

"截句"之名至迟在元代就有了，大约有两层意思：一是截取诗文中的句子，以作吟诵、集句或注引等；二是绝句的别称，以指明唐人律绝的渊源。明代徐师曾说："绝之为言截也，即律诗而截之也"，这是一家之言。文学史告诉我们，作为一种诗歌体裁，自两汉五言诗起直到当代，五言和七言之古绝、五言和七言之律绝这四种体式，就一直长盛不衰。也有四言与六言等变体，但不占主流。"截句"作为绝句的另称，习研古典文学的人恐怕没有不知晓的。"截句"一词无论作为体式还是作为理念，都不可能是首次提出，当然也不可能是蒋一谈等人的创举。以有为无，以习用为创新，反映了一些人文学史包括文体史知识的苍白；也反映了他们想抢占某一块高地或某一种话语权的急切心态，难免成为笑谈。

但这不是要否定《截句诗丛》的艺术成就，不少文本灵动、清新，有很强的哲理味和象征性。如蒋一谈本人的"我走的很慢很慢/未来停下脚步望着我"，就触发了阅读者的历史意识与行动抉择，在拟人的历史与诗意的颉颃中击中了人时有的迟疑、迷茫与畏惧。沈浩波的"世界/这盲人的美瞳"，过眼就像被一颗温柔的子弹击中：盲人需要佩戴美瞳吗？当然没必要，但他确实不得不戴，因为这世界就是他的美瞳；是亮美还是瞎美呢？是真实的还是想象的呢？套用一个网络词语可以说是"亮瞎了"，这里面藏着一个"我"（或"人"）与他者的巨大反讽。如此短而有精神弹性，当然是好诗。

张公善的《截句：只是诗句难成诗》一文，认为《截句诗丛》"以诗句的身份来博取诗坛的瞩目……指示的就是句子，被截取下来的句子……让人聚焦生活点点滴滴的感悟，甚至陶醉其中，久而久之，势必让人视野狭窄，忽视整体生活。"这些话暴露了三个问题：其一，那些诗虽然不能冒用"截句"之名，但归在短诗、小诗、微型诗甚至闪诗等体式之内都是可以的。这些"截句"是作者们创作出来的一个一个的小单元或小系统，不是从自己的诗文里切下的杂碎，更不是从别人的作品里截取的只言片语，由毫无联系的"诗句"凑成的，因此，批评说是"被截取下来的句子"十分不确。他们其实仅盗用"截句"之名，"截句"的白话短诗、小诗之实倒是实实在在的。

其二，忽视了文学体裁的体性特质。不同的文学体裁，有自己的体式特征和承载能力。诗歌与散文、小说与戏剧，历史性地阐扬了它潜在的艺术能量，当然也从某一个层面制约了作品的长短与大小。叙事文学以长篇为优，如小说；抒情文学以短章为善，如诗词。这一点，古人已看得较为清楚。沈德潜的学生薛雪在《一瓢诗话》中说："排律止可六韵至十二韵足矣；多至几十韵以及百韵，即是长诗也，不可为训。"十二韵就是二十四行，这是薛氏给予排律的最大长度，再长可能就写不出好诗来了。尽管文体之间存在相互借鉴的事实，比如微型小说与叙事诗，但不能要求一首短诗、微型诗一定要去抒怀"整体生活"，这个光荣任务小诗承担不起。

其三，作者没有对"整体生活"进行定义，不过，他说的"世界本身的整体性"还是比较清楚的。世界本身——自然与社会就在那儿，对于每个人而言，是怎样去发现、把握和表现它。用理论去描述和概括相对容易些，比如《周易》，用八个卦象及组合就描述了整个自然界及其影响之下的人类生存方式。但文学艺术不能用抽象符号与概括的语言，而必须从局部甚至细节入手，用具体生动的形象或意象来塑造和表现，这就使诗与小说等产生了一组母题性的古老话题——长与短、大与小、整体与细节，等等。更为麻烦的是，整体是相对的，可以划出宏观、中观与微观之别。一部《红楼梦》，也只能描叙一个时代特定空间一群命运相关的人的生活，要写出宏观的不断变化的人类"整体生活"，一百部《红楼梦》也做不到。那么，擅长抒情的一首或一部短诗（或"截句"），我们要求它"绝妙地呈现出世界本身的整体性"，这不是痴人说梦吗？它符合古来短诗的体性吗？

长短、大小、整体与细节等，在文学尤其是诗歌中有着巨大的艺术辩证法，以短博长、以小见大、以细节写整体的杰作或佳作比比皆是。薛雪意识到了这一点，他的师兄弟沈德潜也看到了。吴王夫差时代有一则童谣，曰："梧宫秋，吴王愁。"沈德潜在《古诗源》中点赞曰："国家愁惨之状，尽如六字中"。新诗的情况也相似，有几首白话长诗能被人记住以至成为经典的？顾城的《一代人》仅两行十八字："黑夜给了我黑色的眼睛，我却用它寻找光明"，在黑白的时空张力中，点化了特殊年代"一代人"的受虐、迷惘与追求，用一部长篇小说来表达，未必有这么精粹而警醒的力量。

莫言诗体小，小诗宇宙大；勿以小而必碎，勿以大而必整。"截句"之名不可冒，但小诗、短诗是可以提倡的，这是中国文学的主流传统。

——原载《羊城晚报》（发表时题为《论"截句填补空白"说的无知》）
2016 年 12 月 25 日

中国散文的五大特质

"散文"一词,最早见于西晋木华的《海赋》:"云锦散文于沙汭之际,绫罗被光于螺蚌之节。"① "文"与《周易》"物相杂,故曰文"②的含义相同;"散文"为动宾结构,指云彩的花色散映在沙岸之上。随后,刘勰在《文心雕龙·明诗》中沿用,所谓"结体散文,直而不野"③,虽仍为动宾,却用于论诗,当然就是广义的文论了。我们可以说,这儿的"散文"就是将文采的光华散布在诗字、诗行乃至诗章之中,"散文"进入了文学批评。南宋罗大经在《鹤林玉露》中两次提到"散文",《文章有体》一则说:"山谷诗骚妙天下,而散文颇觉琐碎局促。"④ "散文"与"诗骚"对举,用于文体已经毫无疑问了。

---

① (西晋)木华:《海赋》,阴法鲁审订,陈宏天、赵福海、陈复兴主编《昭明文选译注》,吉林文史出版社1988年版,第647页。
② 《十三经注疏》整理委员会整理,李学勤主编:《十三经注疏·周易正义》,北京大学出版社1999年版,第319页。
③ (南朝)刘勰:《文心雕龙·明诗》,载赵仲邑译注,《文心雕龙译注》,漓江出版社1982年版,第54页。
④ (宋)罗大经撰,王瑞来点校:《鹤林玉露》,中华书局1983年版,第265页。

《礼记》曰:"温柔敦厚,诗教也。疏通知远,书教也。"①书教就是《尚书》之教、散文之教。先贤将散文的文明、文德、文学提高到与诗教、乐教、礼教等同样的高度,后世不敢懈怠。曹丕的《典论·论文》谓"文非一体,鲜能备善",更将"文章"奉为"经国之大业,不朽之盛事"。②陆机《文赋》"因论作文之利害所由,他日殆可谓曲尽其妙"。③两家之"文",并不只是论诗,而是包括了散文在内的所有文体。刘勰的《文心雕龙》,所涉体裁凡三十五种,散文占了九成以上,可以看出魏晋南朝时期的散文多么发达。其实,散文创作自《周易》之后,从《尚书》《吕氏春秋》等文献的少数章节,到汪洋恣肆的《庄子》,再到汉魏的大赋、历史散文、魏晋南北朝的小赋与骈文、唐宋的古文、明清的小品和现代的美文、杂文、随笔等,都是传统而典型的散文。几千年下来,几乎每一个士子、文人都会写散文,且历朝历代都有经典的文本传世。怪不得郁达夫断言:"中国古来的文章,一向就以散文为主要的文体"④,何也?中国有"诗教"的传统,其实,更有一个广泛的"文以载道"的"文教"(散文之教)传统,儒家、道家、释家与百科百家,无不想通过平易而深细的散文文本,对现世人生提供生命关怀、生存智慧与生活之道。从这个意义上说,中国就是一个散文的

---

① 《十三经注疏》整理委员会整理,李学勤主编:《十三经注疏·礼记正义》,郑玄注,北京大学出版社1999年版,第1368页。

② (魏)曹丕:《典论·论文》,载郭绍虞主编《中国历代文论选》(一卷本),上海古籍出版社1979年版,第158—159页。

③ (西晋)陆机:《文赋》,载郭绍虞主编《中国历代文论选》(一卷本),上海古籍出版社1979年版,第170页。

④ 郁达夫:《中国新文学大系·散文二集·导言》,载王锺陵主编《二十世纪中国文学史文论精华·散文卷》,河北教育出版社2000年版,第118页。

国度。

为了论述的方便，我们有必要给散文有所定义，笔者认为凡创作主体直接将情怀、物事、观点等，以散体文句真实、自由而又艺术地表达出来，都可视为散文。据此，我们可从五个方面概括中国散文的特质，并阐释散文区别于诗歌、小说、剧本而之所以成为散文的艺术奥秘。

一 主体的真实性

散文有三大主体：创作主体（潜伏或贯穿于相当长的过程）、叙述主体（或相关角色主体）和阅读主体（或批评家）。散文文本一旦形成并进入传播程序，文本前后与内外这三大主体就构成了。

就创作主体看，执笔写作散文的那个人，是一个现实中的言说者，惯于以真在的社会角色或人际身份，以不主张虚构的姿态参与文本之中，一旦开始叙述、议论或抒情，一般常常以"我"的第一人称代词出现（并不是说一定马上出现在第一个字、第一句话甚至第一个段落中，如苏轼的《记承天寺夜游》[①]），述说作品中的一切，每一个符号都打上"我"的印迹，与作品中的叙述者往往构成了同位主体——创作者与主要的叙述者是同一个人，且是能被历史和读者共同证实的现实"真在者"，这个真在的作者主体与文本中的叙述主体达到了高度一致性（少数诗化、小说化、戏剧化的散文文本可能除外）："我"就是创作者。如

---

① （宋）苏轼：《记承天寺夜游》一篇，从标目到前两段均隐去主体，最后一段才说"何夜无月，何处无竹柏，但少闲人如吾两人者耳。"强调了"吾"（我们），又强调了"两人"，暗示赋闲者的志同道合也。

朱自清所谓"我意在表现自己"①，创作主体、叙述主体与文本中的其他角色主体，完全没有虚构的文学距离与心理距离，与自然、人类、一代又一代的读者主体有着极大的历史关联性与艺术亲和力，这在四大文学体裁中是仅此一家，别无分店。

朱自清在《背影》中所言"这几天心里颇不宁静"，说的正是他自己。夫人陈竹隐后来还专门写过一篇文章，指出"不宁静"之所在。小说若采用第一人称，大多都是虚构的，并非真在的社会身份；剧本中的人称绝大多数以角色出现在舞台上，是剧作家和导演的代言人或代言体；诗歌的"我"是抒情海洋上的一座座海市蜃楼，亦真亦幻，且常在时代的"大我"与抒怀者的"小我"之间转换。顾城的《一代人》："黑夜给了我黑色的眼睛/我却用它寻找光明"②，这个"我"只是一个诗人主体吗？显然不是，因为题目已经揭示了"我"与"一代人"的关系，也揭示了诗人以小我象征大我的意图；它甚至不只是写人，而是政治、历史与哲学。我们可以这么说：小说与戏剧里的"我"基本不是作者自己；诗歌里的"我"可能与作者有关，也可能无关；散文里的"我"，则不能不说就是作者（或者与作者相关的那个真在的他人）自己了。

就阅读主体看，读者为什么需要散文呢？可能是为了寻找现实心灵的朋友；为了倾听和开启智能；为了发现别人（多半是创作主体）的人生；甚至可能是对某段历史、某种局势、某本书籍、某条河流、某科树木等的探索或向往。郁达夫又说："散文清淡易为，并且包含很广，人间天上，草木虫鱼，无不可谈，平

---

① 朱自清：《背影》，人民文学出版社1983年版，"序"，第6页。
② 顾城：《黑眼睛》，人民文学出版社1986年版，第8页。

生最爱读这一类书。"① 人们通过散文,通过那个真在的"我"和那些在历史与现实中真在的角色群体,找到了物事与心灵最真实的联结点,找到了自己也许一辈子都不能亲力亲为的可能性,从而满足自我的好奇、猎奇与追奇之心,可以进行多重真实主体的情理互动,而互动又是在现实与艺术想象中共同完成的。

清代沈三白的《浮生六记》,开篇《闺房记乐》,开篇第一句"余生乾隆癸未冬十一月二十有二日",就让一个真实的"余"(我)在第一个字就出场了。新散文如冰心的《寄小读者》、朱自清的《背影》、鲁迅的《死》、余光中的《咦呵西部》、王鼎钧的《一方阳光》等,都有一个不同时空、不同遭遇和不同心态的"我"在那里叙说。中国散文的这种"体"性也遗传到海外,泰华作家曾心深信"散文不同于小说、戏剧,它是作者的自我表现",甚至带领中国的友人到司马攻、梦莉等家里寻找"真迹"。他在《散文名篇"真迹"》的《后记》②中说:"如果我是找小说名篇的'真迹',那真的是傻,因为小说是虚构的。而我找的是散文'真迹',一般都是有'迹'可寻的",足证散文读者对文本真实性的高度信赖。

二 内容的私密性

定义列举了散文的三大题材,即"情怀、物事、观点"(前者是主观的、中者是客观的、后者是理性的,且与抒情、

---

① 郁达夫:《达夫自选集》,天马书店1933年版,"序",第1页。
② 曾心:《散文名篇"真迹"》,载《曾心文集》,鹭江出版社1998年版,"后记",第93页。

叙事和议论等手法相匹配），只是类型化的概述而已。实际上，就文体与题材的自洽性而言，诗歌、小说与剧本三大文体有着题材上的偏好——诗歌偏重意象性强的；小说偏重故事性强的；剧本偏重冲突性强的内容，散文则真是无所不写，也无所不能。但散文最擅长的，还是与作者相关的亲身题材与隐私题材，即便要写人类与自然界的种种人事与物事，也基本上要从自己亲身的感受或体验中写出来。如果作者不披露，这些物、事、人、情、思就不可挽回地会在历史和文本中消失。这对于一个民族或国家的文化积累，将是无可估量的损失。中国古来为何重视散文，又为何赋予了散文与政治、与历史、与人伦、与现实、与教育、与实用如此重要的相关性，与这一层也有极大联系。

所谓亲身题材，当然就是那个"我"，自己的、侧重于创作主体自身与自心双重相关的题材。不但亲身感觉、体会、经历，而且要在"我"心掀起涟漪甚至波澜。那些能为作者参与和随意支配的此在生活与情境，非系统性、非戏剧性，且非常杂、碎、小的题材或内容，都是散文作者实现"双重相关性"的好资料。所以，散文中的情怀与物事等，都是作者自己的，至少与作者相关的、且随时随地可以采撷的，最有可能与亲身体会生活、亲身阅读散文的读者产生共鸣。如司马迁《报任少卿书》、范仲淹《岳阳楼记》、丰子恺《辞缘缘堂》、三毛写撒哈拉生活的系列散文，尽显亲身生活的感受、情趣或苦涩，不是虚构出来的。

所谓隐私题材，当然就是那个"密"，不但指题材与作者的亲近性，也指一定程度的秘密或隐秘性。我们相信，很多作家将一部分不能在散文中透露的"隐私"用小说或戏剧的体裁去表现了(这不易被人联想与追究),但如果能在散文中透露出让读者与社会最大容忍限度的隐私时,一定会有更大的吸引力与感染力,这也是为什么具有纪实性功能的散文,能够招徕大批读者;而历代的大作家、艺术家与政治家等,热衷于自传或请人代自传的妙谛。沈三白的《闺房记乐》,写到新婚之夜"比肩调笑,恍同密友重逢,戏探其怀,亦怦怦作跳"[1];郁达夫《水一样的春愁》写少年单恋的躁动不安,等等,均是散文中隐私题材的绝佳代表。三毛系列散文中那个神秘的"荷西"到底是真是假?一直有人在怀疑、在追踪,我想只有三毛自己最清楚。但不管怎么说,他一定是她内心深处最隐秘、最幽默、最愿意倚重的那个男人,而我相信确有其人。三毛自弃之前有一篇《说给自己听》,那是我见到的最忧郁、最不能自拔的心灵战争,可与沈从文的《水云》相媲美。但从阴郁转为"明亮"的她,两年后还是决绝地告别了人类,惜哉痛哉。

"亲身"决定了散文的个别性与特殊性;"隐私"决定了神秘感与好奇度,散文内容的私密性使这个文体产生了巨大的艺术黏性。散文如果一直像诗歌、小说与剧本那样追求题材的高蹈、曲折与奇巧,失去了与现实人生的亲密关联,那读者就会逃离散文,散文就会消亡。

三 论说的普遍性

小说、戏剧与诗歌文体,也融贯了作者的情怀、物事与观

---

[1] (清)沈复:《浮生六记》,江西人民出版社1980年版,第3页。

点,但请注意,那都是通过人物、故事、情节与意象等暗示或象征出来的。有些情怀与个性也不能说就是作者投射人物身上去的。比如,贾政与王熙凤的性格,未必就是曹雪芹的;而西门庆的霸道与放荡,也不一定是兰陵笑笑生的。四大文学体裁中,只有散文的作者才能面对自我、别人甚至万事万物,"直接"评论或宣泄。

"观点"当然是意义、见解、主张或结论等抽象和理性的东西,在小说、戏剧和诗歌里,写起来令人提心吊胆,比如宋诗的议论化就被历代的诗评家和文学史家所诟病;而在散文尤其是杂文、随笔和书话中,作者可以大摇大摆、毫无顾忌地直陈、直抒和直议(出新的、发人深省的直言,永远是振聋发聩的,何况,艺术的"直接"并不就是直白,它也是一种方法,是相对于隐藏、朦胧甚至含混等来说的)。所以有人认为,现代散文越来越重理性和理趣,这是不无道理的。当代著名文学理论家孙绍振就十分赞赏"把理性、智性散文看得比抒情更为重要"①的批评策略。这个传统其实从《周易》就开始了,《吕氏春秋》中的《疑似》;老聃的《道德经》都有杰出发挥;到了庄子的系列哲学散文,更是汪洋恣肆、纵横天下了。一代杂文大家鲁迅;随笔大家梁遇春、梁实秋、钱锺书、邓拓;书话大家唐弢;文化散文大家余秋雨等,都有开创性的贡献,他们在作品中的"能说会道",把现代白话散文的理性大旗飘扬得五彩缤纷。鲁迅能写像《现代史》这样的杂文,用一场街头杂技的骗术象征了现代的种种闹剧;但他更能写论锋如刀、刮骨疗毒的《灯下漫笔》;

---

① 孙绍振:《评陈剑晖〈中国现当代散文的诗学建构〉》,《文学评论》2006年第5期。

或透隽如泉、发人深省的《生命的路》①,这篇10个段落377字的随感,几乎段段哲言,字字珠玑:"生命的路是进步的,总是沿着无限的精神三角形的斜面向上走,什么都阻止他不得";"生命不怕死,在死的面前笑着跳着,跨过了灭亡的人们向前进。"鲁迅在1919年就洞察了人类文化的伟力,"就是一省一国一种"灭亡了,文化生命"也该永远有路"。论理中有比喻,比喻中有理趣,而这团烛火也一直伴随着他的文本在熊熊燃烧。

但请注意,这是散文体性赋予杂文作家的特权,至少也是部分读者所乐见的。若老是或只能从小说、戏剧与诗作中去领悟或颖悟"道"与"理",读者也未免累得慌,甚至失去对痛快淋漓之散文的信赖。可以这么认为:如果放弃了理性的论说,散文就放弃了文体的"主权",失掉疆土,生存堪忧。

四 语言的日常性

典型的散文语言,应该用散体文句叙事状物、表情达意,从古至今并不要求像诗歌一样合律押韵;也不像小说一样曲折隐晦,而像日常生活中的自语、对话一样明白易懂。《尚书·虞夏书·尧典》曰:"岁二月,东巡守,至于岱宗,柴,望秩于山川。肆觐东后,协时月正日,同律度量衡。"又如《周易·乾·象》曰:"潜龙勿用,阳在下也。见龙在田,德施普也。终日乾乾,反复道也。"前者杂言,后者四言,即使按王力的上古语音《谐声表》对查,也都不押韵,相较于同期《诗经》的"蒹葭苍

---

① 鲁迅:《生命的路》,载《鲁迅全集》(第一卷),人民文学出版社1981年版,第368页。

苍,白露为霜。所谓伊人,在水一方",日常口语化十分明显。

有少数诗化的散文,通篇用韵也较少见(汉赋中表现得特出一些)。但这种日常语言一定是艺术的,讲究修辞的。这种情形,与儒家的人文传统有很大关系。孔子曰"言之无文,行而不远"——本意是为了修饰,增强言语的分量,却将艺术的说话变成了一种文体——散文。六朝人区分文笔,以韵偶者为"文",无韵散行为"笔","笔"就成了散文一类文体的代称。所以,中国的散文,一直混迹在艺术和非艺术之间。好在中国文人一直警惕着散文的文学性,日常言说和行文都文采斐然,这就是中国散文历久弥新的奥妙之一。不用说庄史柳苏,即便清末之林琴南也不敢苟且,《洞箫徐五》谓:"徐五,南安人,精武技,能吹铁洞箫,声彻云表。隐于货郎,担上恒悬洞箫,遇山水佳处,则弛担而吹之",其煎箫起死的绝技更似传奇,用字、句式、节奏、夸饰与伏笔等无不恰到好处。

五四以来,散文语言更加口语化、生活化,这与现代白话语境中真实主体亲身讲述或谈论,并给现实的接受者诵读和听闻是有关系的,因此,也更逼近创作主体自身与自心的双重现实,与读者更容易交流与沟通。用郁达夫的话说是"清淡";用张爱玲的话说是"冲淡隽永"。张氏有一篇短文曰《爱》[①],篇末"于千万人之中遇见你所要遇见的人,于千万年之中,时间的无涯的荒野里,没有早一步,也没有晚一步,刚巧赶上了,那也没有别的话可说,惟有轻轻地问一声:'噢,你也在这里吗?'"无奈、无语、平易而余味无穷。

---

① 张爱玲:《爱》,载《流言》,上海书店出版社1987年版,第81页。

典型的现代散文语言,日常性如独白如对话脱口而出,平白、素淡、清雅、通俗易懂,与典型的小说、诗歌语言颇有区别。小说与散文在语言上有许多相通之处,像叙述语言特别是景物描写,有时就如散文一般流畅优美;但小说中人物的语言更多受到小说情境、人物性格及其地域文化的限制,一定程度被小说性限制住了。《阿Q正传》中的阿Q先生说的那些话,可不是鲁迅的日常语言。诗歌语言高度凝练与跳宕,离常态的生活情境已经很远。1976年4月北岛创作小诗《生活》①,正文就只一个"网"字,当年不少人仍看不懂,臆为朦胧诗。古来散文,从未见到一字如《生活》者。因此,诗歌的意象性规定了文体语言的比喻性、暗示性或象征性,其接受者比起散文来,没有那么普遍而充满平民味,这是很自然的。

五　体裁的兼类性

前文定义所说"艺术地表达",就散文而言涉及很多方面,除上述所讲语言,还牵涉结构、笔法、风格,甚至运用知识的能力等。本文特别要强调的是散文对其他文体的兼容并蓄与艺术的熔炼。先秦以来,文学文体的互鉴互用是很普遍的,诗歌、小说、戏剧从散文一体获益不少,但反过来,散文作为中国最早发生、又几乎无所不包的文体来说,它先天有着更强的包容性和更大的可塑性。

散文所谓"兼类",也可称"兼体",从表达方式和文章(广义)类别说,既指兼富议论、叙述和抒情等多种表达方式、

---

① 北岛:《太阳城札记·生活》,载周国强编《北京青年现代诗十六家》,漓江出版社1986年版,第19页。

难以牵强划入以上三型之一中去的复式散文；又指像书信、日记、序跋等，兼有应用与文学双重体裁与性质，而突出其艺术品质的文学散文。这是散文史中广泛存在的，颇多读者、学人在散文分类中常感无奈，又无人归纳的一种类型。套用"边缘科学"的话说，也可说是"边缘散文"。

《周易》艮卦"象曰：兼山，艮"。就像"乾"对应着天一样，"艮"在八卦中对应着山，由两个纯卦重叠而成"☶"，所以说"兼山"。在《周易》的哲学系统里，这个山既借指大自然中的真山，即"坤"的一部分；也指符号之山，即两阴一阳构形之山；还指它们象征或推衍出来的停止、静处、退隐等意蕴。"兼山"当然不只兼有纯卦，应该也兼有上述多维所指。北宋哲学家张载在《正蒙》中有这样的话："物无孤立之理""道则兼体而无累也"。这就是说，天地万物不是孤立的，个体事物可能有偏滞，道（太极变化的过程）却兼有阴阳对立的双方，且一方不会牵累另一方。这个"兼体"，我们其实在书法中已经领悟到了。正宗的书体有篆、隶、草、行、楷等，但"兼体"之后，出现了行草书、行楷书甚至草隶与草篆；而书写它们的工具，也有兼毫①之说。这一种思维、器物与行事方式，相信深得《周易》的"兼山"之妙。用在散文文体类型中，我们可以将它扩大——物两叠、阴阳多极、五行八方相冲相融为一种新的和谐体式，让散文富有吸纳任何文学甚至艺术体裁的能力，使散文成为真正的交叉文学或立体文学。这样的散文文本，从运用多种表

---

① 参见谢德萍、孙敦秀、杨增权《书法小辞典》，北京出版社1988年版，第140页。所谓兼毫"即'二毫笔'，是一种用羊毫和兔毛或羊毛和狼毫两种毛配制而成的毛笔，性能居软、硬之间，具有'刚柔相济'的特点"。

达方式、承载的内容及价值目标上看，一般说要比传统分类的议论散文、记叙散文和抒情散文更复杂、更厚实，甚至可能更大气、更有艺术性。

特别是前一样态（兼有多种表达或艺术方式）的兼类散文，不但可增加新的散文类型，尤其可避免面对复式散文，无法分类或只能强行分类的理论尴尬（后一种兼类也可兼有文学各种体裁、甚至更大范围不同文体的散文）。对于创作和批评而言，因为兼类散文鼓励更复杂、更宏大、更艰难也更深刻的散文创造与批评实践，可能为21世纪及以后的中文散文开拓出一个全新的艺术境界。这样的文本，我们在庄子的《逍遥游》《渔父》、荀子的《劝学》、枚乘的《七发》、贾谊的《过秦论》、司马迁的《刺客列传》《报任少卿书》、王羲之的《兰亭集序》、丘迟的《与陈伯之书》、吴均的《与宋元思书》、杜牧的《阿房宫赋》、苏东坡的《前赤壁赋》中看到过；也在沈从文的《水云》《凤凰》、余光中的《听听那冷雨》、王鼎钧的《红头绳儿》、史铁生的《我与地坛》和余秋雨的《一个王朝的背影》等中看到过，但仍然不多。《兰亭集序》是魏晋时期书圣王羲之为一册诗集所作序言，但成为千古名文与名帖，其文本兼有导读之实用、文学与书法之审美；《与宋元思书》是南朝吴均写给朋友宋（朱）元思的一封短信，但历代为人激赏，成为经典的山水小品，其文本之兼类亦显而易见。

文学没有绝对的写作、绝对的文体，因而也就没有绝对的分类（文学与非文学有时也难以明辨）。诗歌与散文诗，记叙散文与小说、兼类散文与戏剧文学，有时界限模糊。至于某一类型中的体式，更是纠缠不清。比如杂文与随笔；散文诗与哲理小品；

人物小品与传记散文，等等。本文的散文分类完全是开放性的，不作硬性规定。但为什么兼类散文大多出自诗人、小说家甚至学者、画家与书法家之手，而不是单纯的散文家笔下，这一现象颇值得深思。

因为真实性、私密性、论说性、日常性和兼类性的交融，散文不但成了中国最早发生的文学体裁，它包罗万象，又一枝独秀，也成为世界上最富有中华民族品格、文化传统和文体特色的文学作品，这是毋庸置疑的。

2017年11月8日初稿
2023年1月29日修订于上海鸿羽堂

论散文的"真"

许多年来,"真善美"成了一个畸形的幌子,一些人大晃其美。善,尤其是真,被攉到经纬之交的最后一个点上。过分强调美,一个劲往美里美气里钻,却小视了三者深刻的矛盾与和谐。不美的真难道一定比美的价值小吗?更不用说美而不真的那些玩意了。

然而,不真的作品仍是泛滥,散文几几成灾!"绝假纯真"哪儿去了?"我手写我心"哪儿去了?"先心后体"哪儿去了?"割自己的心"哪儿去了?散文偏离写真心的传统久矣。不贞是对自我纯洁的出卖,不针是对社会现实的逃离;不甄是盲于是非良莠的恶儒恶僧恶道;不珍是放弃一个公民、一个作家、一个弄潮儿、一个人道主义者的自然权力;不真是散文走向假真、虚美、伪善、肤浅、矫揉甚或谄媚的罪恶之源。在有些人锲而不舍地对真实、真诚、真挚、真心的摧毁中,散文特别需要建立对"真"的信念,裸呈自己,直写我心。

在健康人身上和行动上,真的同时也就是善的和美的。我对索罗金和马斯洛的观点抱有信心。作者将真心直叙、直抒、直陈、直泻而出,是散文文体的独特之处,也是读者的阅读渴望。离开这个内核,哲理名言也好,惜花护草也好,悲天悯人也好,只能是自欺欺人。真,是散文最基本的,也是最高级的。它富有极大的容涵,主体的、客体的、个人的、社会的、具象的、抽象的、艺术的、生活的、可知的、神秘的,无所不包。如果还要提倡善和美,在这个将许多美好的概念去其筋骨,只披衣饰的时代,我们不得不再加上一个字,合成真善与真美。

人的心是一个复杂的沉积,世界的一切在这儿纵横交错,丰繁而无定。溶在心里的真,还原到社会,就是生活的真;发而为散文,就是艺术的真。把艺术的真与美作为标准去修葺生活,约束作者,对于散文是本末倒置的杂耍。在散文这个傻瓜文体面前,只有写真心、真心写,你才配作为一个真作家、真人而存在。散文的真如此重要,那么,我所希望的真到底有着怎样的内涵呢?

笔者认为,散文的真可分五个层次,层层深入,又共融共铸:

"真"的五层次
一、对象的真
二、主体的真
三、时代的真
四、文化的真
五、人类的真

对象的真即是材料的真,为散文的客观性,可分两个方面:一面是自然物象与红尘中人。由于人与人的个性隔离,社会障碍，由于人对自然物象所知有限，纯真是很难达到的。很多时候，由于作者的需要，散文里也就是真假杂糅。一面的对象就是作者自己，自身或自心。像三毛的《说给自己听》、王英琦的《我遗失了什么》。写与被写，作者承担着两种身份，而必真则是同一的要求，否则会流于自我玩弄。可见，对象的真既有重要的也有不重要的。

主体的真则为散文的主体性，指作者的直觉、情感、心理与思想等。由于人的天性，人作为一个社会角色，在特定的环境下，主体的真是很不可靠的。不少现代的作家进入当代，要么否定以前的创作，要么越写越假即是明证。只有牢记人类共存的真诚法则，冲破角色与环境的局限，真才可能来到。丰子恺写于"文化大革命"期间的一批"缘缘堂续笔"，可说是这样的典范之作。主体之真是散文创作的中介，它制约对象，又被更深的层次制约；被对象选择，又选择其他更深的层次。

时代的真指散文的时代性或时代精神，是产生散文或散文产生的共时状态的社会环境与生活，以政治为核心。有真有假，或真或假，真假难辨，极真极假都有可能。但是长期以来，我们要求于文学包括散文的最高标准就是反映时代，此乃求乎其中也。杨朔的《雪浪花》越读越假，而峻青的《秋色赋》除了让人反思时代与文人，恐怕没有别的益处，此乃得乎其下也。时代的真控制着大部分主体，而它又被文化所控制。

文化的真乃指散文的哲理性，是以哲学为核心的广文化传统。它从个人、社区、民族心理的层面上，多少决定着现存的状态。只有少数杰出的人才能理性地反抗文化劣面的制约，而中国庞大的散文队伍中确有这样的人。不过，文化具有鲜明的民族和地域特性，如东方文化、西方文化；中国鲁文化、楚文化等。散文可能在一时空为真，而另一时空则为假。罗素的《如何度晚年》，要是中国的传统老人看了，定会吹胡子瞪眼睛的。文化的任何一个侧面的研究，只能更接近人，而不能穷尽和超越人。

人类的真就是人的真，人性的真，一种绝对超越的真。跨具象、跨个体、跨时代、跨文化。建立在这个层次上的散文，有一种普遍而永恒的真实，其特点是只真不假。对于爱情的追慕与哀怨，对于自由的渴求与压制，对于死亡的向往与恐惧，对于传统的维护与反叛，对于生的赞美与烦恼，这些尽管在不同的文化圈、不同的时空、不同的主体身上有着不同的内涵，不同的准则，不同的需要，不同的表现方式与途径，也有着不同的影响与力量，但基本的欲求与需要是不会消逝的。正是在这个基点上，人类才互相理解着又互相仇恨着、互相吸引着又互相排斥着，这也是人类的天性使然。对于假的丑的恶的，人性中有一种先天的内心尺度，健康的作者写了他们，越是真的，也就越在健康读者的同一尺度的裁判之中，此时此地的社会就让人看得更清白，而真善美的生长也会更有决心。因为求真、真善与真美，正是内心尺度的主要内容。优秀的散文，就在于从极富个性的人与时代中，挖掘先天存在的对于丑陋的抗体，那种指望从悖于本性的某些不带普遍意义的人为规范来拯救人的幻想，总难以变为现实。所以，人类的真是凌驾于一切之上的，人、人性、人类的欲望是发生一切人文现象的原生力量，个别与抽象互为依存，生生不息。一味地质疑甚至反对哲学、政治、伦理等的普遍与抽象，人、社会就难免遗失在具象的支离破碎之中；散文脱离这个轨道，也只能迷惘在琐细之谷，永远不能飞升。

我们追求的真，就是在一篇满意的散文里，通过对象真的载体，经过主体真的化解与选择，穿越时代与文化，而达到人性的共真。然后，拨开共性，向下层层反观，我们又可把握到人性、文化、时代、主体与对象独特的具体性及其在特定环境中的演化。另外，排斥顺逆观照的两个角度，抽取其中着力写作的任何一层，只要真正到了包含时代又超越时代的程度，则必然走向文化与人性。以上五个层面，在外力与内力、偶然与必然、永恒与短暂、释放与压抑、死亡与生长的种种矛盾交感运动中，使我们看到了真的生活，真的人物、真的思想与情绪，也看到了沉积在心而不得不外射，并诚望参与改变的散文。这样的散文将冲决一切藩篱，把真作为首要的也是最后的目的。而善和美，如果有，也是一种自然的泄露和伴与，那些仅从文字、句式、形象与音响去追求美的散文，并没有得到散文的神髓。我并不反对散文的艺术技巧，恰恰相反，我历来主张散文是一个系统，内容与技巧的任一要素都直接关系散文的整体素质。真而不达，也不能至真。但是，在迷于物象，阻于个体，限于时代，茫于文化，而主体人性越发自我疏离的时代，散文裸呈自己，直写我心，对于人类自身的寻找与完善乃是目前最为急迫的。没有一种文体像散文这样能担负起历史如此沉重的向往。

台湾散文家肖白说："求真是痛苦而奢侈的欲望。"（《摘云篇·6》）振作现代精神，勇敢地举起真的旗帜吧，散文作者们，挣脱两面人的苦痛，真诚、贞洁、针砭、甄别、珍视，在建立起真的自我的同时，也建立起真的散文，真的民族，真的人类。

——散文集《台港散文选真》序言，武汉出版社 1989 年版

历史与现实:形散神不散

"形散神不散"在上世纪60年代成为散文最热门的命题,被奉为一切散文的普遍特征,指导创作,并去评判古今中外的各种散文。这个所谓的散文审美标准到底跟古代的形神理论有什么样的渊源,与现代散文理论关系如何,它是怎样出现的,它行将溃散的自我致命伤在哪里,这是本文想简单探讨的问题。

中国古典的形神之辩,是沿着哲学与美学两条路线并互有影响与融合向前行进的。庄子从道家哲学客观唯心论出发,于《大宗师》首先提出"形残而神全"的命题。《庄子·知北游》说:"精神生于道,形本生于精。"这种道生精神,精神生肉体的发生逻辑,决定了庄子重道重神而不重形的自然天道观,而重神鄙形的哲学倾向又基本决定了两千余年中国哲学美学在形神关系上以神为主的可爱偏颇。嵇康《养生论》承老庄之学,主张"形恃神以立"。南北朝至隋唐佛学兴盛,慧远《沙门不敬王者论》的"形尽神不灭"论,宗炳《明佛论》的"形残而神不残"论,到神秀、慧能的万物皆生于"心性"说,从佛教哲学主观唯心主义的角度,为"神"的主导地位找到了新的认识途径。宋代程颐、朱熹从理气论出发，把道论与佛论等合为一体，再提重道重理而轻形轻文，以神驭形的哲学观进一步巩固。

还有一面助力是唯物主义的形神论，从管子《内业篇》"形为精舍"（精气即道，精舍为精气居住的房舍）的朴素唯物主义观，到范缜《神灭论》的"形质神用"（人的精神是其肉体的功能或作用）的不朽阐述，再到王夫之《张子正蒙注·诚明篇》的"因形发用"说，对唯心一派而言，尽管他们把"形"的本源作了可信的倒置，但强调"神"的主导地位却相当一致。哲学上形神关系的不断演化及其确立，也基本导引了美学上形神观念的产生及其变化与关系的确立。《周易》的"圣人立象以尽意"，从心物观念、创作方法、意象及本文构成等诸点上，把象与意放在手段与目的的相关程序中，可说是美学形神论的直接发端。《淮南子·精神训》提出"君形说"（神为形之君）并第一次涉及艺术，以绘画与音乐为例作了论述。不过，首次直接从文艺立论的，当推东晋顾恺之著名的"以形写神"的画论（《魏晋胜流画赞》）。他上承《易传》，又把唯物主义与王弼的玄学糅为一体，神不离形，以神为胜，为描绘物象的形神，特别是"传神"总结了一套方法（没想到它被当代散文当成了"滴眼净"）。

这之后，美学的形神理论与创作实践便朝着既复杂又比较统一的方向发展。一路可以顾恺之、谢赫、杜甫、白居易、荆浩、王世贞等为代表，力主神以形传，神在形中，在主体与客体的相互契合中，达到显现物象内在本质的效果；一路可以司空图、张彦远、苏轼、严羽、范士禛为代表，渴求"离形得似""象外传神"，甚至"羚羊挂角，无迹可求"。他们主张写意传神，而神在形外。最后，融合上述各家的是近代王国维的"境界"说，他既重客观物象的形与神，也重创作主体的情思介入，形成艺术作品抒情、写意和状形的有机统一，在一定高度上达到了真正的"形神兼备"。事实上此后的"境界"说或"意境"说出现了一种多元审美标准，比以前只重物神或只重己意的偏颇有了一种值得称道的宽容。应该说，这是在西方美学观念逐渐冲击下，创作理论上所要求的必然趋势。不过，王国维说"一切景语皆情语也"境界或意境说，无论是"以意胜"还是"以景胜"，传情传神，也都是重于写景写形的，与中国美学形神理论重神似的大趋势合拍。

通过以上简约的描述，我们可对美学上形神理论中的形神作一个概括：形——一指未入作品的客观物象（人与物）的形体状貌；二指作品中可直观的或凭想象获得的各种形体状貌。神——一是指客观物象自有的本质与规律；二是指作品中审美对象内在精神的本质属性和外在神态情状的个性特征；三是指创作主体的精神、意或情思；四是指作品的总体之神（创作主体的审美情趣与表现对象形神的融合）。关于美学的形神之辩，先秦、汉代还埋伏在哲学中；魏晋南北朝进入绘画书法等空间艺术；唐、宋、元再进入语言艺术的诗歌；而明清则扩展到戏曲小说等直接间接造型艺术的广阔领域，成为较有普遍意义的创作论与审美论。

不过，值得特别注意的是，形神之辩并没有在古代散文界造成多大影响，当然也没有成为散文创作与评论的审美范畴。只是清人魏际瑞继承顾恺之、苏东坡传神写照在阿睹之中、在颊上三毫的思想，明确把它移入散文创作。他说："人精神聚于一端，乃能独至，吾之精神亦必聚于此人之一端，乃能写其独至。"（《宁都三魏全集·魏伯子文集第四卷·论文》）把主体精神移入对象，并强调写出"独至"，可能是受了公安派的影响，而"精神聚"一说，也说不准是明代陆时雍《诗镜总论》中"精神聚而色泽生"诗论的移入。但不管怎么说，"神聚"一词出现在散文批评中，就笔者目前接触的材料看，还属首次。此后，清末的姚鼐在《古文辞类纂·序目》里把散文的构成因素总为八个方面："'神理气味，格律声色'。神理气味者文之精也；格律声色者文之粗也。然苟舍其粗，则精者亦胡以寓焉。""神理气味"指散文的内容，神为第一；"格律声色"则指散文的形式。姚鼐继承宗炳《明佛论》"形粗而神妙"说，形神关系还远远停留在管子的层次上。可见，那时散文中的形神理论从美学意义来说，还相当落后，与书画诗词小说等根本不能同步，但是，恰是他这种重神轻形的机械论，对当代散文"形散神不散"特点的提出有着较为明显的影响。

现代散文三十年，作家辈出、风格多样，真可谓是风云际会。但无论是散文作家还是理论批评家，就我所知，还没有一位对古典美学的"形神论"有过直接而鲜明的阐述，连将"形神"二字放在一块论及的时候都没有。这种理论的冷落与断裂有着深刻的历史原因。正如有人率先指出，朱自清、郁达夫等许多大家认可的现代散文，一是直承明代以童心说为哲学背景、追求"独抒性灵"的公安派；二是在文艺复兴人文主义思潮的强大冲击下，英国等满载个性解放、自由平等、人道主义精灵的散文随笔的直接熏染下而形成的富有现代意识的文体。他们的旗帜上写着四个大字"表现自己"[1]，任情任性任意挥写，一种精神的解放

---

[1] 朱自清：《背影》，人民文学出版社重排本1983年版，"序"，第6页。

与时代的自由直到现在还扑鼻扑心。刘半农的话可为代表："所以要做文章，就该赤裸裸的把个人的思想情感传达出来；我是怎样一个人，在文章里就还他是怎样一个人，所谓'以手写口'，所谓'心手相应'，实在是做文章的第一个条件。因此，我做文章只是努力把我口里所要说的话译成了文字；什么'结构'，'章法'，'抑，扬，顿，挫'，'起，承，转，合'等话头，我都置之不问，然而亦许反能得其自然。"（《〈半农杂文〉·自序》）任性与自然，是现代散文最高的审美原则，至少是一种审美主潮。他们把散文的特点与写法放得很宽，根本上说，就没有什么限制。当然，古代哲学美学之"神"在不同人物与时代所包含的道之神、气之神、物之神、儒之神、神之神、理之神，由此而生发的形为神生、传神写照、形神兼备等都更一概勿论，只谈"我"、我的心。郁达夫在《中国新文学大系·散文二集·导言》的第三节，特别强调散文创作要先心后体。尽管这里仍有内容第一、形式第二的观念，但现代主体意识的高扬是决不能与古典的"神"同日而语的。最值得注目的是李广田出版于1949年5月的《谈散文》。他提出散文"散"与"文"的相互关系，用现在的话说，即是散与不散。他写道："好的散文，它的本质是散的，但也须具有诗的圆满，完整如珍珠，也具有小说的严密，紧凑如建筑。"从文章的整体看，我们可知他所说"散"的本质，就是指的"自然"。这有两层意思：一指性情自然，"各人只是照着各人的意思写作"；二是写法自然，"象河流自然流布一样"。至于"圆满"与"严密"，就他对诗与小说的描述看，也同时是指散文的内容与技法，这种论述应当说是得了散文的真髓，相当辩证的。

然而，现代散文摒弃了的，当代散文如获至宝；现代散文选择了的，当代散文却没有力量去发扬它的成果，使之走向更加广阔和深邃。重蹈现代散文对传统时序断裂选择的历程，结局却太不一样，这是中国散文发展史上一次悲哀的回旋。

1961年1月，《人民日报》开创"笔谈散文"专栏。至5月，已先后有老舍、柯灵、李健吾、吴伯箫、蹇先艾、秦牧等参加讨论。而对当代散文二十五年来的评论与创作最有影响的，却是萧云儒发表在5月12日上的《形散神不散》。据开头看，他在师陀"散文忌'散'"的反激下，引出"散文贵散"，进而综合成"形散神不散"的命题。然后，他一边吸收现代散文批评的说法：随手拈来、生发开去、信笔所至、以求自然；一边，又顺手抓取秦牧发表在1959年而影响已较广泛的"一个中心"说（《思想和感情的火花》）与"一线串珠"论《海阔天空的散文领域》），再糅进上述有关提法，最后，把它们依附在古代的"形""神"概念上，经过一定的改造与"发展"，提出"形神兼备"的散文最高审美原则。这篇不到六百字的短论，拼接古今各家，命题简约"出新"，且大合时尚，确实可为当代散文审美观念的代表。那么，何者是"神"以及"不散"；何者是"形"以及要散？他说："神不'散'，中心明确，紧凑集中，不赘述。形'散'是什么意思呢？我以为是指散文的运笔如风、不拘成法，尤贵清淡自然、平易近人而言。"这就是"形散神不散""形神兼备"吗？我以为大谬。

谬之一，过分渲染"神"的作用，鼓吹作为文学的散文的载道载神，抹杀作者的主体意识及其个性观照，因而也抹杀了散文最根本的文体特质。它把古典美学"神"的丰富内涵与外延，缩小得又单一又单薄，曰之"中心"。而文艺上的"神"与"中心"，自古至今总是与特定时代的哲学、政治紧密相关。那个时代的中心是"为了进行革命斗争"，"而散文又是锋利的斗争武器之一"（蹇先艾《崭新的散文》）。那么，散文的"神"在哪儿？与古典美学的"神"比起来，既不是前两项物在作品内外的神，也不是后两项创作主体及与艺术物的一定契合之神，而是一定政治的神（当代真正的象外之神）与凑合物的拼合。对于作家作品来说，神都成了超验超物的东西，是凌驾一切的"君形者"。这样一来，与《列子》彻底唯心的"神心独运"没有什么不同。毫无疑问，如此至高无上，无所不在的"神"，作者只有跪地而拜的份了。散文千篇一"神"，因此长期存在。这不但对现代散文精神，甚至对袁中郎来说，都是大大倒退；是古代佛道之神社会化、伦理化、文学化的顶峰，而个性化、性格化、人化被压抑成无。那么，现在可否再提"神"，从而注进新的时代内容？我觉得不可以。特定的命题与概念铸成特定的精神形态后就进入社会意识的潜结构，新的内涵需要新的语言符号才能彻底刷新。

谬之二，与之一紧相关涉。割裂散文有机整体性，过分贬低了"形"作为艺术系统要素的性质，把形神或形式与内容的关系无机化，与现代科学的系统论背道而驰。系统论认为："系统的整体呈现了各个组成要素所没有的新特性"（黄麟雏等《系统思想与方法》）。这些要素，既有量的关系，也有质的关系，只有提高各种要素各种关系的基质，并根据系统目标把它们有机结构起来，才能实现"整体效应"（变即"新特性"）。一篇真正的散文，必须把高基质的包括形式与内容的各种要素进行系统有机结构，才能实现艺术的整体效应（内容与形式，只是作为要素时才分开，作为整体，就形成了系统质。两者一体，内容即形式，形式即内容，不能有高低主次之分），否则，它就不是一个有机体，是"堆"在一起的，毫无新特性可欣赏的死物。"形散神不散"的提法，正是着眼于"堆"，把"神"比作"红线"，将"形"喻为珠粒（这儿的"形"，其实就不再只是技巧。后来不少人也说"形散"就含有题材），这种无生命的任意组合，决不能呈现新特质，只能说明"红线"的伟大能力，不过是南朝郑道之《神不灭论》"神体灵照，妙统众形"的翻版而已。那些类似珠子的形而下的东西，可以任意搬弄、胡乱堆串，可以残，可以破，可以鄙，根本就不依从它们自身的能够结构成系统的内在根据。此种散文，最终难免形神俱残，哪还有什么"形神兼备"。

谬之三，主张一套笔墨，一种风格，最后必将走向自成格套，对散文造成束缚。有一个现象特别值得注意：古代美学"形神论"从画先起，继而书、乐、诗、小说、戏剧。散文在画之前就相当成熟与发达，为何要等到清代才有"形神"关系的讨论？这说明，形神理论最热衷于直接间接的造形造境艺术，而散文不是。它太随便，它太宽广，以至那么久远的形神论并没有把散文作为它的理论载体。姚鼐提到"神"，也只是作为内容的要素之一，形式上也没有拘于一种笔法。短论的"形散"不然，它明指一种"运笔如风"，自然自由的笔法，用这种手法才能东扯西拉更多的事象（珠子）从而引出那无孔不入的"红线"。从容量到写法，散文本来就无一定，只强调一套自然自由的笔法，一串珠子一根线，这就不得不走向狭窄。此后，由于散文没有建立起自己真正的批评语言，很多论者如获至宝，经过修补与发挥，将

"形散神不散"当作散文的普遍特征蔓延开去，写细节、画眼、点睛、以达传神的笔法竟也成了散文基本的和不得不用的技巧之一，许多散文弄成了小手段、小花哨，丧失了大气，与杨朔的诗意说胶合在一起，使当代散文失去了多元发展的艺术精神氛围。

从整体观之，"形散神不散"是一种历史的退化，是对现代散文的反动，就形神哲学美学关系而言，也落伍于唐以后的时代，不突破这个障碍，新的散文理论就不大好夺路而走。要说它有某些合理的因素，如清淡自然的写法，自古以来就是中国散文的传统，也符合散文文体特性，当然应该保留下来。

1987年作于武昌桂子山

——原载《散文世界》1988年第2期

善谢朝花　常启夕秀
——大学散文教学琐谈

我在大学教写作，又有些偏爱散文，近几年来，阅读了几乎所有写作教科书里的散文教材；又有幸南北走动，聆听了上海、天津、广州、北京、武汉等地学者和大学教师关于散文写作的专题演讲，无论教材或是演说，都有一些独到之处。但是，在这万物思新的年代，给我强烈的感受是，大学散文教学内容过于陈旧，亟待改革。

教材的目录上大约都排着这四项：散文的含义、分类、特点和写作。论述时，老态沉滞，颇少锐气，互相转抄，人云亦云。很多观点，跳不出古人的圈子，又停留在现代或70年代以前的水准上。这并不是说可以抛弃过往的精良，但应是"三级跳"，不该是"踩钢丝"。我们不能把原有的散文理论当作万古不变的经典，于丰富新颖的创作实际而不顾，于各种鲜灵的姊妹艺术理论和社会科学、自然科学的鸡犬之声而不闻，闭目塞听、自我迫害，到头来谁也不满意，使大学散文的理论研究失去优势，同时也给散文创作带来不利影响。

譬如，一讲到散文的特点，就是"形散神不散"，或曰"形散神聚"。神聚确无非议，而形散呢，胡子眉毛一把抓，"指的是题材、素材、语言功用、风格、体裁、手法的自由"，有的还加上结构。这样，名曰"形散"，实则是把内容、形式甚至风格等统统都囊括在内，极其混乱。

所谓"形散"，认真分析起来，换一个字更确切：多。多样的题材、多样的结构。这些恐怕不能说是散文的特点，诸种文学样式都会具备。"神不散"更不必说，若硬说是散文的特性，怕有些不合情理。这个所谓散文的特点，一经流传，害人不浅。大中小学、报纸杂志、散文创作都以它作为理论支柱。其实，"形散神不散"这个说法表面提到了"神"，即内容，内容和形式二者的关系，但在考察时，都仅从外部直觉着眼。在考察外形散时，又把形式和内容搅混起来，让人感到纠缠不清。探讨散文的特点，还应从欣赏美学入手，读者品赏散文，最需要的是什么，就像读小说、读诗歌、读报告文学、读电影剧本一样，而这些体裁带给读者的美感享受，都代替不了散文。现在看来，要科学地概括散文的特点，一时恐怕不是容易的事。

讲到散文的作用，大多仍称"文学队伍中的轻骑兵""轻武器"。一家率先立论，百家一哄而上，好像它生来就为了出击，明火执仗地加入政治的、阶级的斗争，打仗是它最大的本能。或换一个说法，"能够迅速敏捷地反映火热的现实生活"，这同样失之片面，实际上都是把文学散文推向实用文的队伍中去，使人误解它的文学特征，轻视它的创作价值，忽略它的美学力量，致使一些人另眼相看，至今认为散文不能登入文学的大雅大堂。讲到散文与其他文学体裁的依存关系，又比作是"文学的木炭习作"。言中之意，散文是所有文学样式中的低级阶段。说散文"像绘画中的素描，是从事文学创作的人必须练的基本功，也是从事一切文字写作活动的基本功"，散文容易上手，是事实，但过分强调它的社会作用，停留在文学甚或非文学的基本功上的认识是远远不够的。散文无论思想内容抑或技巧的高度，都与小说诗歌站在同一台阶之上。不能把写散文只当成创作的少年，走向成熟就过渡到写小说。顾炯同志说得好："有些同志认为'散文最自由，最容易掌握'。我觉得这种说法有点儿片面性，容易给人造成散文可以一蹴而就的虚假印象。"

在有的课堂里，硬要散文创造意境，没有意境就不是好散文。但只要我们阅读了众多流派的散文作品，这种硬性的要求就会变得有点儿可笑。《散文》月刊1981年第10期里，有一篇英国作家彻斯脱顿的《囊中物》，在他意识流的结构里，在他跳动而幽默的叙述中，找不出一个真正美学意义上的意境来，但它确是一篇深刻醒人的好作品。诚然，不少散文描绘了绝妙的意境，特别是我们民族的散文。但教材或课堂论述意境的时候，大多只是引一通古文论，说明一下定义，把散文的意境与诗歌的意境完全等同起来，抹杀了散文意境的独特性。于是，为了追求这种意境，当代散文中，雷同的"意"、雷同的"境"、雷同的人物和结构，到处都是。杨朔在这方面，是个优胜者，也是个失败者。散文与诗歌比，意境创造的特点相似，达到的美感相似，但也有不似之处。一是用笔不同：诗歌大笔勾勒，几字道出一个变化过程，留给读者的空间稍大一些，显得更凝练；散文在粗笔勾勒中，更注重精细的刻画，相对来说空间小一些，但愈有气氛。二是着墨不同：诗歌多是一句两句，意境即出，作为全诗的

"心"，比较明朗；散文是一个句群，一个段落，嵌进散文而为"心"，却较隐蔽。当然，这只是我的一点体会，也许全是乱弹。

散文的结构艺术，历来是一个令人头痛的问题，无论是教材还是课堂教学，内容最为薄弱和缺乏科学性。或曰纵式、横式、纵横交错式等；或曰串珠式、织网式、冲突式、画面式、曲径通幽式等；或曰以情、以理、以物、以人、以事作结构线索等。不是抽象笼统，便是交叉混乱，要么就干脆将散文装在一般文章或文学的结构套子里，把潇洒、飞动、丰富的散文结构，论述得单调死板，失去理论的指导意义。笔者也惯于人云亦云，在教授散文结构的时候，自然不会有新的发现和科学的归纳，但也曾企图从相反相成、辩证统一的角度来找出一些散文结构笔法，像放笔与收笔、铺笔与点笔、本笔与借笔、断笔与续笔、跳笔与连笔、退笔与进笔等。自以为有的笔法能把某一类散文的结构解剖清楚。譬如，本笔与借笔这一辩证笔法。所谓本笔，就是表述作者真意的笔墨，是写神之笔；借笔，即借来容涵真意的笔墨，是写形之笔。杨朔的《雪浪花》，借笔写浪冲礁石，本笔写劳动群众改造江山的韧劲和毅力。整篇用此种笔法结构而成。又如，断笔与续笔。断笔，某种叙述的中辍、休止；续笔，某种叙述的巧妙接起，也是一种整体结构笔法。具体结构是：明断—暗断—明续。杨朔的《茶花赋》，就是此种笔法。遍览《杨朔散文选》竟惊异地发现，他的很多名篇，像《荔枝蜜》《海市》《香山红叶》《秋风萧瑟》《宝石》等，都是这样两种结构形态，或把它们交合起来。也不能怪有人指出他散文结构的单调与雷同了。这是他最大的优点，也是他最大的缺点。我在探求散文结构的时候，讲出了这些笔法，学生们似乎还能够接受。

散文写作理论中（不独散文），还有一个棘手的课题——"大我"与"小我"。散文抒情达意要不要写"我"？写怎么样的"我"？散文教材和课堂教学中，很多人只主张写"大我"，不能写"小我"，以为"我""小我"是自私的"我"，一个个人主义者的"我"。其实，这是把文学典型意义上的"我"，混同于伦理范畴意义上的"我"。所以，一谈文学，生怕冒犯了伦理，"小我"之谓个人、自私云云，也就毫不足怪了。岂知生活中一切"大我"都包藏着"小我"，而一切"小我"都体现着"大我"，认真说来，实无"我"之大小区分之必要。想想看，谁能在这密集的社会结构中，钻进象牙之塔呢？如人说的，即便成佛，还有宗教政策呢。所以，每一个自我，都带着另一个自我，而众多的"我"，不就构成了社会吗？这反映在文学中，就上到了更高的层次。"我"就是"他"的借代，只不过某些因素较为独特罢了，散文中的"我"亦如是观。近几年，主张写"我"的理论被打败了，于是文学作品，又特是散文与诗歌，很多人不敢写"小我"。小说里的"我"可以借托和回避，因此纷争也少。散文的"我"竟是作者直面于读者之前，这还了得？作者只好随声附和，在那儿空游空叫。可想而知，散文不入人心。散文无心，焉能得人之心？所谓"大我"也随之消失。最后是一个不负责任的"我"，一个失落自我的"我"，甚而是一个叫人厌恶的"我"。散文失去独具的个性，被人冷落理所当然。

1984年作于武昌桂子山
——原载《散文世界》1985年第11期

短篇小说的四种情节

一 情节释义

短篇小说如何根据内容和人物设置情节,并以此为依凭来安排小说结构,是一个非常关键的艺术问题。

何谓情节?历来众说纷纭,无论在言谈、批评甚至教学中,论者各有自己的理解。高尔基(Maxim Gorky)的话对中国文学界曾具有决定性的影响,他在《和青年作家谈话》中说:"文学的第三个要素是情节,即人物之间的联系、矛盾、同情、反感和一般的相互关系,——某种性格、典型的成长和构成的历史。"① 简言之,情节是性格的历史,为塑造典型人物服务。英国的佛斯特(E. M. Forster)认为:"情节也是事件的叙述,但重点在因果关系上。"② 概言之,情节是对有因果关系的事件的叙述。美国的塞米利安(L. Surmelian)也说:"所谓情节,是精心结构起来的具有严密因果关系的故事,即戏剧性的情节。"③ 且看王蒙怎

---

① [苏联] 高尔基:《论文学》,人民文学出版社1978年版,第335页。
② [英] 爱·摩·福斯特:《小说面面观》,苏炳文译,花城出版社1981年版,第70页。
③ [美] 利昂·塞米利安:《现代小说美学》,宋协立译,陕西人民出版社1987年版,第87页。

么看的:"情节往往是指小说里比较完整的、有因果关系的那些事件。"① 我们可以发觉,上述对于情节的阐发,相互间总有一些若隐若现的影响,强调的侧面不同,意义指向也有差异,但它们都只能反映一类情节现象,即写连续的事件、故事性强的小说情节。

现代小说的发展,使传统的情节概念失去了概括力。事实证明,中外现代小说(包括短篇)不仅有故事性强的;还有并无完整的故事情节的,只是几个小的生活断片,它们在人物命运或性格上存在着某种联系;有的只写一种气氛、一组意象、一个意境,人在某种场合中的情感渲染,根本就没有一串相连的事件;有的只写人在特定物事的刺激下潜意识的流动、零碎的心理感觉,等等。面对这些现象,有人称为小说的非性格、非情节化。② 有学者主张,现代小说为了容纳现实生活中的非情节因素而调整结构,但结构并不能代替情节以至于取消情节。这正像一对老年结婚的夫妇及其重新组合的家庭,不能取消他们过去各自复杂的情感与故事一样,否则,便没有他们现实的合理存在。所谓的情节,也还是指有强烈故事性的那种,面对无法包罗的小说情节,他就只好借助结构的功能,这其实是没有必要的。与其破坏结构的内涵并不惜混淆结构与情节的界限,倒不如改变或扩充情节的含义,使其能涵盖现代小说,尤其是短篇小说复杂的情节现象。

---

① 王蒙:《漫话小说创作》,上海文艺出版社1983年版,第102页。
② 孙绍振劝初学小说者应从情节小说开始,"因为一切性格小说,乃至非情节、非性格小说都是从情节小说发展而来的"。参见《怎样写小说文学金钥匙小丛书》,海峡文艺出版社1992年版,第73页。

据此，本文试图提出一个能够囊括古今短篇小说的情节概念，以求教于方家。可以这么表述：

> 短篇小说的情节是相关人物有某种关联的、有一定时间长度、空间浓度和心理密度的富于张力的动感。

这表明短篇小说以人物为主，他们是以承载思想的核心对象，又是艺术生活的主要角色，不管小说中的人物各自多么不同，但他们一定要相关于情节。情节的构成是由人物或与人物相关系的各种动感产生的，动感可能是极为剧烈的，也可能是极其微妙的，它们在时间、空间和心理等方面会有不同的量度与表现，并由此造成张力。[1] 小说情节的张力或是意外的转折；或是逻辑的合理与不合理；或是几个因素的对立统一；或是实与虚、现象与本质、存在与幻象的对照与矛盾等。总之，没有艺术的张力，小说情节就会失去可读性，小说的意义也随之消失，而短篇小说由于体制的关系，尤其看重这一点。按照这种理解，笔者将中外短篇小说的情节划为四种典型的类别。下面在论析的时候，会不可避免地旁及与情节有关的结构技巧。

二 戏剧情节

第一型叫戏剧情节，也可称为故事情节。这是有一定时间长度，线索清晰，事件的发展从头至尾在动作（动感）上一环套

---

[1] 可参看笔者的长文《现代诗歌创作论》第5节"张力"，在逻辑意义上两者完全一致。

一环，有严密的因果关系，着重于在曲折、生动、出人意外又在人意料中的戏剧化情节（冲突）中刻画人物的短篇小说。总体上看，中外的短篇小说大多属于这种类型，此大约也正是小说情节的原本形态。如美国短篇小说大师欧·亨利（O. Henry）的《二十年后》，[①] 叙述两个朋友杰美·威尔斯和鲍柏二十年前就相约好，二十年后的这一天，在纽约的一家药店门口相会，无论那时他们身在何方，也无论发生了什么大事，除了那种最可怕的结局，都得践约。这一天终于到了，一个深秋的凉夜，做了警察的威尔斯在为对方点火吸烟的细节中，发觉了来人既是他的朋友，也是纽约警察总署通缉的要犯，他走开了。不一会儿，鲍柏从另一个来人手中收到一张条子，是威尔斯写的，大意是：因为我们是朋友，不好亲自逮捕你，特派我的同事将你捉拿归案。直到此时，"老油子"鲍柏才恍然大悟。在令人惊奇的情节动感及其转折中，写出了警察杰美·威尔斯既重情谊，更重法律，最终舍弃私交，维护人性纯洁的高尚精神与举动。小说情节发生与发展的可能性，在现实生活中是极难找到的，富有戏剧的冲突，也富有戏剧的夸张和传奇色彩，同时又严密而生动，有极强的张力感，是典型的戏剧情节。

这种情节的小说在结构上的最大特点是注重安排悬念，然后在高潮处释念，姑且称为悬念结构。只有悬念，才能引人入胜，使读者把心提着看；只有释念，才能解渴，心满意足，把提着的心放下来，在平静中去思索、去回味。那么，怎样在结构中去组织悬念呢？方法可说是千差万别的，如果把短篇小说的结构划为

[①]《欧·亨利短篇小说选》，平明出版社1956年版。

三个部分,即起笔、续笔与止笔,这里可描述一个大概。

起笔:写好处境,放进部分人物或全部人物,并暗示出人物的某种模糊的关系、动机,或是不经意地点出人物之间必然要造成戏剧性情节的某些物件(这些都是勾起情节进展的契机),把人物引到现场。

续笔:把某种动机和关系的秘密隐藏或悬挂起来,着力描叙人物在现场的行为,而且要把这些行动写成在读者看来是具体的、实在的,但与起笔里暗示内容的关系却是不明朗的、难以捉摸的。只有作者知道,他是在拐弯抹角要脱出一般人预料的常理。

止笔:用续笔里人物行动的结果,自然地挑明起笔里的暗示,使人马上产生整体联想,悬念得到释放,整个情节出乎意料之外,又在情理之中。而小说里,人物本身也是某种程度的没有想到和莫名其妙。《二十年后》和汪曾祺的《陈小手》[①],可说都是这种写法的代表,尽管它们在进程上还会有一些差异。

短篇小说的戏剧化情节具有很高的审美价值,线索明晰,因果关系严密,人物的性格与精神也容易让情节塑造得鲜明突出,便于读者记忆和传颂,符合民族的欣赏习惯等。但正因为戏剧性太强,故事太巧,把握不好,容易写得离奇失真,既缺少生活实感,又不能达至荒诞,甚至只有故事而没有情节,倘若只为了戏剧性而失去了灵魂,那就更为糟糕了。

三 断片情节

第二型叫断片情节。之所以不称为片断情节,是因为断片后

---

① 汪曾祺:《晚饭花集》,人民文学出版社1985年版,第199页。

面隐藏着可以分离又不可分割的整体，二者之间是若断若连、可断可连的关系。而"片断"不过是从绝对完整的作品中强行选取的局部，作品其他的部分也没有"断片"的性质。这种断片情节没有环环紧扣的故事，避开大起大落的冲突，是几个一小串本身具有一定时间长度、空间浓度和相对独立性动感的小说片断。能把它们集中在小说里，并成为一个有机总体，那是因为塑造人物性格、揭示人物命运、表达人物情绪与感觉、或阐发某种哲理的需要等。有不同的小说追求和理想的人，会营构自己不同的断片情节。

中国现代的短篇小说，就断片情节而言，鲁迅的《孔乙己》可说是很典型的了。抛开结构中其他因素不论，为了刻画孔乙己这个形象，小说共写了四个断片：一是孔乙己在咸亨酒店受到酒客们的嘲笑，以及他的争辩与搪塞，写出孔乙己对"读书高"的坚信不疑；二是孔乙己考酒店小伙计"茴"字的四种写法，突出作为读书人的自我优越感；三是孔乙己分茴香豆给邻舍的孩子们吃，写孔乙己经济地位的不争气；四是孔乙己被丁举人家打折了腿后再到咸亨酒店喝酒，老板对他的作弄取笑和孔乙己仍然要面子的种种窘态，写封建社会对下层知识分子的野蛮摧残。在四个有着一定时间长度、空间浓度并充满张力——信奉"万般皆下品，唯有读书高"的孔孟教条，又被它毁灭一生却至死不悟的——断片情节的具体描叙中，孔乙己这个人物及其意义可以说将在文学的历史中雕塑千古了。

在短篇小说里，写好断片情节并使其深深吸引读者是相当不容易的，因为没有曲折的故事和复杂的因果关系，那么，或对于生活气息、种种细节；或对于人性、生命与哲理等有精细的观察、丰富的积累和深刻的把握，而对于描述的准确，语言风格的独特性要求也愈高。可以这么说，阅读戏剧情节的小说，读者可能忽略了语言的优劣，无论是作者的、叙述者的还是人物的；而阅读断片情节的小说，语言的被注视推到了一个极为重要的位置，因为离开了语言的功能，那些断片的物事就失去了艺术的魅力。比如陈村的小说《一天》①，共四节，即四个有一连串动感的断片情节，主要笔墨叙写主人公张三在一天的时间里极为平常琐细的工作与起居，可说每一个动感都是作家尽力使人物还原到生活本身，给人以毛茸茸活鲜鲜的感觉。请看下面一段："张三冲起别针头子的时候思想是不敢开小差的，思想一开小差手就会伸到针头下面，一伸到针头下面手指头也就没有了。张三的手从来没有伸到冲头下面去过，所以张三的手指头一直是好好的。手指头伸到冲床的冲头下面被冲头冲掉是非常痛的，车间里有工友就是这样痛过的，张三看了心里就非常地怕了。手指头一冲掉立刻就有血跑出来，血一跑出来人就要痛了。冲下来的手指头是没有什么用了，冲下来的别针头子是有用的。所以张三想，最好多冲点别针头子，不要把手指头也放到冲床的冲头下面冲掉了。"②对于当代小说而言，这般极尽平淡而至于罗嗦的语言简直就是冒险，简单逻辑的反复、句式的直板，句尾几乎不是"的"就是"了"，承载内容的平庸，然而，它单调而不厌其烦的叙述语言（有些简直就是废话），既符合人物的文化水平与思维方式，也与单调的工作、生活与人生构成了艺术的和谐。尤其是以断片情

---

① 程德培、吴亮评述：《探索小说集》，上海文艺出版社、香港三联书店1986年版，第442页。

② 程德培、吴亮评述：《探索小说集》，上海文艺出版社、香港三联书店1986年版，第450页。

节的方式对大都市普通人生作了精细而深刻的凸现，语言在小说里挤满了能指与所指的一切领域，读来颇有意味。鲁迅的《社戏》，以三个断片情节来铺衍小说，又因为语言的特征，我们完全可以当作一篇充满乡土味的记叙散文来欣赏。这些都足以证明，断片情节的小说，从情节、结构一直到语言风格等，都深受了散文艺术的影响，而小说的散文性、真切性，正弥补了戏剧化情节奇巧失真的不足。

断片情节在结构上的最大特点是运用种种方法使各个断片连成一体，姑且称为粘连结构。而性格、命运、哲理、情绪或某种契机等，都可能成为合理的黏合剂，使人看到，就某个角度而言，小说仍然是一个有机的系统，尽管不像戏剧情节因素有不可或缺的严密。如果说《一天》《社戏》与《合欢树》[①] 等，是以人物及其关系作为断片的黏合剂，那么，史铁生《一个谜语的几种简单的猜法》[②]，则是以一条古老、绝妙而又令人着迷的谜语，来使六个时间、空间和动感完全不同的断片玄奥而自然地聚拢起来。汪曾祺的《打鱼的》[③]，介绍了五种打鱼的方式，第三、四种两句话就过去了："一种是扳罾的。/一种是撒网的。"（这两种可以去掉或再写详细一些）只在第五种里才简约叙写了一家子打鱼的命运及其女人的死。五个断片，以行业作黏合剂，写来自由而沉重。当然，写断片情节若没有功力，容易弄得繁杂、琐碎、散乱，让人莫名其妙。

---

① 史铁生：《合欢树》，上海《文汇月刊》1985 年 6 月号。
② 史铁生：《一种谜语的几种简单的猜法》，《收获》1988 年第 6 期。
③ 汪曾祺：《晚饭花集》，人民文学出版社 1985 年版，第 52 页。

四　心理情节

第三型叫心理情节或意识流情节。这儿的"心理",当然包括感觉、知觉、记忆、思维、情感和意识等心理现象,但与心理学研究的对象不完全相同,也不等同于心理学教程中关于"心理"的阐释,而是文学作品中(主要是小说)有组织的系列心理活动与事实。而心理情节,则是指人物意识流动的过程构成一连串有一定心理密度和深度的动感。心理情节的内容自然也着墨外界的现实,但只是作了跳板或触发点,人物因了起兴、类比、对比、因果等契机,以披露复杂的意识,尤其是埋藏很深的潜意识。在错综回忆、自由联想、内心独白、梦境幻觉等心理的描述手法中,模糊或交叉、倒置现实和非现实生活的时空顺序,按照心理的需要把多种意识内容组合并运动起来,从而表现自我内在的世界——心灵的现实。

英国女小说家维吉尼亚·沃尔夫的短篇《墙上的斑点》[①],可说是心理情节的经典之作。冬天,"我"坐在壁炉旁,抽着烟,抬起头来,忽然看到了墙上的那个斑点,于是想到它可能是挂肖像用的一枚钉子的痕迹,并猜测以前的房客是怎样一类人家;但觉得斑点太大太圆,不可能是钉子,又说不出到底是什么,于是想到生命的神秘,人类思想的不准确,世界虚无缥缈;又臆测斑点可能是残留的玫瑰花瓣,由此联想起莎士比亚、植物学、查理一世在位时人们种什么花以及与花相关的很多事项;由于斑点是突出的,又想到古冢、坟墓与宿营地、文物以及一个收

---

① 袁可嘉、董衡巽,郑克鲁选编:《外国现代派作品选》(第二册),上海文艺出版社 1981 年版,第 71 页。

藏家上校的命运；最后感到斑点好似一块在大海中抓不住的木板，由此而想到树及其生长、草地、森林、河流、鱼群、水甲虫，又回想到树本身，因为"木头是一件值得加以思索的愉快的事物"。这一段意识流是该小说的重头戏，"我"内心生活的追求，对人生的哲理认识和对社会的看法，都通过"树"的联想表现得淋漓尽致。结尾，经过旁人的提醒，墙上的斑点原来是只蜗牛！小说通过人物意识的自由联想与发挥，组成一波一波的动感，从而构成心理的情节。情节的因子之间不排除有偶然的联系，但更多应该是作者有意的"混乱的蔓延"，从而"扩大了表现的深度和广度"[①]。小说中，一只蜗牛是没有意义的，而人物由此触发、流动出的意识和潜意识，才是自由而富有价值的，这种内心生活与外部现实的矛盾正是《墙上的斑点》的整体张力（文中还布有生存与死亡、伟大与平凡等张力内容），这种有意味的对比，也正是心理（意识流）情节深层的哲学背景和内容。

可以看出，短篇小说的心理情节具有如下一些特征：其一，人物自身的意识或潜意识流动，一定要处在特定环境或情景之中，并促成情节在某种艺术张力中运动。情节是人物的意识及心理驱动的，不再像以前的小说，作者或叙述者从旁介绍一些人物的心理内容。其二，心理情节的各个因素（动感）比较琐细繁密，不像戏剧情节的大刀阔斧，大起大落而流动的意识或潜意识，有的带着形象或故事的片段，有的是纯粹抽象的思辨，当然，前者可能更多一些。其三，削弱了人物的外部动感（行

---

① 陈焜：《西方现代派文学研究》，北京大学出版社1981年版，第181页。

动），而使意识（尤其是潜意识）的运动得到了膨胀般的发展。这种会"想"的人物，由于情节的推动，把小说和读者都带入了前所未有的理性和非理性世界。《墙上的斑点》是这样，美国作家詹姆斯·瑟伯的《华尔脱·密蒂的隐秘生活》①也具有这些特征，王蒙的《春之声》②同样有着这些特质，只不过，后二者有越来越多的现实成分，并且表现出不同的关联和节奏感。这毫不奇怪，无论何种情节，每一个都该具备自己独特的神貌。

真正意义上的心理情节小说，无论流动的意识是巨流还是细水，意识的流动多么杂乱纷披，其发生总是有所凭借，其放纵总是有所依归。因此，在结构上大体可寻出一个规律：从现实转到心理，再从心理转到现实，也就是由外到内，再由内到外，这样不断地交叉轮回，姑且称为交替结构。至于现实内容有多少，心理内容有多少，二者的关系如何；交替的频率和手段又怎样，相信作家们都有自己的追求。《墙上的斑点》不断地从斑点到幻觉，再从幻觉到斑点；《华尔脱·密蒂的隐秘生活》不断地从白日梦到现实，再从现实到白日梦；《春之声》不断地从眼前的见闻引起联想与回忆，又从忆想回到车厢当下的见闻。尽管前者的外部现实是一个静止的点，而后两者的外部现实是一条运动的线，后者与前两者对待外部现实的哲学态度也很不一样，但在用交替结构组织内容从而构成心理情节这一点上却都是相同的。至于怎样使结构合理且天衣无缝，主要有两点：一是如何恰当选择

---

① ［美］克林斯·布鲁克斯、罗伯特·潘·华伦编：《小说鉴赏》（上册），主万等译，中国青年出版社1986年版，第29页。
② 王蒙：《王蒙小说报告文学选》，北京出版社1981年版，第192页。

缤纷的有意味的情节;二是如何借助关纽巧妙加以组织,使之既符合意识的流程,又符合情节的需要,更符合文本结构的内在要求。瑟伯在他的小说里,第一次交替借助的关纽是开汽车,他于是变成了海军航空兵;第二次看见了一所医院,于是变成了大夫;第三次听见一个报童喊着关于一件审判案的什么事,他于是变成了被告;第四次看见杂志上轰炸机和废墟的图片,他于是变成了勇敢的"密蒂上尉"。意识的发生及其流变绝非无缘无故,这也符合心理学和哲学的有关原理。

五 诗化情节

第四型叫诗化情节。这种情节不建立在故事的起落或人物性格的关系中,也不建立在纯粹而系统的深层心理之中,而是用诗化的语言与手法,建立在感觉、意象、意境、隐喻、象征、氛围、风俗画等单个或系列的心物对应的动感呈示中。而意象的营造及与人物的关联,是其中基本也最重要的内容。何立伟的短篇小说在这方面较有代表意义,他的《白色鸟》《小城无故事》《一夕三逝》《雪霁》等,都是典型的诗化情节。譬如《空船》[①]一篇,以大河中的小船为中心意象,船是空的,既无缆索也无桨,不管有风还是无风,枕住散碎并不流离的灯光,却不飘走,而"河水又从容,旷古皆然的来而且去"。其中出现的人与物:细伢子及其纸船、老渔翁及其网罾、"有人"与"独立人""一男一女"等,都被空船这个主要意象所统摄:等待、必然的失落、磨损以至于溃烂,自己希望在无意中也毁灭着别人的希望。

---

① 参见何立伟《小城无故事》,作家出版社1986年版。

众多的意象集中在同一个空间中，且彼此之间产生关系与张力。尤与诗歌不同的是，诗的意象可以直接与诗人的心灵空间对位，而小说的意象或多或少借了叙述的客观性，与其中一个或某几个人物的精神世界作了秘密或密切的沟通，这些沟通都是靠人物与意象的内外运动促成的，从而造成符合我在前面对短篇小说情节的概括又有着独特神貌的诗化情节。

如果说，戏剧情节强调过程的强度，断片情节强调片段的厚度，心理情节强调意识的密度，那么，诗化情节则强调意象的浓度。由于后者着意捕捉与表现意象（有时甚至连人物本身也成了整体意象内容之一），因此，与前三者在写人写物上都有所不同。前三种小说主要还是写人，尽管它们在人物的内外动感上有着显著的不同侧重，而诗化情节则更多转向写物，写物人关系，且这些物不再是或仅仅是传统小说中的道具、背景，用来衬托的若有若无的环境之描写，作为意象——倾注了作家或人物全部情感与寄托的物象，与人物站在了同等重要的席位上，有时甚至超过了人物所承载的意义含量。虽然，小说仍要以人物为契机，为视点，或为贯穿始终的角色。《空船》是这样，《白色鸟》也是这样，那两只美丽、安详、自由自在而雪白雪白的水鸟，与一白一黑的两个少年相比，与动荡不安的社会对比，我们难道可以说，白色鸟的重要性只能作为小说中的点缀吗？恰恰相反，我们完全可以说，没有那两只雪白的水鸟，小说的动人张力：自然的美与社会的丑，就完全不可能产生。这同时说明另一个有关联的现象，诗化情节的张力不再像戏剧情节、断片情节或心理情节，主要来自人物自身及其关系，而是来自人物与意象之间，意象与意象之间，甚或若隐若现的背景与意象之间等,不过,并不否认有时也来自人物自身和人物之间。《空船》无处不在的张力是对上述理论最好的阐释。法国小说家阿兰·罗布-格里耶(Alain Robbe-Grillet)的名作《海滩》①,将三个身材、颜色、年龄大致相同的少年,放置在由四种意象构成的特殊环境中:左边是陡峭的崖壁,右边是浩瀚的大海,中间是荒凉的、平整的、没人走过的通向天际的沙滩;而少年的前后,总有一群海鸟若远若近地起落。除了崖壁与沙滩不动之外,少年、海浪与海鸟总是平行的、同速的运动着,直到小说结束,人物与意象几乎一成不变地仍处在开头的情境中。纵然有钟声在召唤,然到底"岸"在何处,绝对没有任何消息。这就非常明显了:构成空间的意象与人物行动及其愿望,存在不可避免的矛盾,而正是这种对立统一的张力,揭示了小说的象征意义:人类行为的无目的和无希望。一点也不错,正像诗歌的象征经由意象演化而成一样,诗化小说的象征也由意象构造和表现,不管是《白色鸟》中的局部象征,还是《空船》和《海滩》的整体象征。这是另一个理论问题,这里就不再赘述了。

诗化情节的小说几乎抛弃了人物的性格刻画,也不再以人物为小说唯一的结构中心,人物和意象都直接呈示着同等重要的意义,因此,结构上的聚合偏于诗歌的空白与弹性,本文暂且称为

---

① 袁可嘉、董衡巽、郑克鲁选编:《外国现代派作品选》(第三册),上海文艺出版社1984年版,第450页。罗布-格里耶是法国新小说派的代表作家,这派作家主张"人物不再注重性格的刻画,而具有更多抽象的含义。相反,物应在小说中占据重要位置,甚至排挤掉人的地位";同时认为"形式是最根本的,现实就在形式之中,内容和作品的意义也在形式本身之中。作家所最关心的应是语言,通过语言去表达真实"(转引自郑克鲁语,见上书,第424页)。这些认识,对理解诗化情节的小说(包括《海滩》)是很有好处的。

浓缩结构。即把所有描写、叙述的对象，浓缩在一个或几个中心意象、人物、画面或意境之中。因此，诗化情节的小说，篇幅往往是小巧玲珑的。至于如何浓缩法，将细微的题材与物象诗意化、系统化与艺术的逻辑化，关键在于设计那个至关重要的中心，它是小说情节的魂，也是结构的魂。以上几个例子在这方面都有着成功的经验，海滩、空船、白色鸟都做了结构之纲，无论物事多么纷杂，时空多么交混，浓缩之后，仍是有板有眼，收放自如的。

短篇小说的四种情节，其实是世界上人、事、物存在着的四种秩序，也是小说作家观察、把握和表达秩序的四种艺术方法。前面已经说过，不过是最为典型的四种类别而已，实际创作中，它们还会派生出许多有差异的情节形态，这些既是现代哲学、美学、心理学等社会科学影响所致，也是小说、诗歌、散文、杂文、报告文学等文学体裁交相吸引、渗透的结果。

1993 年 12 月于小可斋

《周易》中的旅居文化

所谓"旅居",至少有三层蕴含:一是旅行及在途中暂住,"居"的停留之义,当然体现在旅次之中。二是日常生活,"居"的平时与起居之义,可以概括。三是客居异乡,"旅"的寄居之义;"居"的居住之义,均可以包含。所谓"文化",是与自然相对的,与人有关的一切心理、行为与结果的总和。本文论述的旅居文化,描述了上述三种人生状态。当然,对于一部分人,可能涵盖了整整一生。

孔颖达曰:"易理难穷。"《周易》是中国的一切古籍之源,不用说发蒙了儒道两家的思想,甚至还"义涉于释氏"。[①]《周易》对旅居文化的揭示、象征与阐发,主要体现在《旅》卦,此外,《坤》卦、《履》卦、《复》卦、《无妄》卦、《遁》卦、《大壮》卦、《困》卦和《归妹》卦等,都有相关表述。下面从五个向度或方面加以论列。

---

① 《十三经注疏》整理委员会整理,李克勤主编:《十三经注疏·周易正义》,北京大学出版社1999年版,第3页。

一 旅之义

指旅居的意义，也可以说是价值。《旅》卦"彖"曰："旅之时，义大矣哉。"我们可以从几个卦象文本中厘分出至少两层意义。

一是从主动旅行领略的普泛意义或价值。如"坤"卦说："君子有攸往，先迷后得，主利。"这是说，君子知道有该去的地方，虽有险阻甚至迷惑，但最后终能把握事物的方向，实现其主要目的或利益。

《复》卦"彖"曰："复亨，刚反，动而以顺行，是以出入无疾……天行也。利有攸往，刚长也。其见天地之心乎？"复卦"物不可以终尽"①的思想，非常具有中国哲学周而复始、生生不息的辩证思维。而在阳刚上升、天行之健、人"有攸往"的时候，尤能"见天地之心"！这里的"见"字有两音两义：读"现"，则天地之心自现；读"见"，则旅人之探见、亲见"天地之心"。

那什么是"天地之心"呢？按《周易》思维，至少有两种心灵：第一种，《周易·系辞上》第一章曰："天尊地卑，乾坤定矣"；第五章又曰："一阴一阳之谓道"。天乃乾，乃尊，乃阳；地乃坤，乃卑，乃阴，阴阳的相关、相对、相反而相成等，就是天地的法则，亦是《周易》最大的道理，最高的境界，当然就是"天地之心"了。第二种，六十四卦的每个卦象由"初"至"上"六爻构成，上二爻象征天；下二爻象征地；中二爻象

---

① 《周易·序卦传》："物不可以终尽，剥穷上反下，故受之以复"。

征人。于此,"天地之心"的"心",在"天"与"地"的中心地带,正好与"人"对应,因此也可以说,"天地之心"就是人心。那么,这"人心"凝聚在旅行的何处呢?复卦的卦辞作了点化:"出入无疾,朋来无咎",即无论旅行还是归来,没有病患和麻烦;朋友来访(别人的旅行),大家都无灾祸。这要求虽不高,却是旅居的和谐状态。

二是从被动旅行感受到的特殊意义或价值。《旅》卦象曰:"山上有火,旅。"孔颖达解释说:山上的火不停蔓延,以象征旅行①。这是值得商榷的,因为山火蔓延险象环生,与旅行状态并不能完全对应。且一山之火,也不足以迫使所有的人都去旅行。认为人住在山上,遇火,而火不可遏,家已毁,不得不逃,可能更合理一些。所以"初六"才说:"旅琐琐,斯其所取灾",这个火,很可能还是"我"自己导致的,在逃旅的过程中,"我"就显得格外小心谨慎,不敢再有差池。这个描述,当然就是被迫的旅行。这个意义在哪里呢?王弼一语点破了:"物皆羁旅!"②"羁"者寄也;"旅"者客也,万物均客行客居,人也难逃其运。如此,"六五"的爻辞才有"终以誉命"一说。这样的话,人之旅,之不断浪游世界,就可能成为一种常态了。

二 旅之备

此谓旅人对旅行的准备或必要的防备,亦可称"旅之资",能

---

① 参见《十三经注疏》整理委员会整理,李克勤主编:《十三经注疏·周易正义》北京大学出版社1999年版,第229页。《白话易经·旅》沿用了这一说法,见中国民间文艺出版社1989年版,第312页。

② 《十三经注疏》整理委员会整理,,李克勤主编:《十三经注疏·周易正义》,北京大学出版社1999年版,第228页。

够支持完成安全之旅、和谐之旅的资财、供给，抑或可以防患于未然的凭借。从以上数卦的内容看，可以分为心理与物事两项。

首先是心理准备。如《旅》卦"初六·象曰"："旅琐琐，志穷，灾也。"在踏上旅途之前或之中，过于小心谨慎，甚至畏首畏尾，又没有战胜可以预见之困难的足够心理准备，那灾祸或不幸就会降临。古人有"常备不懈"的说法，虽不仅指旅行，但无疑包括了旅行。

又如《旅》卦"上九"曰："鸟焚其巢，旅人先笑后号咷。"因此卦的内卦是艮，山也；外卦是离，火也，火在山上，上九的阳爻又在火之上，才有如鸟巢居于上，必被倾夺或被焚的比喻。上九·象曰："以旅在上，其义焚也。"当代学者李一忻《周易入门》解释道："以旅在上，而以尊高自处，岂能保其居。其义当有焚巢之事，方以极刚自高为得志而笑，不知丧其顺德于躁易"[1]，这是抓住了旅人自躁、自高、自傲，而最终落得巢焚人悲的下场。这一爻是对人在旅行途中，不可倨傲于众人甚至众物之上，以免遭遇灾祸的心理告诫，否则，旅之"义"——无论是阴阳的互补，还是旅人的和谐，都不复存在。此爻辞带有浓厚的道德劝阻与评判。

其次是物事准备。按《旅》卦所言，包括旅资、旅次（居所）、童仆、斧头甚至弓箭等，以备不时之需。

当然，现代人的旅行之准备，无论心理还是物事，已大大不同于古人了，但道理还是相通的，乖张或悖理，一样会遇到问题甚至受到惩罚。

---

[1] 李一忻撰：《周易入门》，郑同校订，九州出版社2003年版，第373页。

三　旅之德

指旅者的德行与修养，尤其是在旅途中遇到问题或险境时，表现出来的态度与行为。

如《困》卦彖曰："险以说，困而不失其所，亨……有言不信，尚口乃穷也。"这是说，人困于危境之中，仍保其快乐（"说"：悦也），且能随遇而安，这样才可得到幸福。若自己说到的做不到，耍嘴皮子，处境会更加险恶。这是一种处变不惊，保持乐观与进取精神的旅人美德，也是对徒尚空谈，轻易屈服于困难的一种批判。

《旅》卦九三曰："旅焚其次，丧其童仆，贞厉。"而九三·象曰："旅焚其次，亦以伤矣。"居山遇火而逃，这是不幸；投宿旅店又遭火灾，连童仆也离开自己了，连遇大不幸。九三为阳爻，在下卦的最高位，象征旅人态度傲慢，在困难时没有善待仆人，致使自己再遭打击，独木难支。九三象曰接着评判："以旅与下，其义丧也。"在危局中只想法"对付"（"与"）童子，而不是帮扶（因他亦是受难之人），当然丧失了旅行的道义了。《周易》要求旅人"处旅之道，以柔顺谦下为先"[①]，诚哉斯言。

当然，《周易》还将旅之德泛化或广义化，把那些受之于天地的德行，施之于日常生活，甚至于政治生活之中。譬如《旅》卦卦辞象曰："山上有火，旅。君子以明慎用刑，而不留狱。"孔颖达疏曰："上下二体，艮止离明，故君子象此，以静止明察，

---

① 李一忻撰：《周易入门》，郑同校订，九州出版社2003年版，第371页。

审慎用刑,而不乱稽留狱讼"①,这是由旅卦艮(山)下离(火)上之构成——慎者,山之德也;明者,火之德也——而向司法领域引申的结果。

四　旅之策

每个"旅人"在准备旅行之前、之中甚至之后,都会选择一些适于旅行的策略与方法,这与他旅行的动机或目的等肯定有关系。从上述卦象透露的内容看,大约有两个方面比较重要。

第一,如《坤》卦文言曰:"坤至柔,而动也刚,至静而德方,后得主而有常,含万物而化光。坤其道顺乎?承天而时行。"这就是说,"柔"是坤——大地的秉性,常动,因而刚健;常静,因而德行守正。它之所以拥有万物,是明白与天(乾)道的从属关系,从而能使万物生生不息。坤道看起来很畅达,实在是它顺承了乾的意志、并遵循了天的时序运行才得以实现的——承天、择时而顺境——这是"旅人"三条最大的策略,也是每一次旅行应当遵循的——除非没有或不能选择。

第二,《履》卦初九·象曰:"素履之往,独行愿也。""履"有"鞋子""走过"和"执行"等好几种解释,从名词到动词,都与做、行动和实践相关,当然也可以说是旅行。"素履"至少有两种意义:孔颖达疏曰:"'独行愿'者,释'素履'之往,它人尚华,已独质素,则何咎也?"② 主要是指向质朴上路、轻

---

① 《十三经注疏》整理委员会整理,李克勤主编:《十三经注疏·周易正义》,北京大学出版社1999年版,第229页。
② 《十三经注疏》整理委员会整理,李克勤主编:《十三经注疏·周易正义》,北京大学出版社1999年版,第63页。

装上阵,甚至有可能是微服私访之类的旅行。又如《白话易经》所解,初九为阳爻,是踏实独行的第一步,"还不曾被富贵诱惑,仍然本着自己平素的志向前进……是指特立独行,不随世俗的意思"①。

在对待旅途发生的具体事务上,《周易》当然还有一些细节性的策略与方法,这里就不一一罗列了。

五 旅之归

"归"乃回归或复归。如果说旅是一种往,那归就是一种返。《序卦传》曰:"物不可以久居其所",这话无论对"旅"还是对"归",都具有真理性。若言"物皆羁旅",也可言物皆思归。对一些人,旅次可能是久居之所;对另一些人,家(本居)才是久留之地,对他们来说,"居"的意义,就是"平时"的"起居",只有"旅"而归来,才能恢复到"平时"。

归的状态其实也是多种多样。最常见的,当然就是《履》卦所说的"其旋元吉"——能复归而有大福庆,尤其是在旅行的意义上。

《归妹》卦象曰:"归妹,天地之大义也。天地不交,而万物不兴,归妹,人之始终也。"归的原意是嫁,孔颖达疏:"归妹犹言嫁妹也。"② 妇人嫁与夫家,不管是何状态,总是找到了归宿的地方,这是社会学上的寄身之归。也因此,人有了家庭、有了亲属、有了代际的承传,民族与社会得以延续。而人与人的

---

① 《白话易经》(全译本),中国民间文艺出版社1989年版,第87页。
② 《十三经注疏》整理委员会整理,李克勤主编:《十三经注疏·周易正义》,北京大学出版社1999年版,第220页。

来来往往，也构成了人类"旅"与"归"的历史，无论是主动还是被动的。

《遁》卦象曰："天下有山，遁；君子以远小人，不恶而严。"此卦上卦为乾，下卦为艮，所以说"天下有山"。"遁"是逃避或退让，遇到了小人，惹不起就躲起来。这样，小人不再那么让人憎恶，也可严于律己。要不然这样解释：君子不必被迫协同小人作恶，也用清静和清白建立起自己的尊严。问题是往哪儿逃或退呢？当然是往山上，就像天逃出山之外，君子也逃出世俗之外。这个，《遁》卦称为"嘉遁"，是一种美好的逃避，当然是做隐士去了。此卦因此夸赞说："遁之时，义大矣哉！"这个语气，与夸赞"旅之时，义大矣哉！"完全是一样的。这种"归"，是一种心灵的追附，一种精神的塑造，既是主动的，也是被动的。老子、陶渊明、李白和徐霞客等人在中国文化史和生活史上有那么崇高的地位，是与他们在自己的作品中塑造出来的"嘉遁"形象有很大关系的。

《复》卦为我们描述了很多复归与返回的状态，如"不远复""休复""频复""中行独复""敦复"和"迷复"等，也都与精神有关。但《复》的要旨更在"反复其道"，指明阴阳反复乃宇宙规律，"凶必定返回吉，危必定转为安，这是自然的法则"。[①] 正如白天去了夜晚就来，夜晚去了白天就来一样，阴阳往返消长循环不止，万事万物生息繁盛。人也是这样，一代又一代；一个人的一生也是这样，不断地旅，又不断地归，往返于宇宙之间、阴阳之间、远近之间，还有，生死之间。于此，"其见

---

① 《白话易经》（全译本），中国民间文艺出版社1989年版，第154页。

天地之心"。

当然，请注意：归并不是终点，正像旅不是终点一样。

2015 年 6 月 3 日初稿
2020 年 3 月 3 日修订
——原载香港《国学新视野》2015 年秋季号

从山水、山水文学到文学山水

本文分三个层次,谈谈"山水"一词的由来与演化;"山水文学"和"文学山水"的不同内涵与相互联系,并特别讨论四种表现山水的文学方式,以及它们与山水文学和文学山水两种创作方法或艺术形态之间的审美逻辑。

一 "山水"

据现有资料,"山水"二字连属并作为一个定型的词,最早应该出现在先秦古籍《山海经》里。该书有"山"字876处,"水"字542处,超过一半的表述是"水"随"山"转,山水相依。《海内西经》曰:"后稷之葬,山水环之,在氐国西。"[①] 记载了后稷的所葬之地及所处环境。《山海经》仅此一处提到"山水",且明指自然物象。作为一册满载着神话故事的古地理著述,给几千年以来的地理学、哲学、美学、文学等学科,创造了一个全新的术语和范畴。

---

① 袁珂校注:《山海经校注》,上海古籍出版社1980年版,第291页。

文学中的"山水"一词出现得相当晚。但汉以前一些重要哲学、文学典籍,"山"与"水"二字(或相关之川、江、河、海、泽等)的出现,数量十分可观。《诗经》已有"如山如河"的比喻,但最多还是将"山"与"隰"在诗行里对举,如《郑风·扶苏》有"山有扶苏,隰有荷华"。"隰"指水塘至少也是水洼地。"荷华"就是荷花,没有水的地方,不能生长。《尚书》有"四海""九川""九泽"等词,且有"名山大川"的形容,而"山川"一说则出现了四次。《论语》为孔子门人所辑,除了众所周知的"知者乐水,仁者乐山",和"子在川上曰:'逝者如斯夫!不舍昼夜'"。

《老子》一书无"山",但"水"现3处;相关词"川""江""海"都至少在2处以上。而"上善若水"是他最著名的比拟之一,几同于道——其哲学体系的最高范畴。《庄子》亦无"山水"之说,但"山"有67处,"水"有77处,仅次于《山海经》。更为值得注意的是,庄子善铸新词,与"山""水"搭配的词语相当丰富,"山"除泰山、华山等地名外,有山林、山木、山谷、深山、大山、高山和崇山等;"水"更胜一筹,除赤水、白水等地名外,有杯水、流水、止水、秋水、得水、失水、忘水、悬水、洪水、海水、水旱、水波、水战、水行、水静等词组,极大地丰富了后世哲学尤其是文学的意象艺术和修辞技巧,为山水文化的发展奠定了文字和语词基础。

从主词出现的频率及成词的可能性推测,《山海经》之成书,应该在上述各经典之后。

及至《楚辞》,虽仍无"山水"之构,但以山与水对举的修辞方法愈至频密,像《山鬼》的"山中人兮芳杜若,饮石泉兮阴松柏";《抽思》的"望北山而流涕兮,临流水而太息";《远游》的"下峥嵘而无地兮,上寥廓而无天";《招魂》的"川谷径复,流潺湲些"① 等,将山水的阴阳之对、高低之位和美学之别等,表现得鲜明而深入。

笔者认为,这一切都源于中华最古老的文化原典《周易》。

伏羲等圣人"仰以观于天文,俯以察于地理"②,设计出乾坤、艮兑、震巽与坎离四组八个经卦,相应于天地、山泽、雷风和水（雨）火八种宇宙物象。"山"（《周易》出现35次）占一卦或一象,而"水"（《周易》出现31次）则统领了"雨""泽"两卦或两象。八卦里面,也仅有这二卦或二象具有相关性,虽然它们指代了不同的人物、动物、方位与季节等。六十四卦中,第四卦曰"蒙",下（内）卦为坎为水,上（外）卦为艮为山,由山水两经卦构型,所以《象》曰:"山下出泉,蒙。君子以果行育德。"意即新泉出山,不知所之,为蒙稚之象。这时,真正的君子须采取果决的行动,用自己的道行与智慧,教育蒙稚的新人成长。第四十一卦曰"损",下（内）卦为兑为泽,上（外）卦亦为艮为山,由山泽两经卦构型,所以《象》曰:"山下有泽,损,君子以惩忿窒欲",讲刚与柔、损与益、邪与正等的哲理或用事。此外,下艮上坎为"蹇"卦;下艮上兑为"咸"卦,乃上述二别卦上下经卦的倒置。

《周易》中,山水通过爻象和卦象表达出来的描述义、引申义、比喻义、象征义等,在中国数千年来的文化及文学艺术作品

---

① 《楚辞选译》,李山选译,中华书局2005年版,第47、99、139、171页。
② 《十三经注疏》整理委员会整理,李克勤主编:《十三经注疏·周易正义》,北京大学出版社1999年版,第266页。

中，随处可看见它们的倒影与涟漪。事实上，《周易》之"山"与"水"，很多时候概括了自然的一部分甚至整个自然现象，后世放大"山水"的狭义为广义的自然界，其根源也在这里。更重要的是，《周易》的自然本体论哲学、"一阴一阳之谓道"的变化思维和卦象对偶的设计，尤其是山与水、泽四个可对比互组的卦象，对后世的哲学、美学、文学和艺术有至深至远的影响。

二 "山水文学"

"山水文学"这个概念，起于何代何人何典何文，目前还没有找到可靠的说法。晋代诗人左思（约250—305）在《招隐二首·其一》里写道："岩穴无结构，丘中有鸣琴……非必丝与竹，山水有清音。"[①] 后五字是中国诗史上的一个名句，至少有三层意思：自然之音胜过人工的丝竹之音；"清"乃道家哲学的一个重要观念，应该与山水之清隽的客观和"清静无为"的主观有联系；最后也是最重要的，"清音"包含了本体论与认识论双重意涵，既是自然自体的声音，也是诗人审美的声音。也因此，这里的"山水"，不再仅指《山海经》中的自然物象，或地理学中的隆起部分与水域，而是诗歌语境中的感受性山水、想象性山水与文学性山水。

一百多年后，谢灵运诗《石壁精舍还湖中作》，有仿句"昏旦变气候，山水含清晖"[②]，只不过由听觉转换为视觉。再过一

---

① （西晋）左思：《招隐诗二首》，载（南朝梁）萧统选，《昭明文选》（中卷），李善注，京华出版社2000年版，第73页。
② （南北朝）谢灵运：《石壁精舍还湖中作》，载（南朝梁）萧统选，《昭明文选》（中卷），李善注，京华出版社2000年版，第86页。

百年左右,萧统编《昭明文选》,在众多分类中,列"畋猎""纪行""游览""江海""物色""游仙""行旅"和"军戎"等类型,均与山水和旅行有关。能用这些概念为不同作品冠名,说明在当时的文学界已有共见与共识,这是非常值得重视的。与萧统几乎同时期的著名文学批评家刘勰,在《文心雕龙》里就专题《物色》一章,认为"岁有其物,物有其容";"山林皋壤,实文思之奥府",提倡"模山范水",以便"情以物迁,辞以情发"[①]。从萧氏的"物色"到刘氏的"物色",这绝不是偶然的巧合,说明魏晋南北朝时期,自然本体论哲学风行,山水旅行文学已成标尚。怪不得刘勰在《文心雕龙·明诗》中总结说:"宋初文咏,体有因革,庄老告退,而山水方滋。"[②]"庄老告退"所指为何或是否准确不好说,"山水方滋"则是确信无疑的。如果说,中国文学史上的"山水文学",词根起自《山海经》,由《明诗》一文赋予它美学、文学及文体学的属性,恐怕应该是有些道理的。自刘萧以后,山水诗、田园诗、游览诗、行旅诗、游记、山水小品、旅游文学等名目,流行于各时代的文坛了。

  本文无意从历史沿革的视角来梳理山水文学的发展,只着力从文学个体与山水(无论狭义还是广义)的关系,其实就是主体与客体的关系,厘分自《诗经》以来四种主要表述形态,并探索这四种形态背后隐藏的文化与文学信息。这里先说前两种,后两种在下一节再说。

---

  ① (南朝)刘勰:《文心雕龙》,载周明《文心雕龙校释译评》,南京大学出版社2007年版,第421—424页。
  ② (南朝)刘勰:《文心雕龙》,载周明《文心雕龙校释译评》,南京大学出版社2007年版,第45页。

第一种曰"摹写山水",也可以说是摹写自然。这个摹,就是用文字来临摹、描摹或刻画,使文本中的山水与自然风物尽量保持原生态的体貌声色。这与庄子《渔父》中所谓"真者,所以受于天也,自然不可易也"[①] 恰相扣合。这恐怕也是中国各体文学中最早出现的山水文学方式。《诗经·葛覃》写女子准备回娘家的故事,第一节起兴,集中笔力摹绘山中景物:

> 葛之覃,
> 施于中谷,
> 维叶萋萋。
> 黄鸟于飞,
> 集于灌木,
> 其鸣喈喈。

程俊英译作:"葛藤枝儿长又长/蔓延到,谷中央/叶子青青盛又旺/黄雀飞,来回忙/歇在丛生小树上/叫喳喳,在歌唱"[②],朴素的笔法有如素描中的白描或线描,把半山上的一植一动,一色一声勾勒出来。李白名诗《梦游天姥吟留别》,除了前面的四行和后面的七行,中间的三十四行全是摹写,尽管他用了许多比拟、夸张、想象,甚至神话的诗法,但赋的直陈与铺排还是最重要的。散文中,《徐霞客游记》最可代表。当然,这与徐氏不从文学出发,而以地理考察为本有关。

第二种曰"归依山水",也可以说是归依自然,是以大自然

---

① 陈鼓应注释《庄子今注今译》,中华书局1983年版,第824页。
② 程俊英撰《诗经译注》,上海古籍出版社1985年版,第5页。

的山水为主要素材而创作出来的文学作品。与"摹写山水"一样,人或主体只隐进山水,是相对于山水而存在的次要角色。它们都是以山水为本体,从山水自性出发,用文学体验山水、感悟山水、重现山水,进而呈现自然之广大与至美。不过,较之"摹写山水"而言,"归依山水"更进一步,诗人或主体化而为物,身体与心灵归向自然。用老庄哲学来说是"物化";用现代哲学来说就是人的自然化。陶渊明的《饮酒二十首·其五》,"结庐在人境,而无车马喧。问君何能尔?心远地自偏。"为何诗人身在闹市却静若无人?只有心"远"而为物了,与"地"(自然)融为一体了,才可"而无车马喧"。"君"化而为"物"了,返璞归"真"了,才能"忘言",发现自己"欲辨"而不能。

唐人王湾的《次北固山下》,我觉得有重读、重品和重评的必要:

> 客路青山外,
> 行舟绿水前。
> 潮平两岸阔,
> 风正一帆悬。
> 海日生残夜,
> 江春入旧年。
> 乡书何处达?
> 归雁洛阳边。

此诗双重主体角色非常明显:"客"与"乡"(洛阳)属人的社会;"潮""风""海""日""夜""江""雁"作为山水或

自然主体，已将"客""物化"成了一员，所以，回到洛阳的不是"客"，而是雁。此外，诗作自然时空感深邃而开张：就时间言，有白天景象，也有夜晚江色；有日的转换，也有年的更替。最后，雁客只能在更远的时间里归于故乡。就空间言，连诗题在内，其"山""下""外""前""海""边"等，将"客"生命与物生命作了充分延展。还可特别注意那个"舟"意象与题目"次"的对应，"客"无处可栖，以舟为舍，四海为家，即舟次残夜而入旧年，也算是与"山水"结为一体了。这首作品，可说是诗人让自己"归依山水"与自然的汉诗典范，哪怕仅在一夜之间。

三 "文学山水"

在哲学、政治、文学或其他领域，出现一个有价值的术语或概念，不是一件简单的事。更何况，若它真正成为一个学科的范畴，则有可能占据一定历史位置，"文学山水"有这种可能性。

据笔者目前的了解，按"文学""山水"顺序，将两个词组合在一起，最早出现在大陆《两岸关系》杂志1999年第1期，作者是时任《人民文学》主编的程树榛。文章标题为《"文学山水相约"——大陆著名文学杂志负责人访台散记》，"摘要"明确指出，是"台湾朋友为我们此行起了个富有诗意的名字"。很显然，这里的"文学山水"不是一个学术的、理论性概念，而是"文学"与"山水"相连相约，一个访问团体的标识。散记发表在一册时政性刊物上，在文学界也几乎没有引起任何注意。

2015年，由世界华文旅游文学联会主办的"第五届世界华文旅游文学国际学术研讨会"，打出了"文学山水"的主题，它不是对"山水文学"的简单倒置,而是在文学与山水(无论狭义还是广义)关系上,一种观念的改变,一些创作方法的概括,甚至还关涉数千年来哲学美学上主客体争论不休的思辨,是相当有价值的一个命题,至少体现了人的主体性在山水和山水文学中的觉醒,有时候,甚至表白了文化散文兴起之后,文化性对自然性的主动与超越。其他的不说,接着上一节,我们来讨论文学表现山水的另两种形态,即自现山水与文化山水。这类作品从人文出发,从主体出发,强调人的存在价值与理想价值,用山水来阐释人化的自然,让山水隐进人文,颇值得研究。

第三种曰"自现山水",也可以说是自现自然,让自然的星月、山河与动植物内在地诉说。在《诗经》等摹写山水及之前的很长一段历史时期,因为自然的强大和原始宗教的约限等,人们臣服于山水,崇敬山水,视自然及山水为神为仙。只有在相对于自然本体之主体相对自由和解放之后,在一定意义上激活了"天人合一"中"天"与"人"的平等价值之后,文学才可能让山水与自然"自现"。王维的五古《辛夷坞》:"木末芙蓉花,山中发红萼。涧户寂无人,纷纷开且落。"一个自闭的山涧,一树自语的芙蓉,一个自足的世界。《周易》以乾坤为神,《说卦传》更谓:"神也者,妙万物而为言者也"[①],大概就是这种境界吧。

新加坡华文作家周粲的《秋色》说:

> 所有的枫树都知道:叶子绿了之后,一定要凋零;既

---

① 《十三经注疏》整理委员会整理,李克勤主编:《十三经注疏·周易正义》,北京大学出版社1999年版,第328页。

然如此，那么，在凋零之前，为什么不索性痛痛快快地燃烧起来呢？这么想时，所有的枫叶，便都痛痛快快地燃烧起来。①

这是童话、神话还是动画？都不是，是散文。在这里我们看到，枫叶之所以燃烧，是枫树自己的心理行为。这个行为能够发生，当然又是植物与季节所创造。这就像弗朗兹·马克所期待的，画作能"表达出森林或马自己所感觉的"②。这些除了观念、意识与美学，还需要笔力，并不容易做到，但周粲做到了。他还有一篇《树龄》的散文，通篇用第三人称请一棵老树来讲述自己的历史，第四段说："当然，它也能讲一讲跟鸟窝啦、蜜蜂巢啦、蚂蚁啦、啄木鸟啦、松鼠啦等打交道的经历，但是这些经历，谁听了都会嫌琐碎的。"③带给读者全新的视界，一种来自山水万物的内在之声。这种写法，在大陆、台港散文里也并不多见。

第四种曰"文化山水"，也可以说是文化自然，或以人化成的自然。人以山水修养性灵，久而久之，再以性灵修养山水和统领山水。有的文本，表现在人创造的文化系统里解释和叙述自然，有时甚至可以忽略自然。这是在人类文化产品相当丰富，社会文明高度发达，而人类主体非常自信甚至有些膨胀的时候，才可能形成风尚的一种形态（在历史的某个时段，某个个体的自信与超越，也可能出现类似作品，如林则徐少年时与老师合作巧对

---

① 《周粲文集》（东南亚华文文学大系·新加坡卷），鹭江出版社1995年版，第39页。
② 《宗白华美学文学译文选》，北京大学出版社1982年版，第288页。
③ 《周粲文集》（东南亚华文文学大系·新加坡卷），鹭江出版社1995年版，第54页。

的山水联"海到无边天作岸，山登绝顶我为峰"，就明显地将人高耸在自然之上）。就作者群体而言，学者或理论修养比较好的作家，喜爱这种方式。像饶宗颐、余秋雨和李元洛等都有这样的作品行世。饶宗颐的《文化之旅》①，讲国学与地理、田野与考古，文化很多，而山水很少。余秋雨的《山居笔记》《文化苦旅》和《行者无疆》等，通过考查埋藏在中外文明历史中的良知，重建现代民族知识分子的文化人格。某些篇章像《三峡》，虽然带读者进入了历史地理，但那地理中的山水，影影绰绰甚至一带而过，整篇直写山水景物者只用了十个字"神女在连峰间侧身而立"②完全不是过去那一套临摹细描的笔墨③。为什么呢？醉翁之意不在山水，在乎山山水水中承载的文化，因为文化才使山水高耸在人类历史的天空中。李元洛先后出版了《唐诗之旅》《宋词之旅》和《元曲之旅》等，在不同自然和社会时空的游走中，彰显中华古典文学独特文体及其艺术成就，指挥了几台诗人、意象、山水、杰作、历史和现实的大型交响乐。而人的精神、人的遭遇、人的追求、人的浪漫、人的气魄、人的创造、人的艺术之光与彩，乃"经国之大业，不朽之盛事"④，是贯穿文本始终的主旋律！

当然，文艺是一种复杂的精神现象，而文学比起艺术来，可

---

① 饶宗颐：《文化之旅》，辽宁教育出版社1998年版。
② 余秋雨：《三峡》，载《文化苦旅》，知识出版社1992年版，第42—48页。
③ 笔者在《用生命拥抱文化》一书中曾说："在余秋雨笔下，几乎完全给人文化了。人境中的主体生命、文史背景与时代氛围三个要素，无论在心理上还是笔墨上，都大大超越了对自然生命的直接叙写。"见人民文学出版社2002年版，第215页。
④ （魏）曹丕：《典论·论文》，载郭绍虞主编《中国历代文论选》（一卷本），上海古籍出版社1979年版，第159页。

能更加剪不断，理还乱。上述文学对山水自然的四种表述形态，并不总是可以划然而别的，一兼二甚至更多的大诗大文大戏，也极有可能存在着。比如张若虚的《春江花月夜》，比起五言或七言的绝句来，是不是要复杂得多，也立体得多呢？

——原载《光明日报》"名家讲坛" 2016 年 12 月 1 日

第二辑 现当代文学

论汉语新文学的生态学叙述

本文的研究对象，涉及全球范围各类华语文学作品，为了避免在论述前提上——那些文本及其拥有者是在一个什么准则下进入论文的视野，进行不必要的厘清，且由此可能产生文化本位、历史本位、政治本位、文学本位、地理本位甚至是国家本位等种种争议，笔者采用了学界前几年提出的一个概念："汉语新文学"。论文希望从叙事学（Narratologie）或叙述学角度进入下面要提到的文本，并探讨身处世界各地的汉语作家们对待宇宙——天、地、人的态度，从而发现一些与环境生态、政治生态相关的思考和文学贡献。

一 环境生态学叙述

应该说，环境生态学是一门新兴的边缘学科，带有理工科学的性质，从事文学创作和研究的人，基本上是不便和不能染指的。但是，对该门学科涉及的研究问题与对象，如环境污染对生态系统的结构与功能之影响，自然资源的合理利用与保护，人类生存方式与环境生态危机,以及由此引发的现代人情感、思维、生活态度的焦虑乃至变异等,则是文学人不得不面对、应该思考,甚至能够"叙述"和批判,更是可以用一种特殊符号系统进行美学"建构"的。

在这方面,洛夫、叶维廉、梁锡华、陈冠学、彦火、许世旭、司马攻、白杰明等,都有很好的文本,我们不妨挑出几个。

陈冠学 1983 年初版,后被评为台湾三十部文学经典之一的《田园之秋》①,是一部日记体散文,也是一种独特的乡土游记。它的记载时间,起自 20 世纪 80 年代早期(大概是 1981—1983 年)某一年的 9 月 1 日,终至当年的 11 月 30 日。作者在《自序》里披露该书的创作动机,"就是采取南台湾的一角田园,尽个人可能有的笔力,一点一滴,一笔一画,描绘出它的美,以期唤起全台湾居民对土地的关切与爱护"。事实上,这只是文本的主题之一,或者说是一面,是"叙述"出来的;全书至少还有一个主题,或者说是另一面,是"非叙述"出来的。作者不想在一个页码的短序里说得那么多,甚至就是不想说而已(这是许多创作者有限责任地披露自己作品的一个心态)。因为只要你去阅读,体验那个季节,倾听他有时候并不温情很可能还是十分尖锐的话语,你一定能够领会到。

两个系列的主题,采用了两套叙事话语来呈现,从叙事学角度看,《田园之秋》就有一个相当特殊的叙述结构,无以名之,借用一个音乐曲名"卡恰"(caccia),或可有所比拟。按《外国音乐曲名词典》对它的解释:"猎歌。十四世纪的一种意大利歌

---

① 本文采用的版本,为台北前卫出版社 2011 年 5 月三版五刷的"彩色插图本",相关引文均出自该书。

曲。歌词以渔、猎及其他野外活动为内容。音乐用二声部的卡农，以低音乐器伴奏。"① 巧合的是，陈著内容与卡恰有相似性，因为作者是为了回避城市文明而故意僻居田园的，所记所述都是山野乡间物、事、人。"卡农"是一种复调音乐，"一个声部的曲调自始至终为另一声部所摹仿，即严格的摹仿对位"；所谓"摹仿对位"，乃"对位音乐的各声部结构建立在主题摹仿的基础上者"②，所以《田园之秋》就有了类似卡恰式的"二声部"演唱（与赛义德的"对位批评"还不是一回事）。

一个声部——包括"我""我们"（即农人）在内的天地大气、日月昼夜、雷雨风云、植物动物、山野庄稼、耕作生息等，这些意象与物事，是全书的主体内容，都是由叙述者"我"或通过"我"艺术地叙"事"出来的，这是主要的、直接的、细腻的、大量的；也是图画的、生动的、和谐的、美丽的。

二个声部——是与之对应的，大多数时候并不直接出场的智慧人类、现代工业与文明、城市，和被上述种种污染的大气、河流、街道、视觉与精神等，是全书的次要内容，主要由叙述者"我"或通过"我"非叙述出来的，即采用公开式、隐蔽式或含混式的手法，艺术地评点出来的。它摹仿了第一个声部的主旋律，处在反衬或虚写的位置。

不妨让我们看看第一声部的叙述表现：

> 九月五日
> 为了爱惜牛只，凡是拖重载，大抵都是趁早晚赶车，以

---

① 郑显全编：《外国音乐曲名词典》，上海辞书出版社1982年版，第297页。
② 郑显全编：《外国音乐曲名词典》，上海辞书出版社1982年版，第298、330页。

免炎日。昨夜出了南门,吃过一个纽橙,倒头便睡,空车颠簸着,睡梦中仿佛在母亲的摇篮里一般。也不知道经过了多久,只觉得摇篮停摆了,睁开眼睛一看,早到家了。赤牛哥文静地挑着车轭站着,只不时挥着尾巴;花狗绕着牛车转,直摇尾,一边哼哼作响,表示牠内心里的欢喜。

给赤牛哥卸了轭,牵进牛涤,放了草,走进田里继续我摘蒂的工作。天不知道在什么时候开晴了,一轮向圆的明月已斜西,屈指一算,今天是八月十一日,还有四天便是中秋了。

土蛩的夜鸣似乎到了尾声,越来越稀薄,原先把月光震得颤动着似的,此时渐觉定着下来,但却发觉不知是谁在给整片缓缓的曳着走。

这段文字自然、平实、生活化,甚至可以说是乡土化,但这不是最重要的。重要的是,它内化在生态学所说的"序位"生存意识中的叙述方法,是很多很多强调"主体"、强调"我"的作家们根本做不到的。鲁枢元用过"序位"一词,他是概括了生态学理论中关于"生态序"和"生态位"的说法。"生态序(ecological order)是指一个生态系统内部的结构、功能及其环境条件在空间与时间中的秩序;生态位(niche)是在一个大的生态系统或生态群落中,某一个物种实际上或潜在地能够占据的生存空间和地位。"[①] 自文艺复兴经过启蒙运动再到中国的新文化运动,人类太自信也太自大了。生态学告诉我们,人是生活在地

---

① 鲁枢元:《生态文艺学》,陕西人民教育出版社2000年版,第33页。

球上的,地球是太阳系的一员,太阳系是宇宙的一分子,而宇宙的时间和空间至今还是人所不太了解的。地球呢,被大气圈、生物圈、土壤圈、水圈和岩石圈包裹着或呈现着,这都是自然生态圈;再往里,才是社会圈;再往里,才是一个包裹文学艺术的精神圈。用我本人在《用生命拥抱文化》一书中的话说,前一圈就是"自然生命",后两圈就是"文化生命",而某一篇或一部作品,就是"文本生命"①,这些生态序位是很严密也是很清晰的。

细读上引的那段日记,我们会发现,陈氏是一个自觉而且十分虔诚的生态学叙述者。在一个独立文本的开头、三个自然段近三百字的叙描中,作为游记或日记这么一种真实作者与叙述者集于一身的文体中,作者与叙述者的那个"我",竟然只出现过一次,而且是在第178字的地方,才犹抱琵琶半遮面似的冒出来。在它的前面(第一段),按照汉语的语法习惯,至少有三个完整的句子是空缺主语的。像首句前面,加上"农人"(这是陈氏在文本中的惯称)或"农家"一词是没有问题的;第二句"昨夜"一词或前或后让"我"出现也理所当然;第三句"睁开眼睛一看"前面加进"我"字,决不算多余。整个第一段落,居然无"我"?!拿它出来作范文,从中学到大学的语文老师,恐怕都要大批而特批的:不合汉语语法规范嘛。请特别注意,第二段出现"我"的时候,是在三个分句、三个逗号,也就是在三个动作之后。陈冠学在九月四日的日记中,将他家的一头牛、一只狗、一只猫、两只鸡,还有"我",称为"一家六口",可见他是如何

---

① 喻大翔:《用生命拥抱文化——中华20世纪学者散文的文化精神》,人民文学出版社2002年版,第29页。

对待这些家禽家畜，又是如何看待他自己的。如此，文本第二段"我"的出现才这样姗姗来迟，来得这样生态、这样不符合汉语规则，又这样的艺术和审美。最后一段只有一句话，但有两个地方堪可玩味：第四个分句"此时渐觉定着下来"，"此时"一词的或前或后，让"我"出来是理所当然的，因为整句话找不到那个叙述、观察、听闻和幻觉之"我"。第二个地方，是第四个分句当中的"谁"字，这是一个设问，明知故问，比指示出来的自然力还要大，还要神秘，还要充满美感。隐蔽"我"，其实就是为了突出"谁"。还有一点不可忽视，在语意和感觉（心理）上，它也为过渡到文本第四个自然段开头部分，所谓"越来越重的困意"埋下伏笔。

在作者意识或潜意识里，自然、天、牛、狗和土蝰是最大的，比"我"重要得多，因此，它们在好几个单句和分句里，毫不客气地充当了主语。即便在"为了爱惜牛只""给赤牛哥卸了轭"这样的动宾结构里，充当宾语的牛哥，也在两个段落第一句的显著位置（这当然是省略叙述者"我"造成的效果），这样看，我们就可以了解，创作者与叙述者的那个"我"，为什么要千方百计地隐蔽起来，而将广阔的时空舞台让给他的"家人"们。读者，难道我们不可以将这样的叙述，称为主体的"躲藏式叙述"吗？我想是可以的。这里面恐怕还有一个更深层的潜意识在起作用：那就是"我"对于曾经同城、同市、同社会过的人的忌惮，对于乡野间无理性、无智识但却极通人性人情的新家族成员的信任与尊重。作者在第一篇日记中曾描述，那天早晨，由于"明净的晨光"鼓起了"我生命内"的一股力量，出门"转了一大圈"：

> 一路上相照面的一切,包括有生命的和无生命的,就像遇见了好友一样,和它们打招呼。虽然旁人也许不能理解,但是我自己却是那么亲切地感到这一切有着人格的真实。

他还和伯劳对话,"以东道主的身份,十二万分诚恳,希望它留下来",不再飞越重洋到赤道上去。陈冠学——日记(游记)文本里真实的叙述者,是将自然及乡野中的一切视同家人和朋友,决不把天地序位中的一个自己,凌驾在万物之上。恰恰相反,他虔诚地匍匐在田园之中和"平屋"(他的居所)之内,毫不夸张更不炫耀地讲述他在天地中受到的恩惠。所以,在那近三百字的引文中,作者万般无奈之下,才让"我"现身一次。因为,那是叙述者近一段时间以来,不得不做的农活,非常具体的一件事,它在文本里起着叙述支点的作用,"我"是想逃也逃不掉的。但这绝不是陈著的叙事个案,而是相当普遍地存在于总体叙事程序和叙事哲学中。

《田园之秋》的第二声部,并不能如卡恰或卡农乐曲中,严格的模仿对位,如果以每小节的"音符"(篇幅)来看,第二声部的叙述符号,从数量上说,不能与第一声部相颉颃,那是不可能对得上的。但摹仿第一声部的主题或主旋律,并从反方向来论证和支持它,文本做得相当出色。

九月十日的长篇日记,一阵大雾引起"我"内心的喜悦,信步走入长谷,走向沙原,又不觉走上了高地——

> 何等辽阔而完整的天!记得在都市里待过一段日子,看见的天,尽是剪纸残片似的各种大小不规则的几何形,懊恨

之极；尤其那长巷里一线似的天，更是令人忍受不了。宰割了的，哪里是天？天是完整的。顶着完整的天，立着完整的地，才有完整的生命，你说是不是？

这段文本中不是没有叙事，比如对城市及长巷的闪回，但这只是用作对比的，是第二声部演唱主题的论据，而主题的关键词只有两个字——"完整"（在118个字里面，竟然出现了5次），它修饰着"天"，修饰着"地"，修饰着"生命"——敬请注意，并不限制在数百年来创作与评论者们高傲地局限着的"人"或"人类"生命，是包含着天、地及万物在内的"完整"生命（这里再给出一个佐证：作者在书中曾说："艺术创作的终极目的或成就是美，大自然是亿万种创作的总合，换言之，大自然是美的总合，包括形式美与律动美"[①]——不但"总合"与"完整"可以互文，巧的是，"律动"与我们的音乐结构分析也联系上了）。话语不多，却透露了作者和叙述者的生态哲学或生命哲学，在批判的基调上，建立着与主旋律同步的伴奏和弦，你说是摹仿也未尝不可——摹仿第一声部的主题基调。一部作品，无论有多少声部，也无论有多少主题或分主题，总体基调都应该是保持和谐的。在这个意义上说，《田园之秋》的第一声部，我们可以称为实践叙述或行为叙述，这是基础性的叙述，也是文本的正面叙述，是作者和叙事者的"我"将宇宙完整生命地展开与敞开。而第二声部的非叙述（大体而言），我们可以称之为观念叙述或动机叙述，它虽然是次要的，有时是点到为止或

[①] 《田园之秋》，第337页。

顺手一击的，但并不是可有可无的，从文化心理学和行为心理学的角度来说，观念和动机是先发的，实践和行为是后发的，正是生命和生态哲学的指引，作者和叙述者才产生了对城市的疏离和对乡野的回归，那些大篇幅的正面叙述才成为可能。

这部著作已经讨论得相当长了，但为了扣住环境生态学叙述的主题，笔者还是忍不住要引十一月二十五日的日记，看看陈冠学——一个乡土游记的学者型叙述者，他是如何评价"农人"和"农人"之外的人、组织与社会的：

> 农人永远死钉在土地上，永远只想着土地上的面包，而不会想到致富，更不会想到支配别人。农人是彻头彻尾的好人，因为他的脑子里只有那不走不飞，用他的汗珠播出谷粒的土地。这就是农人的朴质寡欲性格的全部。……一个进化人，不止要今日的面包，要明日的面包，要可能得到的一切面包，还要整个地球，若整个宇宙可能要到，他更要整个宇宙；他的生存本能转变成了贪婪……一些有力的贪婪者，尽力的要把地球上的某一地存有，一夜之间都变换成他银行户头上的数字，把山翻过来，把海翻过来，把平原翻过来……另有一些贪婪者，不算数字，而计人头，他们奴役同类，号令一国……人类……是下贱的。人类说是最下等的生物也不为过，因为在亿万种生物之中，惟有人类的生存本能癌质化，人类这个癌质化的生存本能，或将导致万物的灭绝，地球的毁亡。

"我"在颂扬农人，批判"进化人""有力的贪婪者"和

"号令一国"的人物,更在谨慎地预言地球与万物的命运。而这些,大都是叙述者直接站出来概括的、揭示的,有着不容怀疑的现实依据。从文本叙述结构上看,它当然属于第二声部;从重要性上看,它又可能是经过提炼的观念性动机,支配着作者和叙述者的生存抉择与文学叙事。我相信,一个贪图"进化"文明的人,一个把自己的享受建立在只有糊口能力的人群之上的人,是不可能回归田园,也是不可能奉献出这样一种富有宇宙生命交响乐的文本的。

复调音乐是"由两个以上各自独立而又根据和声法则同时进行的声部组成的音乐"①,它一定与单调音乐不同,无论是第二声部还是更多声部,也一定起着摹仿、衬托、对比、强化和扩展等种种作用。《田园之秋》的第二声部,使我们见识了一个"完整"宇宙生命的全部,不仅是乡野的,还有城市的;不仅是现实的,还有历史的;不仅是生态的,还有污染的;不仅是审美的,还有审丑的;不仅是叙事的,还有非叙事的;不仅是事实的,还有哲学的,等等。

说到日记体记游作品,诗人洛夫20世纪50年代中期的一首小诗《冬天的日记》②,不但主题与环境生态相涉,且在叙事学方法上别具一格:

>春天,嫌阶前的一棵柳树太吵
>我把它砍下,劈成一小块一小块
>投进了炉子

---

① 郑显全编:《外国音乐曲名词典》,上海辞书出版社1982年版,第327页。
② 洛夫:《洛夫诗歌全集》I,普音文化事业股份有限公司2009年版,第51页。

隔壁的扫叶老人背着我说许多坏话
鸟雀们谱成曲子骂我，啄我的窗
而诗人也在埋怨：
　　没有那些柳枝
　　月亮往哪里挂？
（这些，我都记在日记本的十三号里）

今年冬天来得早，昨夜
风雪中有一队旅人从南方来了
于是，我偷偷把日记本塞进了炉子
让烤火的人去恨自己

这是一首叙事小诗，也至少是一首与旅游行为相关的诗，它与《田园之秋》最大的不同，首先是"我"很多，十三行，有五个"我"。不过，因为文体的特殊性：如"日记"体与虚构的关系；叙事者与抒情性的关系；小我与大我的关系；还有情节上的超现实因素等，这个"我"不能与真实作者画等号，把他当作一个内聚焦型视角的叙述者，即讲述这篇诗性日记的人，同时就是故事的亲历者，比较可靠。其次是三节诗，在叙述视角和声音上，每一节都不尽相同，表现了更自觉的叙述性，当然更富有艺术美感。第一节之叙述，既是当事人，又是叙事人，因为莫名其妙的理由，做了一件坏事，这也是引起以后一系列事件的肇因；第二节，仍由"我"来讲述，但声音却是"老人"的、"鸟雀们"的和"诗人"的，"我"躲在幕后，只是转述别人的感受和批评；第三节的最后一行，"我"变成了"烤火的人"，第一人称换成了第三人称,内聚焦视角叙述因而转换成了外聚焦视角叙述。视角的调整,不是随意的,"我"因为社会的批判和奇异因素的催迫("风雪中有一队旅人从南方来了"),心理上发生改变,也让当事人或叙事者跳出自己来认识自己,把当事者变成一个他者,因此,就将一个铸下错误的人,变成了一个反思的人。不然,他不太可能偷偷地把日记本塞进炉子。再次,叙述中春天与冬天两个季节、砍树的理由与批判的依据、先投柳树后又投日记本进火炉,特别是风雪中一队旅人不到更南的南方却"从南方来了"等,都充满戏剧性张力,从而"引导读者去思索支配线型文字排列后面的诗想,亦即诗之情思和配合表达这情思的形式哲学"。① 这表现了诗歌叙述的特殊性,虽然文本又短又小,但因为意象的密集、结构的巧妙和叙述的弹性等因素,使这首叙事小诗充满奇异的色彩。即使我们只把它的意义限定在环境保护上,那也是相当了不起的。在那个年代,全世界的生态学者还没有完全觉醒,中国的文艺界很难找到同类主题的作品,《冬天的日记》却有这样从形式到内容的杰出表现,实属难得。

现在我们应该转换一下论述对象的空域了,从中国台湾的陈冠学,到东南亚的泰国,读一首司马攻的,与中国题材相关的诗作《大理石说》②:

---

① 喻大翔:《洛夫诗作叙事美学一窥——细读洛夫早期叙事小诗〈冬天的日记〉》,《中国现代文学研究丛刊》2011年第5期。
② [泰]司马攻:《司马攻文集》(东南亚华文文学大学·泰国卷),鹭江出版社1998年版,第209页。

那年

我撕开胸膛

植无数风景于一片洁白

苦苦经营在

岩层的冷峭与酷热之中

而今

风干云固　水不扬波

苍山洱海　夕阳草树

均凝成泼墨

大小方圆　轻重厚薄

直也好，曲也好

任你从哪个角度

切割

是虹是瘴　为菊为荞

驴也罢　马也罢

凭你以何种眼光

读我

我坦然地躺于小摊子上

在苦苦的讨价还价声中

倾听我的身价

究竟

有几多

写于一九九四年十一月大理归来

诗中久经磨砺的大理石至少有两种遭遇：被污染和被轻视。

被污染——那是因为风、云、水、山、草、树甚至夕阳都"凝成泼墨"了,生存于其间的石头,无论祖上多么"洁白",难道不受任何影响吗?被轻视——因为被污染,"驴"们、"马"们已深受其害(至少"草"儿们早就难以下咽了),当然也不再信任"草树"底下的石头;也有可能是,被异化为驴、马,习惯于"讨价还价"的人们之"眼光"也随着异化了,看走了眼。第四行的"苦苦"和倒数第四行的"苦苦",形容出了巨大的反差和失落。毫无疑问,20世纪40年代,从泰国返国旅游的一位汉语作家,艺术地记载了大理石产地的生态情形,也诗意地体现了诗人(他同时也是一个成功的商人)对环境、石质、价值等被异化的担忧,而这一切,当然是指向了被严重异化的人。

诗作的叙述者是拟人化的大理石"我",但声音却是诗人的。之所以如此,概因大理石是"当事人",他经历了从自我成长,环境巨变,到被采集切割、出售和被委屈的全过程……而这是一个"过客"式的旅行者不能经受、不可体会也"说"不出来的。此外,二十二行的诗作不分节,造成叙述的连贯和急促,在叙事速度上也至少造成双重暗示:一是被污染的系统性与严重性;二是诗人干预性批判的迫切态度。

汉语新文学中环境生态学的叙事是丰富多彩的,如彦火《庐山组曲》[①]之陈述性叙事文本;杨牧《土拨鼠刍言》[②]之疑问性叙事文本;赵淑侠《瑞士人与环保》[③]之祈使性叙事文本;潘铭

[①] 彦火:《庐山组曲》,载《醉人的旅程》,花城出版社1984年版。
[②] 杨牧:《土拨鼠刍言》,载《搜索者》,洪范书店1984年版。
[③] 赵淑侠:《瑞士人与环保》,载《情困与解脱》,健行文化出版事业有限公司1994年版,第169页。

燊《魔鬼夜访潘铭燊先生》[1] 和许世旭《鸟儿飞临的日子》[2] 之反讽性叙事文本等,都有艺术特色。

二 政治生态学叙述

自从有了人类,就有了文化,也有了政治和文学。从一般常识而言,文学的普遍性与渗透性,还不及政治那样无孔不入和无所不在。所以,文化与文学是不可能离开政治的,政治是广义文化中占支配或统治地位的因素,它至少在一个国家或区域的范围内,引导着文化的发展、设计着文化的性质、描绘着文化的色彩甚至决定着文化的命运。这样的话,汉语新文学中的政治或政治学叙述,是不可避免的。无论生态学意识和观念是否影响到20世纪10年代以来或五四以来的汉语新文学作品,在我们的阅读经验中,由于不同国家、不同区域的作家们与生俱来的政治情结或治国平天下的情怀,他们的头脑里(其实在社会生活中的每一个人头脑里)不时会扫描着一幅国家、地区、社团甚至家庭和个人的政治生态图谱,有时就觉得自己在那张图谱上奋斗和旅行,被那张图谱规划和限定。只是,作为诗人和作家的知识分子群体,那张图谱更清晰,有的甚至更系统一些。完全不沾政治的作品是有的,完全不沾政治的作家,大概很难找到。

政治生态学与生态政治学虽有交集,但它们的目标是不尽相同的。前者主要借用生态理论与思维方式,来模拟和建构政治学

---

[1] 潘铭燊:《魔鬼夜访潘铭燊先生》,载《人生边上补白》,枫桥出版社1992年版。

[2] 许世旭:《鸟儿飞临的日子》,载《雪花赋》,联经出版事业公司1985年版,第108页。

理论框架,并进而干预到世界、国家、社会和人的政治生存与生活;后者则站在可持续发展的立场,研究一定政治、经济和社会因素,怎样影响到一定区域和历史阶段的环境,即政治和经济等决策如何影响到生态与环保问题。本文的侧重点,是要探讨部分汉语新文学作品的政治生态学表现,那些文本里,或有意或无意、或强烈或弱化、或显或隐地进行着政治生态学叙述,在思想和方法上的得与失。

有些入世较深,干预意识特别强烈的现实主义作家,不但喜欢采用非虚构并能让叙述者直接站出来指点江山的载体(即文学体裁),而且千方百计地让文本充满火药味与攻击力,借以艺术地传达自己的政治生态学观念。近百年汉语新文学历史中,恐怕要首推鲁迅了。中国文学史上,杂文一体不是他首创的,但写得如此之多、如此之好、如此之美,又如此影响几代人、几代政治生态,又将杂文推进汉语新文学一个时空的艺术表现焦点的,在我看来,到目前为止,还没有人能站在鲁迅的前面。他的两个文本特别值得一提:一个是《灯下漫笔》[①],写在20世纪20年代中期,他将几千年的古老中国概括为两个时代:"一,想做奴隶而不得的时代;二,暂时做稳了奴隶的时代",并号召要创建第三个新时代:"扫荡这些食人者,掀掉这筵席,毁坏这厨房,则是现在的青年的使命!"初一看这观点太偏颇了(那个时代"破"字当头,启蒙家们都的确有些偏激),其实,鲁迅这里所说的"中国的文明者",不是从文化的角度,而是从政治的角度,或者说主要是从国家政体、管理制度和策略上说的,在那个

---

① 鲁迅:《灯下漫笔》,《莽原》1925年第2期、第5期。

乱象丛生的时代,也的确有振聋发聩的效果。鲁迅无疑是一个有着巨大政治胆略的学者型作家,他超越历史和时代,为了中国的未来,谋求一种古代人和当代人从未体验过的政治生态境界,这是那个时代杰出思想家才可以做得到的(尽管从文化发展与政治生态的关系来说,这里面可能还是有一些逻辑问题需要清理)。同时,为了配合主题的生成,作者在叙事上也别具匠心,开篇回叙,从交银兑现的蒸蒸日上,到因政治而停止兑现;再闪回到俄国革命的通货膨胀;写到自己用中交票兑现银,虽被六折几、七折了,但却是满心高兴;突然联想到"我们极容易变成奴隶,而且变了之后,还万分喜欢"。之后又逆时序回到中国历史,进行概述、插述、引述与扩述,辅之以尖锐的戏剧性和修辞性评论,在大量形象而理性的证据面前,关于两个时代的概括形成了,关于第三个时代的预期也提出来了。杂文是一种议论性(批判、引导与指点)特别强的文学体裁,但在鲁迅笔下,却生动而深刻。这得力于他的叙事笔功,更得力于他的政治生态学境界。

鲁迅的另一篇杂文《现代史》[①],就走得更远了。很短的一篇,写变戏法的人隔几天就来"空地上"变戏法,看客们"抛钱"后,"也就呆头呆脑的走散",沉寂几天后,"再来这一套"罢了。作者也是以"我"的视角开始回叙,却是典型的外聚焦型,从而顺利掩饰故事当事人的情感、动机与目的。"两种"类型的戏法"讲"完了,文章就结束了。全文没有对故事本身的评论,传统的旁敲侧击也好,画龙点睛也好,一概不存在。

---

① 鲁迅:《现代史》,《申报·自由谈》一九三三年四月八日。

不过，结尾一句出人意料："到这里我才记得这写错了题目，这真是成了'不死不活'的东西。"作者解构了他的标题，却让读者有些清醒了：现代史就是变戏法？变戏法就是现代史？读者去联想、去认识就好了。这篇杂文可能是对《灯下漫笔》的一个补充：政治能够吃人，而且还能骗人。不用怀疑，这是作者发现时代政治的严重生态失衡——里面只有两种人："变戏法的"和"看客们"。叙述者"我"可能是唯一清醒者，但束手无策。

深受鲁迅影响的梁锡华，也写作和出版了大量杂文，也是一个愤世嫉俗的启蒙者与批判者。有一篇杂文《盗道》[①]，在题目里就隐含了两个层次的叙述：第一层将"道"解为名词，就是盗财者的道德，盼今之盗向古之"光明正大派"学习，能"劫富济贫，锄奸扶弱"，是曰"盗亦有道"；第二层将"盗"解为动词，即针对偷取大道的人，这些人就更虚伪、更高明，也"更骇人"了："虽然时刻盗圣贤之道，大家绝不以他们是盗，反而觉得他们防盗有功，一想起他们的大名，就会感激涕零。"全文主要用了两个人称代词：一个是"他们"；一个是"我们"（或"我们一般老百姓"），观察者和叙述者是外聚焦型的一群人，这就把事实讲述得无可反驳；而非叙述即评论者应该是这一群人中的一个人，即真实文体中的作者，因为从知识的广度和判断的深度看，符合一个有着相当成就的系列叙议者的身份。杂文最后将两层叙事融而为一，这是相当巧妙的："盗道之盗多，道愈过愈少，不法之事自然相对增加，社会上盗财之盗，又岂能不意气风

---

① 梁锡华：《盗道》，载《梁锡华选集》，香港山边社1984年版，第146页。

发,徒子徒孙昌盛呢?盗道之盗无道,二盗横行,我们一般老百姓于焉遭殃。"梁氏的杂文以幽默和反讽的笔法叙述出来,应该是同类型题材中杰出的一篇。

就借叙事艺术以配合主题干预政治生态的强度而言,陈之藩和金耀基两位可能处在一种"中庸"状态,没有鲁与梁二位那么激烈,也不像后面要提到的非马、董桥和许世旭那么"温存"。20世纪50年代中期到70年代初,陈氏先后出版《旅美小简》《在春风里》和《剑河倒影》,风靡一时。他对西方的工业和精神文明比较了解,文本有浪漫的抒情(作为东西方的双重边缘人,还有特殊时代汉语留学生的特殊忧伤——这一点也许最能打动人)和理性的阐发,也能用自然而淡雅的故事叙述将前二者贯穿起来,故而在那个时候大陆之外的汉语文学界流传广泛。然而,陈氏的政治立场与生态学情感带有那个特殊年代的偏见。如《失根的兰花》[①]中所说"祖国已破""身可辱,家可破,国不可亡"之"国",明眼人一看就知国体所指,这就难免影响到他的政治学观察和生态学平衡,随着时间的推移,就会成为文学经典中的政治之憾。尤其是《悠扬的山歌》[②]中,断言"共产党的命运,我们也可以为它批在书上:纵然它还要残喘,但它却一定要死亡"。这就进入了那个时代的政治媚俗,有妖魔化宣传的嫌疑,不能保持一种政治上、文学上生态多样化的大智慧了。作为社会学家的金耀基,一个创造"金体散文"的学者,在他的社会学著作里不可能回避政治,即便在《剑桥语丝》和《海德堡语丝》这两部散文里,政治的叙述和非叙述(评论话语)也经常能够

---

① 陈之藩:《失根的兰花》,载《旅美小简》,明华书局1957年版,第35页。
② 陈之藩:《悠扬的山歌》,载《旅美小简》,明华书局1957年版,第93页。

看到政治,并可以感受到他的政治生态情感与观念。《海德堡语丝》的扉页有五行显著的宣称:

> 我就是喜欢这种现代与传统结合一起的地方:
> 有历史的通道,
> 就不会飘浮;
> 有时代的气息,
> 则知道你站在那里了!

"历史"中隐藏了更多的传统和文化;"时代"中显现了更多的政治和权力。但毕竟,这儿的"历史"在前,而"时代"在后,主次分明。因此,金氏像众多学者一样,他不惯于冲到十字街头,但也不是躲进小楼不问窗外的风雨阴晴。如果说,《韦伯、海德堡、社会学》一篇学术太多,而叙事太少,那么,《重访海德堡》① 一篇(也是全书的开篇),他的平衡度掌握得相当不错。此文有三个人称代词:开篇的"我"既是叙事者,也是真实作者,这是日常题材作品惯用的叙事主体和人称方式;随后的"她",特指海德堡,有一种特殊的情感同构关系,如同情人一般;第二段出现的"他",不是"情敌",而是代指德国社会学家、"海德堡之子"韦伯,道出了"我"钟爱海城的人文因缘。此后,按传统的结构分析法,全文基本上是水到渠成般的夹叙夹议,而照叙事理论,则是叙事和非叙事的交替表达。文章第一次"非叙事"(第四自然段),就从宗教话题马上过渡到政治

---

① 金耀基:《重访海德堡》,载《海德堡语丝》,香江出版公司1986年版,第3页。

话题:"讲起宗教来,就不能不讲政治",且政治生态的回述内容,又远远超过了宗教。不是别的,只因"海德堡是历史的名城,不只在欧洲政教史中扮演了重要角色,在欧洲文化史上也有她辉煌的一页"。金氏文本中文化与政治的"中庸"之道,走得还算如他设想中的本分,尽管他仍有一偏之见。这是一个难解之谜,古来学者、教授、作家、科学家之类,自身的知识结构和政治立场仍不能说是充分生态化的:系统的、整体的、开放的、流动的、自调节的、可优化的、平衡和稳定的,那当然,有偏见的文本总是难以避免的。

最后一派,就是采用各种叙述手段,诗歌性、小说性、戏剧性或意象式、象征式、陌生化式温柔地传递政治生态学情感与哲学观念的文本了。

比如非马的《失眠》[①]:

> 被午夜太阳
> 炙瞎双眼的
> 那个人
> 发誓
> 要扭断这地上
> 每一株
> 向日葵的
> 脖子

一九七一年三月

---

① 非马:《失眠》,载《非马集》,生活·读书·新知三联书店香港分店1984年版,第10页。

前三行是非聚焦（零度聚焦），第四行转入内聚焦型视角，由"那个人"来说，因为他是那个神话——"午夜太阳"高悬不落的受害者。他的一切都是"被"动的——全诗第一行第一个字就是"被"，复仇当然也是。但他找错了复仇对象吗？非也！没有疯狂的"向日葵"们——被发现、被叙述的另一群体，哪有午夜还能升起的太阳？！这首小诗，在巨大的张力性象征中，叙述了一场巨大的政治灾难——权威与权力对智者的精神戕害。但它叙述得似乎不见波澜——日常语言和貌似"言不及义"，掩盖了历史故事和叙事的深意。

董桥一直喜欢在文化的"后花园"中观鸟听琴，他的文章看上去没有什么火药味，但不能说他不会叙事，更不能说他的叙事与政治没什么关系。恰恰相反，他常常能用传世武功中的温柔一刀，切开文化与政治的脉象，让人观察到人类精神基因组的分布。《不穿奶罩的诗人》是一篇随笔、一篇书话、一篇抒情散文，也可以说是一篇域外游记：

> 下午三点钟。阳光把伦敦罩成一颗水晶球。喝了一杯英国人的下午茶，然后在那条看到钟楼的大街上彳亍。狄更斯在这条街上走过。哈代在这条街上走过。劳伦斯在这条街上走过。毛姆在这条街上走过。老舍在这条街上走过。徐志摩在这条街上走过。在这样的一个下午里。在水晶球的下午里。

"我"买了一个年轻女诗人的一本诗集《不穿奶罩的诗人》。"我喜欢这个集名。我喜欢封面上那幅女诗人不穿奶罩穿背心的侧影。整个封面的底色是黑色。诗人有一头金发。诗人的手臂上有几点雀斑。"坐在火车上，"我"翻开了这本诗集：

> 伦敦已经是春天了。可是她说，"满脸皱纹的女人在凝视《时尚》半月刊。"我一向很同情英国女人。可是诗人在一首诗里却说："美国女人，那么多东西混杂在你的脑子里，你觉得怎么样？什么都得不到，你的心出租了，你竟还坐在那里凝视《时尚》半月刊的封面。"这些诗并不是很熟很熟的诗。这些诗像三月里长出来嫩叶。像这时火车窗外树上那几片刚绽出来的嫩叶。这是伦敦的三月。三月的一个下午三点多钟，读这些诗，正是时候。

幻觉、对比、"她"与"我"交替叙述、蒙太奇式叙述、多重时间叙事与非叙事，还有标点符号的巧用与配合等，不到一千字的散文，叙事方法错综复杂，时空心灵进出有度。更重要的是，文本有政治，女性的政治、身体的政治、诗歌的政治，当然都是文化的政治。作者的处理方法不显山不露水，没往诗与政治的向度引申。在那个年代，大陆读者看到这样的题目，要么吓懵了，要么莫名地兴奋，作者站在女权立场叙说的政治生态意识，还不太能被那时的读者觉察出来。但在女权主义者看来，太平常了。此外，美国女人就不能被诗意地调侃吗？在一个绅士的国度，在一个富有深厚历史和文化的母国，也应该是平常的。这样看，心态多重要？而心态就涵养在生态里。

至于韩国学者、诗人许世旭，汉语散文集《移动的故乡》①

---

① ［韩］许世旭：《移动的故乡》，百花文艺出版社2004年版。

之政治生态叙事，真是到了"水至清则无鱼"的地步了。其中一篇《映窗》，应该算是许氏的代表作吧，"我"每当精神恍惚疲倦之时，"不自觉"或"不经意"地"好像回到乡下老家"，然后就叙述用白纸糊的映窗，窗里窗外、若虚若实、若无若有的往事与今事，最后一段（其实也是一句）才略有"升华"似的："窗子虽单薄，但日夜守护着门户，终于保留乡村的节操。"整本散文，都这么"不经意"地传递着作者政治生态的情与思。倒是他在《自序》中的说词，透露出真实动机："我的散文的题材，原是没定，而较欢喜故乡，为了守护故乡，坚持反文明、反机器，也许是我处在文明最炽烈的尖端之因吧。"许氏在正文里这么行文，可能跟他的性格有关，也一定跟他的叙事策略有关。

——原载《澳门理工学报》2014年第2期

从两篇论文看当代文学批评的发展趋向

一

主要在大陆以外从事大学教学与文学创作和研究的叶维廉，在20世纪70年代末，写了一篇论文《历史整体性与中国现代文学研究之省思》[①]，先在国外发表，后陆续在中国台湾和大陆的书刊上与读者见面。

杨义是在大陆本土成长起来的中国现代文学研究专家。现代小说和鲁迅研究是他的长项，后来他又将一支多理多情的笔伸向了古典文学领域，尤其是古典小说世界。今年初他在《光明日报》发表了一篇近五千字的论文，题目是《文学：生命的转喻》。[②]

可将这两篇论文放在一起来谈，笔者的理由是：第一，两个教育和生存背景几乎完全不同的人，在近三十年这个时间的两头，在

[①] 叶维廉的这篇论文最早发表在：*Tamkang Review*，X. 1 - 2（1979）。后又在个人文集中多次出现，如《历史·传释与美学》，东大图书公司1988年版；叶维廉《中国诗学》，生活·读书·新知三联书店1992年版。

[②] 杨义：《文学：生命的转喻》，《光明日报》2007年2月9日第11版。

不同的文学情境中，借助不同媒介发表的两篇文章，指向了同一个话语范围——中国文学。差别只是：叶维廉作为诗人和比较文学学者，他的笔锋主要指向中国文学中的现代部分；而杨义以现代文学专家的身份，将笔锋主要指向整个中国文学。第二，更为重要的是，这两个批评家对中国文学的历史研究有着同样的焦虑感和问题意识，并对如何认识与操作提出了自己的观念与方法——一种与文化学相关的文学批评。他们立足之"地"有古今的时空之别，但灵指一挥，所触处电火交鸣，远景幽亮。

二

叶维廉的论文长达一万六千字。面对世界范围内的中国现代文学研究，富有诗人气质的他颇有些忧郁甚至恐惧：

> 根深在我们意识中有一种危险，即一套成见的定型。而这套具有排他性的成见多多少少可以说是由过去一些权威所"钦定"；他们从彼时彼地出发，将某些经验的模子从全体现象的生成过程中离析出来，然后宣称它们在"任何"时候都放诸四海而皆准。我们不得不承认，由于忽略了历史的整体性而产生偏见的事例，是屡见不鲜的。①

那么，何为"全体现象的生成过程"和"历史整体性"？叶维廉既没有精确的定义，也没有完整的描述。笔者以为，他说的"全体现象"与"整体性"，其实就是涵盖着文学现象的广义的

---

① 叶维廉：《中国诗学》，生活·读书·新知三联书店1992年版，第186页。

"文化",前者指活的文化史,后者指历史性的所有文化现象。那时,文化讨论热还没有形成,而西方所谓的"文化研究"也没有对他造成影响,叶氏的文化学视野及文学文化学批评还是模糊不清的。但他的文化学批评意识已经有了,论文第四节的开头他说:

> 仅仅将两部作品从各自相关的历史瞬间抽离出来作一番比较对比,是不能够完全把握一种文化现象的全部生成过程的。现阶段中国许多意识形态与美学观点的衍变,必须放入全部经济、历史、社会、文化的网膜中去认识才行。①

"一种文化现象",语境中应是指文学现象。至于"全部经济、历史、社会、文化的",当然都是广义的文化。叶氏语境中的"文化",若指狭义文化,才不会与"经济、历史、社会"发生矛盾。"必须"一词的决绝力量,说明叶氏对无所不在的文化认识文学、评论文学的意识与信心。但因为他的模糊,上述至为关键的话,他没有放在关键的位置,倒是将"历史整体性"及其"细节"搁在文眼地方,并引用詹明信(Fredric Jameson)和埃兹拉·庞德(Ezra Pound)的话,加以暗示和强调。在叶维廉看来,文学细节和事物整体都互为重要,在第二节列举了五四新文学运动诸多"细节"后,说道:"任何单一的现象,决不可以从复杂的全部过程中抽离出来作孤立的讨论……我们在研究单一的现象时,必须将它放入其所生成的并与别的因素密切互峙互玩的历史全景

---

① 叶维廉:《中国诗学》,生活·读书·新知三联书店1992年版,第198页。

中去透视"①,"全部"或"全景",就是指某一历史时空中,与文学现象相关联的整体或系统的大文化现象。

有了这种文化学整体意识,应该可以克服或正确识别现代文学研究中的忽视、删略甚至歪曲,也能"了悟到每一个观点都是暂行的这一认识,就可以帮忙防范以偏概全,把讨论的某些孤立现象说成整体的虚妄"②。于是,叶维廉对新批评旗手艾略特的"极端挑选性"、对五四新文化及新文学运动的"含糊中执着"、对丁易与王瑶等现代文学史的所谓"恪守"、对刚刚开始在大陆学界走红的夏志清之"大陆类同狭窄观点"(叶维廉说"他从所谓具有普遍性的一套美学假定出发:凡合乎西方伟大作品的准据亦合乎中国的作品",全书作了不少"轻率的暗比"③)等忽略偏虚,进行了毫不客气的清算。这在那个时代,对刚刚跃出牢笼向外突的人们,由外而内放出清醒的异声:里外都有陷阱。这是要有相当的学术良心和理论勇气的。这份良心和勇气,应该来自他的大文化视野。

杨义的《文学:生命的转喻》,其文学文化学批评意识,就到了自觉、清醒和坚定的时代了。我以为这可能是近数十年中华文学文化学研究中,带有代表性和转折性意义的一篇论文,它有两个层面的思想值得注意。

一个层面:作者从创作的角度,对三千年中国文学的演变与发展作了一个总结:"总之,对内的两个或多个源头,对外的开放性,以及科技物质媒介的多重推动,这就形成了中国文学发生

---

① 叶维廉:《中国诗学》,生活·读书·新知三联书店1992年版,第190页。
② 叶维廉:《中国诗学》,生活·读书·新知三联书店1992年版,第188页。
③ 叶维廉:《中国诗学》,生活·读书·新知三联书店1992年版,第194页。

和发展的合力机制。"这个合力机制当然就是广义文化的机制,是中外文化内生内长和外来外合的机制。那些大作家和大作品,没有一个或一部是在封闭或孤立的文化情境中成就和创作出来的。另一个层面:作者从批评的角度,将中国人三千年的文学观概括为"三次非常重大的变化":第一次是以孔夫子为代表的发生于本民族的"杂文学观";第二次是20世纪初年开始的、受西方影响的"纯文学观";第三次是20—21世纪之交"既吸收'纯文学观'精密的文本分析,又吸收'杂文学观'对多学科知识的博学通观,同时又超越它们的封闭或芜杂,推动文学研究与文化多样性、现代性相结合的'大文学观'。'大文学观'的'大',蕴含着一种重要的文化哲学观:能创始强,有容乃大。"这八个字是杨义多次提到的中华文化创化之纲,是再明白也不过的文化学视角的大文学批评了。所以杨义接着说:

> 大文学观的依据,在于作为人类精神文化形式之一的文学的原本存在形态和发展形态。文学并非无源之水、无本之木,而是一种根深叶茂、源远流长的人类生命创造和智慧表达的方式。它与人类生活和精神文化的其他方式,诸如艺术、宗教、风俗、制度,以及家常日用,衣食住行,生老病死,喜怒哀乐,甚至连喝酒、做梦等等,都息息相关。离开这些日常生活和精神文化的所谓文学,是单薄的、萎缩的、没有滋味和没有生命力的。

"日常生活和精神文化",这不就是大文化现象吗?文学是"人类精神文化形式之一",这是一个真理性定位,离开了人类最广义的文化，一切文学创作，包括文学创作与文学批评，都将是不可能的。为了精练与有冲击力，杨义又概括为：文学是生命的转喻。这是一个描述性、逻辑性和修辞性都很强的命题。按照杨义的解释，"生命"是指向人的一切存在及实践，当然也是一切"文化可能性"；"喻"是指向文本"各种要素的功能和相互关系"；至为关键的是"转"，"有发生、变化、转借、思虑的丰富含义，因此它在联结人之'生命'和文本之'喻'的时候，向人类文化的广阔领域转化出维度繁多的运转曲线，呼唤出人与文学之间的丰富复杂的中介。文学由此借助人文诸学科以及艺术诸分支，意味深长地窥探着人类智慧和审美感觉的深层联系。""生命"和"转喻"这两个原本简单的词，在杨义笔尖跳起了既传统又现代的舞蹈，它的线条、节奏与意涵几乎可以穿透从文化、主体、文本（都是广义文化）到一切运作的全过程。

三

叶维廉与杨义的论文，相隔近三十年，但他们都朝着了一个大方向——文学的文化学研究。如果说，叶维廉论文的那个时候，大陆的文化热还没有兴起，他是用文化学观念——历史整体性地对现代文学进行研究的开拓者之一，那么杨义则在文化热的推动下，也许还是在对西方所谓文化研究的影响与反思后，自觉对现代乃至整个中国文学进行文化学研究，并试图建立批评体系的人，这也是杨义论文的转折性意义之一。

杨义的论文，还有两点值得注意。一个是他说的中国文学观的三次重大变化，我想可能会有争议或有不同说法的。尤其他认为"大文学观"已经在21世纪建立起来了,这个未免断言太早,也太急了些。短短这么几年,一个延续着、改变着三千年文学传统的新观念,恐怕没有那么容易建立起来,即使有人动工了,也就是开始建构了,它的被承认或被系统化,也是需要时间的,这个我们先拭目以待。另一个比较有理论价值:他可能认为文化学之文学研究,内与外可以结合到一个维度里面,这是非常有意思的(也可能是笔者的误读),尽管他自己在上一段引文里也把"文化学"当成了文学的外部研究。如果真是笔者所理解的这样,有些话倒是可以接着往下说的。

我在2002年出版的《用生命拥抱文化——中华20世纪学者散文的文化精神》[①] 一书中,有意识地用了文化学批评方法(不是西方的"文化研究"),来探索整个20世纪世界中文学者散文,也有意识地不再将文学的文化学研究只作为文学外部诸要素来看待和分析。我在第六章的开头,有这样一段话:

> 文学创作和文学史表明,任何作家个人与群体,都有自己独擅或相近的体裁言说方式,散文也一样。这不但突显了个人、群体创作的艺术气质,言说的绩效,同时也是文化生命价值在体裁上的创造性衍展。

那本书共安排了引论与六章:引论"知识分子、学者散文家、学者散文"、第一章"学者散文批评文化学方法论"、第二章"世纪演进与历史地位"、第三章"价值取向与现代理性精

---

① 喻大翔:《用生命拥抱文化——中华20世纪学者散文的文化精神》,人民文学出版社2002年版。

神"、第四章"知识及智慧的艺术理想"、第五章"意象营造与心理表现"和第六章"体裁类型与话语方式",我当时有一个认识,无论是散文创作主体、受种种文化因素影响的散文历程、文本主题倾向与知识系统及其传达、散文意象的营构,直至随笔、杂文、书话和游记等体裁的运用,都被文化所内含,也都是不同历史、不同领域、不同层次、不同特色的文化信息,在学者散文外部和内部的艺术表现。我认为,任一文学体裁和创作手法,都不能不与一定时空的文化情境相关,散文亦如此。反过来说,我想用文学批评方法,贯穿到学者散文从内容到形式,甚至到与散文有关的一切社会与自然的信息中。这样,我才能说文化生命价值也凸显在散文体裁上;我才能在第一章说:"散文是创作主体最为直接而又艺术地传达自我情思与人类文化的文学体裁……以文化的眼睛观察散文,并将哲学的、审美的、文学的、心理的、历史的等种种视角内藏其中,我以为能建立起最符合散文文体特性的文化学批评方法论";我才能在三圈四维结构图中,将整个文本及其艺术表现,都置于第二圈即"文化生命"圈中。笔者在这本书中始终想做一种努力:用文化学方法评论文学或散文,绝不再只是关注文学或散文的外部,而是可以观察或窥探它们从外到内的一切奥秘。

假如我的陈述能自圆其说,《用生命拥抱文化》一书,可能是第一次用文化学方法系统研究学者散文的尝试,也可能是第一次将文化生命理想和价值当成文人创作最高追求论说的尝试。这个尝试,与叶维廉、杨义在近三十年文学研究中所显示的趋向,基本是一致的。也可以说,笔者的努力为这个中国文学甚至中华文学的研究趋向提供了另一个佐证。

在《文学：生命的转喻》一文中，杨义说：

> 空间和时间对于文学与文学研究同样重要，只有高度自觉地兼顾时间和空间以及它们的相互作用，才能在研究中还文学原来就有的完整的世界。

我认为，时空间的哲学坐标只适合研究大自然，人文社会科学包括文学研究，不加入"心间"（依赖、反射甚至改变和创造着客观时空间的人类主体心灵世界及其一切文化现象）一维是不可能探索到完整而幽秘的文化与文学规律的，"心间"应该是专为人类及其文化具备的精神宇宙。

但杨义的那个多维命题"文学：生命的转喻"，或许从理论上启发我们，从文化学角度建立一种叫生命批评或文化生命批评的可能，这是杨义论文将会带来的另一转折性意义。

2007 年 8 月 26 日作于上海鸿羽堂

——原载《文艺争鸣》2008 年第 5 期

现代诗创作论

现代诗也称新诗、自由诗,是五四以来,相对于古典诗的一个诗歌新品类。它吸取了古典诗的养分,也受到外国诗的熏陶,并积累了自己也还算得上丰富的创作经验。这一个多世纪的探索,足以让一代一代的爱诗者,在奔赴诗歌理想高地"敬亭山"的漫漫长路上,得到了不少精神补给。

一 现代诗三类

从创作与阅读的角度来看,我以为现代诗可以分为三类,这从初期的作品都能找到较典型的例证。第一类可称为浅白诗,浅近直白几乎不费思索,如汪静之作于20年代初的《过伊家门外》[①]:

> 我冒犯了人们的指摘,
> 一步一回头地瞟我意中人;
> 我怎样欣慰而胆寒呵。

[①] 钱谷融主编:《爱的歌声——湖畔诗社作品选》,华东师范大学出版社1986年版,第82页。

据说，这首诗是诗人写给自己当时的女友菉漪的。没有严格意义上的意象，纯写主观的动作与心理，背景、行动与情绪呈现出简单而清晰的逻辑关系，除了字面的含义外，没有暗示与象征，毫不费力就可以理解，其浅显易懂近于白话。我之所以还称它为一首诗，关键就在于"欣慰而胆寒"所表示出来的一种张力关系。比此诗稍差的，可找出应修人作于同一时期的《悔煞》[①]："悔煞许他出去/悔不跟他出去/等这许多时还不来/问过许多处都不在。"这就完全不是诗了，滑向浅陋，也不如好的散文。比汪诗好一些的可举出早五年问世的《蝴蝶》[②]，作者是大名鼎鼎的胡适："两个黄蝴蝶，双双飞上天/不知为什么，一个忽飞还/剩下那一个，孤单怪可怜/也无心上天，天上太孤单。"该诗用简单的意象陈述了一个客观场面，虽是现实的笔调，也缺乏隐语和更深层的所指，但它没有过分地去限制两个黄蝴蝶之间应该存在的意义，所以，既可以读成爱情的分离，也可以读成孤单的寂寞，并且还蕴藏有一定的文化内容，那就是"蝴蝶"本身所积累的传统意义。当然，胡适的诗也还只是平面的如实的临摹，使用的传统技法不可能负载更多更复杂的内容。

第二类可称为明朗诗。作品清晰可解，情思却充足饱满，有耐人寻味的音乐性。如刘延陵发表于20世纪20年代初的《水手》[③]：

[①] 钱谷融主编：《爱的歌声——湖畔诗社作品选》，华东师范大学出版社1986年版，第123页。
[②] 胡适：《尝试集》，人民文学出版社1984年版，第11页。
[③] 《现代诗选》（第一册），上海教育出版社1979年版，第314页。

一

月在天上，
船在海上，
他两只手捧住面孔，
躲在摆舵的黑暗地方。

二

他怕见月儿眨眼，
海儿掀浪，
引他看水天接处的故乡。
但他却想到了
石榴花开得鲜明的井旁，
那人正架竹子
晒她的青布衣裳。

这首短诗虽然有近八十年的历史了，但说它是现代诗中非常成熟的作品，恐怕不会得到人们的诟病。倘若现代诗从那个时候起，一直保持在这个高度向前发展，成就则更为可观。此诗的主题无非是写一个普通人的两地相思情，没有什么惊世骇俗的东西，但它却是独特的，动人的，有韵味的，可以叫人去回想的。它有着现代诗最主要的品质：真切的情怀、纯净的语言、明朗的意象、具体的画面、生动的想象、和谐的节奏和优美的意境。这首诗的格调，正是中国文人和一般读者习惯的欣赏品位：有诗意，又不难理解与分析，与古典好诗的审美情趣有相当多的一致性。不过，也正是如此，用现代诗学的眼睛看，它还是太老实了，太正统了，太富有逻辑的理路了。诗的时间、地点、抒情主人公的思维脉络、实与虚、现实与幻想这一切是那么顺理成章地排列着，没有给解读带去任何必要的阻碍。要是一个真正意义的现代诗人，第八行"但他却想到了"是完全可以删去的，这种过渡与说明对诗本身来说是累赘，而对读者来说，毫无疑问是担忧和不信任。

第三类则是真正意义上的现代诗，也可称为朦胧诗。我这儿不是专指新时期以北岛、顾城、舒婷、江河、杨炼等为代表的，称誉中外的一个诗歌流派，而是对20世纪以来（外国就更早一些），那些意象新奇而繁复，象征隐晦而陌生，结构浓缩而跳荡，排行割裂而奇巧，蕴含曲折而多义，并主理性抑情感、非意境一类富有现代主义精神的现代诗的统称。我们来看看"诗怪"李金发同样写于20年代初期的《弃妇》[①]吧：

> 长发披遍我两眼之前，
> 遂隔断了一切羞恶之疾视，
> 与鲜血之急流，枯骨之沉睡。
> 黑夜与蚊虫联步徐来，
> 越此短墙之角，
> 狂呼在我清白之耳后，
> 如荒野狂风怒号：
> 战栗了无数游牧。
>
> 靠一根草儿，与上帝之灵往返在空谷里。

[①] 李金发：《微雨》，北京新潮社1925年版，第3页。

我的哀戚唯游蜂之脑能深印着；
或与山泉长泻在悬崖，
然后随红叶而俱去。

弃妇之隐忧堆积在动作上，
夕阳之火不能把时间之烦闷，
化成灰烬，从烟突里飞去，
长染在游鸦之羽，
将同栖止于海啸之石上，
静听舟子之歌。

衰老的裙裾发出哀吟，
徜徉在丘墓之侧，
永无热泪，
点滴在草地，
为世界之装饰。

李氏被称为中国象征派诗歌的开山人，这是实至名归的。这派诗歌与现代派文学一样，站在同一种高度上鸟瞰和评价世界、人类与社会，他们既不愿意用现实主义的笔法忠实描摹现实生活，也不屑借浪漫主义的激情倾吐胸臆，甚至盲目夸张人与事物的美好。恰恰相反，他们强烈地感到了世界的末日感，人性恶化，道德沦丧，价值崩溃，物欲横流，战乱频仍，正义、真理与良知等都变得一钱不值，而个人，也无疑是这个时代的受害者。《弃妇》的含义，有人说是被爱情抛弃的感伤；有人说象征一个政治上被遗弃的人；还有人说"它深刻地蕴含着诗人自己对被冷落而痛苦的人生的感慨和不平"①等，无论什么，都带有上述的思想倾向，带着冷峻、深刻而尖锐的批判眼光。其实这些内涵也并不是明确可以指认出来，也不像汪静之、刘延陵的诗，从单纯明净的逻辑关系中很容易地推出来，而只能从密集而怪异的意象中去领悟。当初以至于现在的不少人，仍读不出个所以然，就是个明证。朱自清在《中国新文学大系·诗集的导言》②中，说李金发的诗"没有寻常的章法，一部分一部分可以懂，合起来却没有意思"，其实也是迷惑于诗歌的整体。导致这个现象的发生，就在于《弃妇》从内容到形式，对传统诗歌（包括现代诗传统）的阅读习惯来了一个几乎彻底的革命。除意象的迷离恍惚之外，此诗从第三节起转换视角，无论局部还是整体，省去了大量关联词句，结构的表层和深层，也都不落在客观的时空上，全凭诗人主观任意的选择、投射与连接。像《弃妇》这样的诗，给人们带来雾里看花似的隔膜的朦胧是不言而喻的。

上述三类诗，很多时候界限是并不明显的，每一类诗至少都有上、中、下三品。浅白诗的上品马马虎虎算得上是诗，下品就完全没有意思了。而现代诗（朦胧诗）也还是有个极限，冲得太远，无论怎么高明的读者老也悟不出一点什么诗意来，成了无法解锁的天书，也就无所谓诗了。从50到70年代，好的明朗诗很难找到，浅白诗则到处泛滥，而与时代政治的需要一结合，就造成诗歌命运最大的悲剧了。自70年代末期始，现代诗又悄然萌芽，这是继20年代的象征派诗、30年代的现代派诗、40年代

---

① 《象征派诗选》，人民文学出版社1986年版，第15页。
② 《中国新文学大系·诗集》，良友图书印刷公司1935—1936年版。

的九叶派诗之后，中国现代诗在本质上的觉醒与成长。新时期以来，现代诗面貌发生了很大的改变，朦胧诗风（现代诗）几乎汇成了诗坛的主流，如何创作这种现代诗，就为许多爱诗者所关注。下边就从几个主要的方面谈谈这种诗的创作问题，欣赏自然就包含在其中了。

二　何谓现代诗

所谓现代诗，如果一定要给出什么含义的话，可以暂时这么表述：现代诗是抒情主体把内心情思意象化，在韵律、声调与节奏的回旋中，在有机而独特的进行中，将意象作富有象征的、张力的或其他方式的概括性表现的抒情信息系统。只有通过读者的感知与接收，才能达到一定程度的完成。

现代诗无论怎样深入理性的深海中，其抒情的基质是不会改变的。有的诗人在自己的文本中将抒情的色彩弱化了，但并不影响现代诗仍需要在婉曲的抒情基调中去发挥智性的诗意功能。否则，诗歌就变成了哲学家或社会学家的只言片语。在语言艺术（文学）的大系统中，以小说、叙事散文、报告文学、传记等为主的文体，可称为叙事类文学的子系统；而以话剧、电影、电视剧等为主的文体，可称为戏剧类文学的子系统；诗歌、抒情散文及散文诗等，当然就是抒情类文学的子系统了。语言仍是当今世界最主要的符号形式，而每一首诗，一列被艺术地组织起来的字、词、句，无疑就是诗人发送出来的特殊信息，文学的每一个子系统，都可以放在一个信息系统的模型里表示出来。下面以诗歌为例，按照信息在诗人、文本（诗作）和读者之间的交流过程，画下诗歌的信息系统。本图采自吴思敬的《诗歌基本原理》①，只稍作修订：

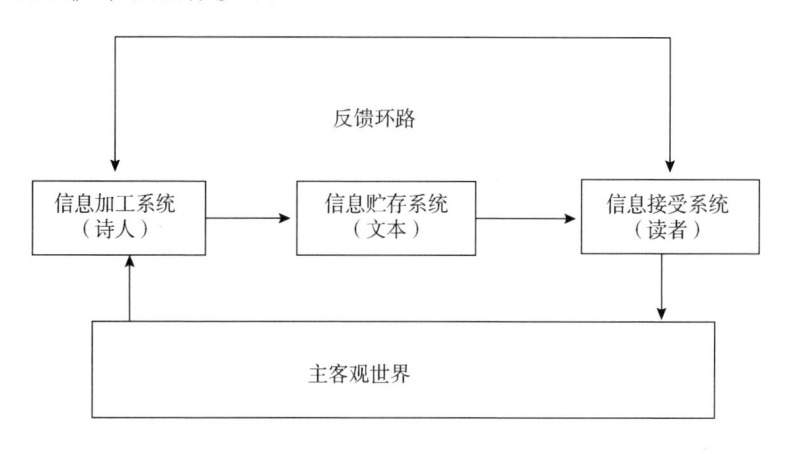

```
                    反馈环路
        ┌─────────────────────────────┐
        ↓                             │
   ┌──────────┐   ┌──────────┐   ┌──────────┐
   │信息加工系统│ → │信息贮存系统│ → │信息接受系统│
   │ （诗人） │   │ （文本） │   │ （读者） │
   └──────────┘   └──────────┘   └──────────┘
        ↑                              │
        │         ┌──────────┐         │
        └─────────│ 主客观世界 │←────────┘
                  └──────────┘
```

图 1　抒情信息系统

　　从这个循环的图示，我们可以看到现代诗作为"抒情信息系统"的几个主要因素。诗人的情思信息来自广袤无边甚或深远无垠的主客观世界。以前只强调文学或诗的题材来自客观的现实生活，这是片面的。倘若只强调来自"火热的"一面，那简直就是"可爱的错误"了。没有了自然与宇宙，没有人们隐秘复杂的内心，没有人类创造的物质与文化，就没有这个庞杂而统一的世界。作为一个现代诗人，不但要密切注视这个世界，强烈地感受这个世界，还要深刻地剖析这个世界。一时的激情和感悟可能写出一两首好诗，却决不能建立起自己独立的人生，系统的世界观，更不能自由而完整地把握这个复杂的世界。而要"深刻地剖析"，诗人首先得占有知识，然后在丰富的知识中去铸造一枚几千年不锈蚀的卧薪尝胆的"宝剑"——理性的解剖刀。这知识

---

① 吴思敬：《诗歌基本原理》，工人出版社1987年版，第40页。

不是指某一本片面的文学理论或哲学、社会学著作，而是全人类迄今为止所有思想家积累起来的精神财富。它不仅包括文化学、哲学、政治学、社会学、经济学、人类学、心理学、伦理学、民俗学、宗教学、史学、文艺学等这些人文学科，甚至还涉及天文学、地质学、考古学、物理学等这些理工和综合性学科。无论什么派别，无论什么观点，都是需要我们去了解和把握的，这样，我们就不会站在理论的独木桥上左摇右晃，连一条狭窄的深涧都走不过去，那何谈去拓殖现代诗歌广阔的荒野？富于知识和见解对于50—70年代的诗人如果是累赘的话，那对于80年代以后一个真正的现代诗人来说，则是一颗不可或缺的精神之大脑。其实，现代名副其实的大诗人，没有一个不是富有学养的。否则，那样恒久而光辉的理性就不可能贯注在长期的创作之中。英国诗人叶芝（William Butler Yeats）是个善于进行"敏锐而零碎的哲学沉思"[①] 的人，而《幻象》[②] 一书，则用散文的形式，"以诗性的智慧和想象描述了人类和历史的发展"，[③] 并构筑出借此控制宇宙的象征体系。叶芝在该书的《献辞》中说："我渴望一种思想系统，可以解放我的想象力，让它想创造什么就创造什么，并使它所创造出来或将创造出来的成为历史的一部分，灵魂的一部分。"[④] 叶芝的诗歌创作，尤其到了后期，并非盲目的冲动。

---

① ［瑞典］帕·霍尔斯特洛姆：《授奖词》，载《抒情诗人叶芝诗选》，裘小龙译，四川文艺出版社1986年版，第2页。
② ［爱尔兰］威廉·巴特勒·叶芝：《幻象——生命的阐释》，西蒙译，国际文化出版公司1990年版。
③ ［爱尔兰］威廉·巴特勒·叶芝：《幻象——生命的阐释》，西蒙译，国际文化出版公司1990年版，第238页。
④ ［爱尔兰］威廉·巴特勒·叶芝：《幻象·献辞》，西蒙译，国际文化出版公司1990年版，第4页。

驰誉世界现代诗坛的艾略特（Thomas Stearns Eliot），年轻时先后在几个著名的大学学习过哲学、历史、宗教和文学，曾经写过的博士学位论文，正是哲学的选题。他一生不断地吸收、积累和创造着思想，其整个创作被认为具有"一种钻石般的锋利切入我们这代人的意识的能力"[①]。他开创的新批评派及提倡的理论观点，影响了世界文坛的好几个时代；而诗歌中的思想分量，可以说照亮了现代诗歌智性的里程。《荒原》[②]一诗，从原注里我们看到艾氏对于神话、宗教传说和各种典故的旁征博引。而魏士登女士的《从祭仪到神话》和弗雷泽先生的《金枝》这两部人类学著作，则直接开启了该诗的灵思与构架。"荒原般的时代精神"从20年代起就在现代诗歌的殿堂里矗立起来了。不用说，现代诗人必须具有一般诗人的气质和人格特质，并有着另外一些在现代文化背景下的素养；譬如自由的心灵，批判的精神，对于多种语言和文化的整合能力等，这儿不过攻其一点罢了。

读者是现代诗歌创作程序中的重要一环。以前，读者面对诗歌的文本（作品），只是个被动地接受、解释的角色。去收集诗人的材料，做一些注解和分析，谈一些也许不着边际的感想。很多时候，不少人还用狭隘的政治观点去附会和扭曲。对于一首诗歌的真正艺术的完成，读者并没有负好大的责任。现在却不同，从图示可以看出，缺少了读者，不仅诗人没有调整自身的信息源，而且没有高明的接收系统，没有艺术的创造性转化，文本只

---

① ［瑞典］安德斯·奥斯特林：《授奖辞》，载《四个四重奏》，裘小龙译，漓江出版社1985年版，第279页。
② ［英］托·艾略特：《四个四重奏》，裘小龙译，漓江出版社1985年版，第67页。

是一个半成品，它惶惑地停在十字路口的一端，优秀还是拙劣，伟大还是平凡，全赖遇上了从哪一路来的读者。现代读者面对一首现代诗作，面临着三个方位的掘进：一是将文本的内容整体地，或是一件一件拆开，送还到庞大的、令人惊惧的主客体世界。就客体而言，比如一个意象的刻画，是否符合物理的特性。主体主要就是读者自己了，可以检验一个人的人格、气质、学识的储藏以及审美的趣味等，是否能与诗人同步。这一关倘若遇上了麻烦，解读（或曰第二次创作）就会碰上障碍。二是回到诗人那里去，不仅去寻找诗人的历史，或者某一首诗的背景资料，这是非常容易的事情，尤其是已被研究得颇充分的诗人，后来者并不需要花太大的力气。应该回到诗人的深层心理中去，参与他独特的创造过程，他怎样把思想和事物变成诗歌艺术那种天才的转化中去。否则，第二次创作对于读者只能是隔靴搔痒。最困难的还是如何阅读"愈来愈隐晦，愈来愈间接，这样才能够迫使——必要时打乱——语言来表达他的意思"① 的诗作本身。20世纪开元以来，反复出现一种现象：面对非明朗的现代诗，一些读者（其中不少自己就是诗人或诗歌理论家）大叫读不懂，不是斥之晦涩，玩弄技巧，干脆就发脾气说"令人气闷"②。这些满脑子传统欣赏习惯的读者，见了朦胧的现代诗，就像从小径幽窗的园林一下子进入了氤氲万状的原始森林，被迷离的景观搞得晕头转向。诗人说我的诗是写给下一个世纪看的，说要对读者进行改造，这些话虽有合理之处，但离中国的道德要求未免远了一

---

① 艾略特语，参见［瑞典］安德斯·奥斯特林《授奖辞》，载《四个四重奏》，裘小龙译，漓江出版社1985年版，第279页。
② 章明：《令人气闷的"朦胧"》，《诗刊》1980年第8期。

些。从读者的角度言,调整自己的审美结构,下气力了解现代诗歌的必要知识,我想这是说得过去的。要不然,我们厌弃现代诗,或兴致勃勃地批判某一首现代诗,却又说不出个所以然来,这就未免有些意气用事了。

现代诗歌的文本(信息贮存系统)脱离了诗人之后,就成了一种相对独立,然而又是开放的处在未稳态的艺术语言体系。因为语言本身的原因,又因为诗人从内容到技巧的特别处理,有些诗解读的难度是大一些。但无论语言、内容还是技巧,它们多少是与传统有联系的,而时代的心理内蕴也可以有相当的默契与沟通,因此又不是完全不可以供人感觉甚至分析研究的。

根据上述现代诗的含义,下面对其他几个重要术语(或创作方法)进行细致些的探讨。

三　意象

意象是构成现代诗的核心因素,一首诗连一个意象都没有,不是流于平庸,就是流于空洞与说教。而意象的俗气或无力,诗也就谈不上有什么新颖和创造之处了。前面之所以断言应修人的《悔煞》"完全不是诗",就在于我们看到了一片意象的沙漠,全无诗意的绿色。古典的好诗和明朗的好诗都有意象,只不过现代诗意象繁密,在单个和系统上都有独具匠心和超越传统的经营。那么什么叫意象呢?据说有好几十种解释,从不同学科的角度看出了不同的意象。我看两种最重要。一种从心理学的角度解说意象,美国新批评的代表人物韦勒克(René Wellek)和沃沦(Austin Warren)认为,"在心理学中,

'意象'一词表示有关过去的感受上、知觉上的经验在心中的重现或回忆"①。简要地说，即是意中之象，它既存在于诗人的意识之中，也存在于读者的想象之中，两者可能不完全是一回事。总的来说，它不是用语言表达的，存在于文本（诗作）中的意象。按赵毅衡的说法，诗中的"意象"宜译成"语象"，以强调"文字构成的图像"的原意，并与"意中之象"作区别。为此，从作者、作品到读者，赵毅衡用图示画出了 image（意象）三级跳的过程：②

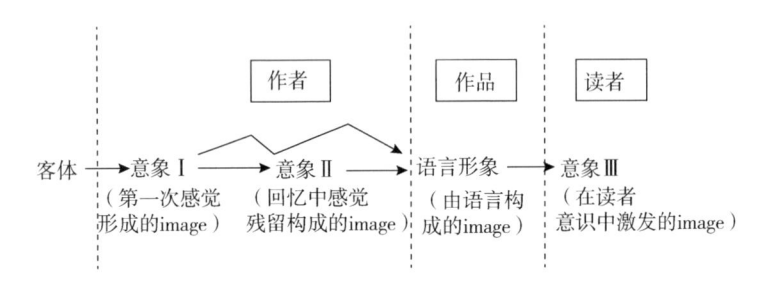

```
                  ┌─作者─┐  ┌作品┐ ┌读者┐
客体 → 意象Ⅰ  →  意象Ⅱ  → 语言形象 → 意象Ⅲ
      （第一次感觉  （回忆中感觉   （由语言构   （在读者
      形成的image）  残留构成的image） 成的image）  意识中激发的image）
```

图 2　意象流程

这张图最明显说明了两点：第一，"意象"与"语象"之不同。作品的中 image 离不开作者与读者的 image，但它不是意识中的象，而是语言中的象，是由具象的语言组成的，不是意象；第二，意象从诗人到读者，是不断运动变化着的。诗人第一次感觉客观物象造成的意象与创作时运用的意象在质和量上有差异；而读者面对语象想象的意象，肯定又是另一番情景。赵毅衡的这种区别，

---

① ［美］雷·韦勒克、奥·沃伦：《文学理论》，刘象愚、邢培明、陈圣生、李哲明译，生活·读书·新知三联书店 1984 年版，第 201 页。
② 赵毅衡：《新批评——一种独特的形式主义文论》，中国社会科学出版社 1986 年版，第 134 页。

可能更符合新批评关于意象理论的原意，对于创作和解读也更富有层次性和逻辑感，但并不适合中国读者对于意象的习惯性认识，因为文本中的意象始终没有被人称为语象就是证明。第二种从语义学和文学的双重角度解说意象，认为意象就是表意的象，是主观情意和外在物象合而为一的东西。从字面上看，它一定是个可以触摸、可以观察，或可以想象到的非常具体的物象，从词性看它的中心词只能是个名词。从"象"所体含的"意"来看，至少要从三个方面加以判断才能得到较为合理的解悟：首先是意象本身（单个意象）；其次是意象关系（即一首诗的意象系统或意象场）；再次是读者解读的意象与诗意象的契合。中国诗歌界，主要关注于意象词（新批评所谓的语象），而很少自觉地去分析诗人意识上意象变化的过程及在读者意识上的感应与演绎。为了说明意象是怎样的及其判断的特征，不妨看看顾城的一首小诗：

小巷[①]
小巷
又弯又长

我用一把钥匙
敲着厚厚的墙

这首诗的意象有三个：小巷、钥匙、墙。墙其实只是小巷的

[①] 《文化月刊》1981年第6期。顾城诗集《黑眼睛》（人民文学出版社1986年版，第28页）收有《小巷》，全诗如下："小巷/又弯又长//没有门/没有窗//你拿把旧钥匙/敲着厚厚的墙"。我以为前者更精练，更富有诗意。

子意象，不过诗中有独特的强调，看作单个意象也无妨。除了这三个意象之外，"又弯又长"是形容小巷的，不是名词；"一把"与"厚厚的"用来修饰中心词，可以作为意象的一部分，也可以分离；"敲着"为动词，是一种临时性的动作，并无"象"的稳定性；"我"这样的代名词如果作为意象，很多时候大概是比较模糊的。这首短小的诗，才四行十八字，确是一首典型的朦胧诗——现代诗。原因不在别的，单个意象本身并不难把握，一进入意象关系，麻烦就来了：怎么试图用钥匙打开小巷厚实的墙呢？土也好，砖也好，石也好，都不是钥匙所能及的。古语说一把钥匙打开一把锁，这诗不是做得很矛盾、很荒唐吗？正是这种矛盾和荒唐，才逼着读者去追索意象关系所提供的更为隐蔽的深层意义。就笔者的理解，不过是"我"心灵困境的写照：走在又弯又长又狭自然也是很闭塞的带有市井氛围的道路中，不知道出口何在，要想找到捷径，除非从眼前的墙上打开一个缺口或一扇门。墙当然是抽象意义的墙，是外在的围困，说不定还很古老，有相当长的历史；而钥匙可能是一种哲学，一种理想之类。然而，"敲"只是意图，实际上是打不开的，那漫长且曲折的路还得走。就是说，知道了困境，却无法超越，这是最为痛苦的。顾城此诗发表于1981年，倘联系时代背景及文学背景，则一代青年的觉醒与迷惘就都在诗中了。这是笔者对于《小巷》的进入，是否真的打开了它的意象之门，就不太敢保证了。

大抵说来，一般的抒情诗尤其是短诗，均由单个意象或意象群组成。维维的《归来》[①]："路太疲倦了"，是典型的单个意

[①] 周国强编：《北京青年现代诗十六家》，漓江出版社1986年版，第206页。

象。而顾城的《小巷》有两个以上的意象，构成意象间的关系，就可以称为意象群或曰意象组合了。当然，这些在现代诗里还是单纯的，而有些繁复得尤其像艾略特《荒原》那样的长诗，由于意象的阻隔，读起来未免非常吃力。其实，意象的通与隔，懂与不懂，与意象的修辞学、文化学性质很有关系。借用已故美籍华裔学者刘若愚的分类法，意象可划为描述性意象、比喻性意象和象征性意象三种[①]。笔者以为，朦胧诗（现代诗）与明朗和浅白诗之不同，关键就在于对上述哪一种意象的侧重和运用。

所谓描述性意象，就是一个意象只有字面上的意义，无法指出任何取代物，也不借助其他的东西来表现，用一个公式概括：指 A 即 A。如冯雪峰作于 1922 年 3 月的《杨柳》:[②]

杨柳弯着身儿侧着耳，
听湖里鱼们的细语；
风来了，他摇摇头儿叫风不要响。

诗中有三个意象：杨柳、鱼（们）、风。此诗唯一的长处是将意象拟人化，写得活泼，在那个时代还算得上清新。但只是描述意象自身而已，不再能找出其他的象与意（义），也没有其他的技巧帮助表现，借以扩展读者的思维。浅白诗在选择和营造意

[①] 参见赵毅衡《新批评——一种独特的形式主义文论》，中国社会科学出版社 1986 年版，第 137 页。
[②] 钱谷融主编：《爱的歌声——湖畔诗社作品选》，华东师范大学出版社 1986 年版，第 108 页。

象上与此诗有相近的毛病：大多喜用描述性意象，很随意，且不着力去挖掘，在意象的关系上也只是客观自然的排列，屈从于大众的口味，又没有融进诗人多么独特的个性。

所谓比喻性意象，分两种。明喻是本体意象（有时并非意象）和喻体意象同时出现在诗中；隐喻集中笔墨写喻体意象，而将本体意象（有时并非意象）隐藏在背后，但均为比喻关系，都可以概括成一个公式：以 B 为 A。北岛的《界限》[①] 有两行诗："我的影子站在岸边/像一棵被雷电烧焦的树"。以树为影子，喻体意象和本体意象都出现在诗里。再读汪静之的《时间是一把剪刀》[②]：

时间是一把剪刀，
生命是一匹锦绮；
一节一节地剪去，
等到剪完的时候，
把一堆破布付之一炬！

时间是一根铁鞭，
生命是一树繁花；
一朵一朵地击落，
等到击完的时候，
把满地残红踏入泥沙！

[①] 《青春》（南京）1981 年第 6 期。
[②] 《新诗选》（第一册），上海教育出版社 1979 年版，第 248 页。

此诗有两组明喻,通过四个"是"字揭示出来了。喻体均意象化,本体乃抽象词语的反复。正因为以具象写抽象,又有意象间的对比与动作过程供人们去联想,比较富有诗意。但是,由于明喻的一对一关系,又由于喻体意象:剪刀、锦绮、繁花("铁鞭"可当别论)较为一般化,在传统诗里屡见不鲜,而它们之间也像齿轮一般地给咬住了,这都限制了诗意的浓度。

曾卓写于 1970 年(真是时代的异数),发表于新时期的抒情诗《悬崖边的树》①,则有另一番风貌:

> 不知道是什么奇异的风
> 将一棵树吹到了那边——
> 平原的尽头
> 临近深谷的悬崖上
>
> 它倾听远处森林的喧哗
> 和深谷中小溪的歌唱
> 它孤独地站在那里
> 显得寂寞而又倔强
> 它的弯曲的身体
> 留下了风的形状
> 它似乎即将倾跌进深谷里,
> 却又像是要展翅飞翔……

---

① 《曾卓抒情诗选》,中国文联出版公司 1988 年版,第 70 页。

该诗的意象,以奇异的风、悬崖、深谷为一列;以一棵树、平原、森林、小溪为另一列,组成一个喻体意象之系统(B),以隐喻本体(A)。英国的戴维·科尔比说:"明喻是用'像'或'如'对两个显然不相似的事物进行的一种比较;而隐喻则是二者的直接相等。"① 那么《悬崖边的树》隐喻什么呢?联系到创作的时代,感受拟人的叙述,以及诗中的环境与事物,我们就可以断定:"奇异的风"等于奇异的时代;"一棵树"就是被时代弯曲了的知识分子形象,在即将要掉进政治深谷的时候,仍保持着寂寞的理想与独立的人格。此诗的成功,关键是诗人抓住了瞬间印象中的奇特自然景观,并提升为喻体意象演化成时代与人物的悲剧,实在可以作为中国当代明朗诗的上乘之作,它被许多人选录、评价和肯定即是个证明。我之所以肯定《悬崖边的树》是一个隐喻,而不是象征,重要的一点是,B的意象系列所隐喻的A是稳定的,除了A之外,不可能再有其他。否则,就会导向另外一个重要的词——

四 象 征

任何象征都是建立在意象之上的,换句话说,没有意象,就无所谓象征。就像天上没有小水珠,不可能出现迷人的彩虹一样。当一个意象既不是指A即A,也不是以B为A,A同时可能是B、C、D或者更多,那当然就是象征性意象了。请看北岛一首最短的诗:《生活》"网"。② 这首一字诗当初许多人读不懂,

---

① [英]戴维·科尔比:《简明现代思潮辞典》,邓平译,重庆出版社1987年版,第170页。
② 北岛:《太阳城札记》,载《北京青年现代诗十六家》,漓江出版社1986年版,第19页。

并有着颇为激烈的争论。诗人的高明之处在于，他把那张"网"挂在你的视网膜上，然后就走了，没有给"网"附上任何比喻，也不指定特殊意义，"网"这个单个意象就有着许多种理解的可能。不同的读者，联想到多少种网，就会出现多少意义，"网"（A）同时可能是B、C、D或者更多，这就是象征意象给予创作与理解无限的扩散力，给读者带来乐趣，同时更带来了困难。笔者现在再读这首"网"，立即就想到了渔网、球网、蜘蛛网之类的形象，和与此相关的活动。就"生活"而言，从主要的到次要的，从人类的到自然的，从现实的到心理的，从具象的到抽象的，一一浮现和涌出。再升华到诗"意"之上，从"网"里就可以抽绎出被人操纵的生活，无数的困牢，空间与限囿的生活，自我束缚、结网而居的生活，陈旧而脆弱的生活，一种有规则有界线的生活，空无所获、满身眼泪的生活，以强凌弱，又去捕捉幼小的生活，从鱼死网破的比喻看，终有一天还有两败俱伤的或悲或喜的生活等。除了网就是网之外，我们还可以从这个意象联想和挖掘八种意义，相信还不止这些。所以，"网"被人称为朦胧诗不是没有道理的，而这恰好证明了象征性意象带给诗人和读者多么巨大的艺术空间。很明显，那些布满（并置）繁密的象征意象的现代诗篇，不经过新的学习和训练，想有愉快的解读的确是不容易的。古人所谓的象外之象、言外之意，我想，大部分应该与象征有关。在象征里，不但"意"（所指）是一个非稳定结构，随着读者的参与可以不断生成新的内容，就连"象"（能指）也不会被反复修饰（限制）在极为具体的形态上，这样的象征性意象才最富有审美价值。

所以，可以这么断定：朦胧诗（现代诗）主要运用象征性意象；明朗诗主要运用各种比喻性意象，兼有象征；而浅白诗多用描述性和明喻性意象。此外，它们各自在整体运作上，当然还有很不相同的心理和准则，上述的例子我们是能够感受到一些的。

从象征（象征性意象）所承载的文化与传统内容这个角度来说，它又可分成两大类别。一类叫传统象征，也称公共象征或稳定象征。顾名思义，用作象征的意象饱含着某种民族文化的愿望或心理内蕴，它创造了传统，又在传统里反复出现，象与意为同一个文化圈内的人所熟知和乐于运用，并且有相对的稳定性。譬如莲花象征清纯；青松象征高洁；竹子象征气节（宁折不弯）；并蒂莲、连理枝、鸳鸯等象征着爱情与夫妻和美；松、梅、竹三个意象同时出现，则象征着逆境中的友谊等，这些在中国读者，简直是不假思索了。又如"丁香"这个意象，据我所知，千余年来屡为诗人所爱，其"公共"色彩也是相当明显的。唐李商隐《代赠》[①]诗云："芭蕉不展丁香结，同向春风各自愁"，丁香结即丁香花蕾。南唐李璟词《浣溪沙·手卷真珠上玉钩》[②]云："青鸟不传云外信，丁香空结雨中愁"。宋贺铸《石州引》[③]词云"欲知方寸共有几许新愁，芭蕉不展、丁香结"，都是用丁香象征愁心，唯李璟有些变化，更为动人而已。到了现代，戴望舒的名诗《雨巷》[④]则直接承袭了这个意象："撑着油纸伞，独自/彷徨在悠长、悠长/又寂寥的雨巷/我希望逢着/一个丁香一样的/结着愁怨的姑娘。"诗人只是将丁香在《雨巷》里写得更加

---

① （唐）李商隐：《玉谿生诗集笺注》（全二册），（清）冯浩笺注，蒋凡校点，上海古籍出版社1979年版，第647页。
② 詹安泰编注《李璟李煜词》，人民文学出版社1958年版。
③ 唐圭璋编：《全宋词》（一），中华书局1965年版，第540页。
④ 《戴望舒诗集》，四川人民出版社1981年版，第28页。

细腻而丰富,并有了现代的心理氛围和结构特征,这也正是不少现代作品借助传统成功的秘诀之一。但上述的贺铸是完全照抄了,还有一字不改入诗的情形。在文化的习惯里,有些象征是千古不移的,但作为诗来说,若老是不费气力挪用传统象征,就失去了诗的创造精神,成了传统苍白的复印品。诗人懒惰了,文字僵化了,读者也就厌烦了。

如果说传统(公共)象征是一种清晰的象征,在人类的经验中有普遍意义,那么个人象征则带着诗人自己的经验和独有的神秘色彩,所以又被称为私立象征或随机象征。有的意象根本就是他自己创造的,读者并不那么容易就进入;而有的意象字面上与前人没什么不同,但它的象外之象,言外之意在传统里不易找到,也不容易对应到,这必会给读者带来朦胧莫辨的色彩。应该说,朦胧诗(现代诗)大量启用个人象征,正是读者大叫不懂的关键所在。倘若某一首诗在手法上更为隐蔽、曲折和省略,隔膜无疑就更大一些。像北岛的《晚景》《绝症》《播种者》[①] 等;顾城的《求画》《狼群》《灵魂有一个孤寂的住所》[②] 等;舒婷的《国光》[③]《魂之所系》[④] 等;杨炼的《诺日朗》[⑤]《石斧》[⑥] 等,说实话,我都没有完全读懂。有的意象可能纯粹是诗人自我象征的秘密,因为他需要这样做,那我们能悟多少就只能是多少了(不能要求他们把每一首诗都写得很好懂,因为好懂的诗这世

---

① 三首均见《在天涯·北岛诗选》,香港牛津大学出版社1993年版。
② 三首均见《黑眼睛》,人民文学出版社1986年版。
③ 舒婷:《会唱歌的鸢尾花》,四川文艺出版社1986年版,第30页。
④ 舒婷:《始祖鸟》,海峡文艺出版社1992年版,第77页。
⑤ 杨炼:《诺日朗》,《上海文学》1985年第5期。
⑥ 杨炼:《石斧》,《中国》1985年第3期。

上很多很多。艺术在时代里的先锋性有一些只能靠距离和隔膜来保存)。为了说明个人象征的私有与隐秘,我不能臆测别人的作品,只好来谈谈自己的一首《寻找》[①] 了:

贝多罗叶
仍旧炫耀于东方

土地灌满了
僧人的精液

而扁圆的石头花
都一棵
未曾生长

山谷　　森森
石块重坠
回声　　一片
奇迹

蜘蛛的空间
谜　你猜得透吗

未来的尸骨

[①] 荒野:《永远的籓篱》,广西民族出版社1990年版,第63页。

于历史的大鼎
　　唱　面包的酵曲

　　太阳
　　一千次爆笑
　　一千次痛泣

　　用不着再出发
　　你　早不是
　　我心中的你

　　《寻找》是想用一种方式，表现对于某个空间（当然内含有时间）的失望与背弃。这个空间，在第二行里就点出了，以后的方位词，都在"东方"之内。其实"东方"也是泛指，既有对确指的逃避，也有对文化背景的暗示。较难揣摩的恐怕还是诗中的意象："贝多罗叶"隐喻贝叶经，因为佛教经文最初是用铁笔刻写在贝多罗（Pattra）树叶上的，更深层的隐喻可以说是那些被当作教条的经典；"僧人的精液"大约是带喜剧意味的古怪意象，我还没见人用过它。人性的必然产物却出在满脑子所谓"经典"、教条和禁忌的角色身上，这土地上连最贱、最顽强的石头花也不能萌芽，也是很自然的了。"石头花"象征平凡的生命、彩色的理想，甚至可以是学说和理论等。注意"灌满了"一词，把境遇绝对化，才有后面的结局；"山谷"与"蜘蛛的空间"是对东方空间的另两种象征性描画，总之是封闭而玄秘的，限制与扼杀也是它们的功能之一；"鼎"为古代的食器，倘煮"尸骨"

与"面包"一样的容易,那未来与历史会有什么根本的不同呢?"太阳"是天体,是恒星,与人类的生存至关重要,当然与前面的"东方"也有联系,无论是旁观者、参与者还是决定者,它的"爆笑"与"痛泣"带来的后果是不言而喻的。我是想表达在某一种空间内,追根溯源到畸形文化的命运。不敢说《寻找》就写好了,但所有的意象都赋予了我私人的象征意图是没有疑问的,它阻碍了与读者的交流,却实现了个人的某种目标。

不过总的来说,传统象征与个人象征,在诗界多少应取得一些平衡,过分强调某一种,都会造成偏误。在未来的日子里,也许更多地会出现对上述两种象征的改造、融合与发展,这既是可能的,也是必要的。就诗而言,即便出格或离奇的尝试也没有必要大惊小怪,只要是独创,不管多朦胧、多现代、多先锋,总有一天也会变成传统的一部分。诗坛的现象表明,80年代初朦胧诗派的作品,已经流到现代诗传统的脉管里了,不论如今的诗歌怎么五花八门,仍可以处处触摸到它的跳动。

五 张力

物理学和化学都有张力理论,但一般论者认为,诗学的张力理论应来自前者。《辞海》的"张力"条曰:"物体受到拉力作用时,存在于其内部而垂直于两相邻部分接触面上的相互牵引力。例如悬挂重物的绳子内部,就存在张力。"但"新批评"的文论家艾伦·退特(Allen Tate)1937年最早在诗论中提出"张力"(tension)一词时,并没有指出物理学的来源,而"是把逻辑术语'外延'(extension)和'内涵'(intension)去掉前缀而形成的"。他说,张力即是"我们在诗中所能发现的全部外展和内包的有机整体"。① 外展即外延,内包即内涵,它们与词汇和逻辑上的含义都不尽相同。前者指作品词语的所指义,或称为"词典意义";后者指作品词语在感觉和情绪上引起的反应,即暗示义、联想义和象征义等。用这个理论分析杜运燮《秋》②的第一节:

> 连鸽哨也发出成熟的音调,
> 过去了,那阵雨喧闹的夏季。
> 不再想那严峻的闷热的考验,
> 危险游泳中的细节回忆。

"鸽哨"成熟的音调,其词典意义无非是指鸽子的声音发育到完备或完善的程度;联想或象征义可以是庄稼的成熟,也可以是人、社会或政治的成熟。"阵雨喧闹的夏季",词典意义很明显,指那夏季伴着闪电和雷声、强度变化很大,开始和停止都很突然的雨,喧哗而哄闹;联想或象征义最容易让人回忆到一段历史,甚至可以具体到"文化大革命"。这样,后面的"严峻的闷热的考验"及"危险游泳"两组词语的外延和内涵就都不难理解了。张力明显比意象的包容面大,因为他涉及文本所有的词语,但许多地方又易与意象的比喻和象征重叠。

威廉·梵·奥康纳(W. V. O'CONNER)1943年发表《张力与诗的结构》③一文,把张力推衍到"诗歌节奏与散文节奏之

---

① [美]艾伦·退特:《论诗的张力》,载赵毅衡选编《"新批评"文集》,中国社会科学出版社1988年版,第117页。
② 杜运燮:《秋》,《诗刊》1980年第1期。
③ 参见赵毅衡选编《"新批评"文集》,中国社会科学出版社1988年版,第109页。

间；节奏的形式性与非形式性之间；个别与一般之间；具体与抽象之间；比喻，哪怕是最简单的比喻的两造之间；反讽的两个组成部分之间；散文风格与诗歌风格之间"。事实上，它被新批评派发展了。更后来，诗歌的结构之间、意象之间，以至于排行和音调，几乎诗歌的所有成分，都有可能存在张力。由于张力渐渐变为诗歌审美的一个范畴，又由于它本身的复杂性，有人干脆简化张力概念，把它当成诗中一切词语及其关系"二元对立"之和谐构成。在某种程度上，这其实是重新回到了物理学关于张力的看法，又符合现代诗歌各种矛盾生成造成的语言弹性，我个人以为是有道理的。徐志摩的《沙扬娜拉一首·赠日本女郎》[①]：

> 最是那一低头的温柔，
> 　像一朵水莲花不胜凉风的娇羞，
> 道一声珍重，道一声珍重，
>
> 那一声珍重里有蜜甜的忧愁——
> 　沙扬娜拉！

此诗的成功靠两个因素：一是"水莲花"的比喻意象，二就是"蜜甜的忧愁"造成的张力。"忧愁"并不是意象，只是一种心境，一种情绪，在文学里可以说用滥了，毫不新鲜，也没有想象的余地。"蜜甜"简直就极其生活化以至俗气了，但矛盾的二元（两个完全不同性质的形容词）强行融会在一起后，诗句

---

① 《徐志摩诗全集》（编年体），浙江文艺出版社1990年版，第73页。

就化腐朽为神奇了。一头是黑绳子，一头是红绳子，造成弹性和牵引力的正是亦矛亦盾、相反相成的情绪之重量。美国华文诗人非马的短诗，到处都可以发现张力："枪眼／与／鸟眼／／冷冷／对视"（《静物·一》）；"午夜太阳"（《失眠》）；"嚣张的／新鞋／一步步／揶揄着／旧鞋／的／回忆"（《新与旧》）；还有名诗《鸟笼》①等，或意象，或关系，都在简洁的二元对峙中寓有深意。没有张力，这些诗无论外在还是内在，都失去了黏合剂。朦胧派诗人顾城与舒婷都喜爱在诗中营造张力，以表达他们对世界和人生的特殊理解。顾城的《感觉》②："在一片死灰之中／走过两个孩子／一个鲜红／一个淡绿"，用颜色构成的张力，写出儿童的天真无邪对"灰色"世界的破坏；再看《远和近》③："你／一会看我／一会看云／／我觉得／你看我时很远／你看云时很近。""我"是人，是社会；"云"是空中的悬浮物，是自然。但奇怪的是，在"我"的感觉中，远者却近，近者却远，这种空间对比关系的张力把人与人的隔膜扩充得多么膨胀。舒婷的《夏夜，在槐树下……》④ 有这么一句："我冻僵了，而槐花／正布置一个简短的春天。"诗的背景在夏夜，可见张力构造了诗人的幻觉，把主观的冷和客体的暖对比得让人何其悲伤。她的《自画像》⑤，则整首诗都充满张力的魅力，从人物（"他"和"她"）的心理、性格到行动，到文本的句法、章法和节奏，或抽象或具象，或显或隐，无处不可以找到二元对立的和谐构成。这样的男女和爱情，是更为真实可

---

① 四首均见《非马集》，生活·读书·新知三联书店香港分店1984年版。
② 顾城：《黑眼睛》，人民文学出版社1986年版，第30页。
③ 顾城：《黑眼睛》，人民文学出版社1986年版，第26页。
④ 舒婷：《双桅船》，上海文艺出版社1982年版，第74页。
⑤ 舒婷：《双桅船》，上海文艺出版社1982年版，第42页。

信的。张力将诗的时空间大大地拓展了，词语的质与量也大大地增强了，尤其是将创作与欣赏的思维引向了两极，而这之间产生的弹性或曰牵引力，更是丰富而多变的，由此把现代诗导向了非逻辑性和非单纯性，哪怕一首简单的小诗，也能有繁复多义的美感。譬如墨西哥现代诗人帕斯（PAZ）的《互补》①：

> 在我身上你找山，
> 找葬在林中的太阳。
> 在你身上我找船，
> 它迷失在黑夜中央。

飞白评论说，帕斯"特别喜欢表现'关系'，如组合与改组，结合与拆解，而特别是阴阳的对立与互补。《互补》便是一例，虽然极其简练，也有无穷的玄学意味"。② 首先是"我"与"你"性情的二元对立，然后是命运共同体的失落与迷惘，却有阴阳不同的意象之演出："我"的太阳被葬在"我"自己的山上，而"你"的船被庞大无边的黑夜所迷失。说实话，意象及其关联并非十分独特，但通过交错换位的寻觅，在清醒的客观视角里使主体更加迷蒙，这种冷峻的理性是很逼人的，在感受上也显得迷离仿佛，不用说这是靠张力处置带来的效果。帕斯是发现和结构张力的高手，他另外的一些诗《一位诗人的墓志铭》《情侣》《生活本身就是闪电》③ 等，

---

① 飞白：《诗海——世界诗歌史纲·现代卷》，漓江出版社1989年版，第1499页。
② 飞白：《诗海——世界诗歌史纲·现代卷》，漓江出版社1989年版，第1495页。
③ 三首均见陈光孚编选《拉丁美洲抒情诗选》，陈光孚、赵振江等译，江苏人民出版社1985年版。

从不同的角度和层面找到了二元对立的性质,诗都作得新颖而精简。此外,英国现代诗人奥登(Auden)的名作《美术馆》①,采用勃鲁盖尔的名画《风景与伊卡洛斯之坠落》为题材,在崇高与冷漠的张力中重构平庸的麻木,这是人类社会先觉与后觉的永恒矛盾,《美术馆》之张力的合理与深远就显而易见了。

张力的生成有着深远的中西哲学之背景,从思维方式、认识方式到表述方式,中外都可以说有一个庞大的系统,真是举不胜举。老子的"反者道之动"②、《易经》的阴阳之道;赫拉克利特的火焰诞生于死亡③(世界统一与对立面的结合)、柏拉图关于灵魂的矛盾和对抗④等,都是极富有张力色彩的命题,因而它们也有着一种诗意的玄秘。哲学上对人生和世界的这种观念对于文学创作(包括诗歌)的深层影响是不可估量的。波德莱尔关于美与恶相反相通的看法,导致了现代文学美丑观念的变革,《恶之花》中《美的赞歌》⑤一首则运用张力技巧直接表达了这一思想。如果说哲学的任务是把许多反命题统一成合命题,那么诗的张力则是在本文中将反语境变成合语境,使单个的词语在合语境

---

① 《英国现代诗选》,查良铮译,湖南人民出版社1985年版,第155页。
② 《老子·四十章》,载任继愈著《老子新译》(修订本),上海古籍出版社1985年版,第148页。
③ [英]罗素:《西方哲学史》(上卷),何兆武、李约瑟译,商务印书馆1963年版,第69页。
④ [古希腊]柏拉图:《理想国》,郭斌和、张竹明译,商务印书馆1986年版,第十卷第413页说:"灵魂实实在在本质上是这样一种事物:它内部有许多的不同、不像和矛盾";《柏拉图文艺对话集》,人民文学出版社1963年版:把"每个灵魂"的"挣扎"和"抵抗"比喻成两匹马,一匹"驯良的马",一匹"顽劣的马",前者喜爱理性,而后者煽动情欲等。第131—134页。
⑤ [法]波德莱尔:《恶之花 巴黎的忧郁》,钱春绮译,人民文学出版社1991年版,第56页,第三节云:"你来自黑暗深坑,还是来自星际/命运迷恋你,像只狗盯住你的衬裙/你随意撒下欢乐和灾祸的种子/你统治一切,却不负任何责任。"

中得到系统（格式塔）的升华。诗的二元对立并不像哲学中二元对立非要有所褒贬、有所轻重或有所选择，而是诗的两翼，扑翻出许多迷人的飞翔，失去了一翼，一首诗或至少它的一部分，就会从希望的空中掉下来。

六　韵律、声调与节奏

现代诗相对于传统诗（古典与现代诗传统）来说，无论内容还是形式（这种将一部作品分开来论析的方法已成为中国文学批评的一个习惯）都有继承和革新。内容前面已经涉及了，它是诗人独立把握主客观世界的产物，并被科学、民主和各派现代哲学培育起来的强烈自由精神和冷峻的理性所支配。就中国现代诗人而言，温柔敦厚的诗心和规规矩矩的格律被打破了，为新的内容探索新的表现形式就是很自然的。在这一点上，现代诗比一般的白话诗（浅白诗与明朗诗）走得更远。

韵律、声调与节奏是造成诗歌音乐美的三大因素，它们各自的偏重与强调，甚至遗忘与破坏，是衡量时代诗体的重要标志。南北朝以前的古诗，没有格律，只有韵、声调与节奏，但都带有浓厚的民间和自然色彩，节奏因此也占着支配的地位。近体诗（格律诗）有系统的韵式，节奏也鲜明，不过首先还是被严谨的格律决定的。词为了入歌演唱，韵律与节奏不能忽视，然三者之中更突出了声调的重要性。到了现代诗（白话诗），格律被废了，由于用白话，声调最初也不纯熟，而节奏又回到了诗歌的中心地位，并越来越富有文学的艺术气息。当然，现代诗里面也还有区别。浅白诗与明朗诗不少因语词诗句的节奏而节奏，声调而声调，押韵而押韵，甚至有因韵而害义的，但它们在所不惜；现代诗（朦胧诗）着重诗人情思的内在节奏，诗人看世界、看万物当成心灵的感应，那么文字也不过是情思的符号显现，起伏于句与节中的节奏，自然也是先由情思浸泡过孕育过然后才在文本中发芽成长的。有了节奏的主旋律，声调的配合就容易多了，阴、阳、上、去随诗流的波动自行布置或修正。至于一首诗是否押韵（在相关诗句的最后一字使用相同或相近的韵母），那就要看诗人的习惯，诗的内容，节奏的契机、创作时的情绪，以及他是否选择押韵，等等。现代诗在处理节奏、声调与押韵上是复杂的，可以举出极端的两种情况。

一种是在完美的音乐效果中表现了深郁的情思。戴望舒的《雨巷》可谓久享大名。下面引述冯乃超 20 年代后期的一首短诗《现在》[①]：

> 我看得在幻影之中
> 苍白的微光颤动
> 一朵枯凋无力的蔷薇
> 深深吻着过去的残梦
>
> 我听得在微风之中
> 破琴的古调——琮琮
> 一条干涸无水的河床
> 紧紧抱着沉默的虚空

[①] 孙玉石选编：《象征派诗选》（修订版），人民文学出版社 2009 年版，第 204 页。

我嗅得在空谷之中
　　馥郁的兰香沉重
　　一个晶莹玉琢的美人
　　无端地飘到我底心胸

冯乃超作为中国象征派的一员，像王独清和穆木天一样，"十分注意追求诗歌的音乐美，追求用富于律动感的语言，表现诗人内心对于外界声音、光亮、运动所获得的交感和印象"，以"创造出一种'音画'的效果"[1]。《现在》简直可以说是一首现代格律诗，句的匀称和节的整齐首先进入视角。就节奏（声拍与停顿配置而成）言，按照词语的性质、意义的搭配和情绪的进程，可读成每行共两个声拍（顿），每节共八个声拍，以第一节为例：

　　我看得｜在幻影之中
　　苍白的微光｜颤动
　　一朵｜枯凋无力的蔷薇
　　深深吻着｜过去的残梦

其余两节，除第三节最后一行稍有变异外，相应的每一行节奏完全是一样的。"颤动""琮琮""沉重"之短，以及"枯凋无力的蔷薇""干涸无水的河床""晶莹玉琢的美人"之长之双重修饰，这两个句子（每节二、三行）本身节奏的错置和对比，

---

[1] 孙玉石选编：《象征派诗选》前言，人民文学出版社2009年版，第25、27页。

都极富有深意。总之，全诗节奏的基调是沉缓而错动的，这对于在亦梦亦实、亦假亦真的情绪中，表露"现在"的苍白、残破与沉重非常恰当。就声调而言，自然没有格律的约束，但声音的起伏抑扬与情思和节奏是很协调的。有些诗句若划出平仄来（如第一节的一、四行）与近体诗一样深有意味。至于"苍白的微光"全用平声，以表示柔弱，而"颤动"全用仄声，以表示不宁，那真是神来之笔了。还有押韵，每节的一、二、四行均采中东韵，全诗同一个韵母。在这种洪亮级的韵部中极写目前的虚空，则更显出温馨（幻觉）中的苍凉（现实的）。我相信，这些都不是诗人"填"出来的，而是从整体的心境和语境中成长起来的。尽管难免有修剪，但并没有影响这首诗在精美的乐感中传达深层情思的蓬勃与茁壮。

一种是在冷肃的理性之河中作或一泻千里，或步步为营的漂流，因太关注冒哲思之险，虽保持较自然的节奏，但声调不再富有激情，而押韵几乎给忘记了。譬如顾城的《名》[①]：

> 从炉口把水灌完
> 从炉口
> 　　　看脸　看白天
> 　　锯开钱　敲二十下
> 　　　烟
> 被车拉着西直门拉着奔西直门去
> 　　　　Y

[①] 北岛、舒婷、顾城、江河、杨炼：《五人诗选》，作家出版社1986年版，第410页。

Y
Y

《名》的意象全是诗人的个人象征,还有抽象的符号,颇难索解。我以为诗题是个切口,如果将"名"合成大名、名分、名誉、名声或虚名、名不副实、徒有其名、名满天下等,那么从诗的黑箱里大概可以抽出一根明亮的线索:对"名"的彻底看破与失望。燃着火的炉子被水"灌完"当然就熄了。而下面都是从"炉口"——熄灭的希望之孔见到和被迫做到的:人脸、白天、成了废物的钱都变了泥灰和腾起的烟尘。"西直门"我以为是太阳坠落的方位而已,那同样是一种熄灭。"Y/Y/Y/"可以当成"烟"的声母(余烟袅袅),可以是车轮渐渐远去的影子,也可以是炉火或者太阳等熄灭的声音。设若此诗的"名"是隐指古代哲学中公孙龙绝对的、不变的"名",诗的意义无疑导向更广更深了。我的这般读法,也许全是牵强附会,但可以说明一个问题:诗人从表到里,在情感的抑制中设法顽强地传达他的思想——那种冷然的理性。如此,除了诗句自然形成的节奏:既有复叠,也有断裂(或曰休止),有一口气念下去的长句(五个声拍),还有三个跳跃或递进的单音节,都自然地显现了感觉与思想的节奏形状。至于声调,不说悠扬,简直就不太悦耳,不太好听。押韵方面,中间三行的"脸""天""钱""烟"押在"言前"韵上,似有偶合之感,其余更为重要的地段皆不押,而且相去甚远。这要么是诗人有意破坏声音和押韵,以配合表达;要么是顾城根本就没有用心考虑本诗用字的声调和押韵,但这并不减弱《名》作为一首现代诗(朦胧诗)的深度和力度。反而因音乐性的减少提醒读者进入它的思想。艾略特曾论述道："认为所有的诗都应该音调优美悦耳、富于旋律，或者认为旋律不只是语言音乐性的一个组成部分，都将是一种错误。有的诗是用来唱的。……大多数现代诗是用来说的……不和谐音，甚至噪音都有其存在的位置。"① 但要是一首浅白诗而不押韵，那种更彻底的失败是可以想象的。

在刻意追求音乐性（许多西方现代诗也如是）和不追求音乐性这样两极之间，现代诗还有许多变化，限于篇幅，就不详加列举了。需要指出的是，后者将更多地为目前活跃着的现代诗人所采用。

七　建行

诗行的构筑是诗歌文本辞色（文面或外形）结构的中心。往外，它明显区别于散文、小说等文体。往内，一方面通过诗行的组合形成节与首（篇）；另一方面音节、字词或声拍（顿）等只有通过行的聚合才得以艺术地表达。古典诗歌，从《诗经》开始，基本上遵循了块状的建行策略，不是正方形就是长方形，稍有变化也不大。只有部分词（长短句）特别一些，还有像回文诗、杂言诗那样的杂体诗，尤其出格，但对中国诗歌主流一直没有多大的影响。闻一多等人倡导的所谓现代格律诗，直接继承了块状建行传统，在 70 年代以前的现代诗，不论什么派别，都或多或少沾有"节的匀称和句的均齐"② 的影

---

① 《艾略特诗学文集·诗的音乐性》，王恩衷编译，国际文化出版公司 1989 年版，第 181 页。
② 《闻一多论新诗》，武汉大学出版社 1985 年版，第 84 页。

子。讲究每行的意思都要完整，行、节、首（篇）看上去整饬而不失平衡，这种像汉字本身一样的整齐美，大约符合汉民族的文化心理、道德教化和欣赏习惯，也的确创造了千古不朽的好诗。

近几十年来，一些率性而行的现代诗人一边发扬着中外诗歌的建行传统，同时，随着诗情诗思的流动，采取了随诗赋形的新的建行策略。他们不再满足于将变动不居的满载着理性的感觉与情绪委屈在大致相同的语言组合框架里，而是从局部或整体上追求更自由、更巧妙、更形象，因而也更能让意象、张力、主题等更完美的建行。这当然是现代意识的强烈浸入、诗人的特殊心理在现代潮流冲击下的更加动荡变迁、感觉创作的方式，以及语言载体本身的发展和丰富等诸多因素造成的。读"随诗赋形"的现代诗，可以总结出两个建行的总体原则，这就是有机性和独特性。建行是诗人深层情思和节奏的自然显现，尤其是意象与主题的必然要求，这种有机性做到了，每首诗建行的别具一格（独特性）也就可以保证，从而防止建行的随意、平庸，并造成新的模式。

其实，很早就有现代诗人尝试随诗赋形的建行技巧，像李金发的《夜雨》《有感》《黎明时所有》[①]；穆木天的《苍白的钟声》[②]、冯乃超的《梦》[③]等，在二三十年代颇有些出轨，但从有机与独特的标准看，未免还稚嫩。50年代以后，突破传统建行

---

① 三首均见《李金发诗集》，四川文艺出版社1987年版，第354、535、594页。
② 孙玉石选编：《象征派诗选》（修订版），人民文学出版社2009年版，第196页。
③ 孙玉石选编：《象征派诗选》（修订版），人民文学出版社2009年版，第206页。

的风气在台湾诗坛尤盛，其诗人之众、时间之长、成果之丰、风格之多样，为使用中文作诗的任何一个地区都不能比。像余光中、詹冰、林亨泰、罗门、洛夫、非马、白荻、商禽、叶维廉、管管、林焕彰、萧萧、陈家带、许悔之、向明、张启疆、林彧、罗任玲、颜艾琳、杜十三、丘缓等一批新老诗人都有相当成熟的作品。港澳的戴天、西西、陈浩泉、苇鸣、陶里等也有很好的成绩①。大陆从80年代起，才有中青年诗人乐于或者敢于探索自己诗歌的建行理想，特别突出的诗人不多，但成功的诗作还是有一些，多多、杨炼、顾城、牛波、岛子、维维、黑大春、苗强、昌耀、荒野②等的部分诗歌也有自己鲜明的特色。综览上述诗人之作品，新的建行可统分为两型。

一曰内敛型，如北京诗人多多的《死了。死了十头》③：

---

① 像余光中的《大度山》《等你，在雨中》《森林之死》；詹冰的《雨》《水牛图》《山路上的蚂蚁》；林亨泰的《农舍》《风景 NO.1》《回忆 NO.2》；罗门的《鞋》《车祸》《咖啡厅》；洛夫的《白色墓园》；非马的《鸟笼》《门》；白荻的《流浪者》《昨夜》；商禽的《门或者天空》《咳嗽》；叶维廉的《演变》《龙舞》；管管的《空原上之小树呀》；林焕章的《清明》《朋友》；萧萧的《归心》；陈家带的《鸬鹚潭景》；许悔之的《天大寒》；向明的《午夜听蛙》；张启疆的《纪念堂》；林彧的《空格密语》；罗任玲的《我坚持过黑森林》；颜艾琳的《速度》《史前记忆》；杜十三的《掌纹》；丘缓《我的门联》《爱情回家了》；戴天的《啊！我是一只鸟》《纸船》；西西的《一郎》；陈浩泉的《看走势图·其一》；苇鸣的《蚝镜意象十首》；陶里的《雪的假设决》《爸爸爸》等，是我所见到的台港澳建行颇用心机的诗作之一部分，恕不一一注明出处。

② 多多《死了。死了十头》；杨炼《与死亡对称》《自在者说》等；顾城《求画》《调频》《目》《名》等；牛波《一个主题的四重奏》《古老的波涛》；岛子《春天的三重替身及其图说》等；维维《秋祭》《念珠》等；黑大春《密封的酒坛》；苗强《猎人和黑豹》；昌耀《纪历》《色的爆破》；荒野《冬天》《四季轮回》《无标题音乐》《斜阳如鼓》《长河》《苹果与刀》《致阿波利奈尔》《岁月》等，上述诗作发表在大陆或台港海外，且有一诗两种排行者，也不一一注明出处。

③ 周国强编：《北京青年现代诗十六家》，漓江出版社1986年版，第96页。

现代诗创作论 / 213

又多了十头。多了
十头狮子

死后的事情:不多
也不少——刚好

剩下十条僵硬的
舌头。很像五双

变形的木拖鞋
已经生锈

的十根尾巴
很像十名兽医助手

手中的十根绳子
松开了。张开了

作梦的二十张眼皮:
在一只澡盆里坐着

十头狮子,哑了
但是活着。但是死了

——是十头狮子

把一个故事

饿死了。故事
来自讲故事

的十只
多事的喉咙。

这首诗的排行表面看去很整齐,两行一节,每行字数相差不大,像民歌体。但实际上,它每一行每一节都有跨越现象,每行每节的意思因此也不完整、不稳定,就像不断在流传着也不断被补充着的传说。也像一场梦,断断续续。像一根梦的链条,牵连着,缠绊着,为诗歌荒诞的、魔幻般的故事及其遥深的象征找到了最佳的建行。像本诗在貌似传统的整体结构里施行部分或全部的反传统建行策略者(有很多不同方式),就是内敛型的现代诗建行技巧。在古典诗或现代诗的浅白和明朗诗里,我们无论如何都看不到。

二曰外张型,即从视觉印象立即就可以判断每行诗都在设法扩张、构建字词,以图在某一节、某一段甚至某一章(首)里作一种艺术的形象。有颇具象的,有极抽象的,还有借助不同字体、字号甚至符号帮助建行表达的等。台湾诗人白萩的《流浪者》[①],几乎成了这方面的经典作品(尊重原作竖排):

[①] 参见林明德等编著《中国新诗赏析》(三),台北长安出版社1981年版,第222页。

望着远方的云的一株丝杉
望着云的一株丝杉
一株丝杉

在地平线上　　　　在地平线上

他的影子，细小。他已忘却了他的名字。忘却了他的名字。只站着。只站着。站着。站着。地站着。向东方。

孤单的一株丝杉。

中国台湾诗评家刘龙勋分析说，《流浪者》是一张透视图，第一节诗句不断缩短，"让读者在下意识里，得知有某物体正在移动着"。第二节的"一株丝杉"正是"流浪者的化身"，左右方的"在地平线上"，"显示了广漠的原野，和漫无止境的地平线，流浪者置身其中，除被衬托出形体的孤单外，他天涯海角的流浪，以及其心境的孤独寂寞，也都可以从图上看得出来"。第三节"排列着一个隐约有两只手与两只脚的人形"，并代表着流浪者凌乱的影子。而句子的呓语般的重复，不断造成"催眠般的效果"，也暗示了寂寞乃至麻木的心情。"向东方"三个字，"表明出流浪者是为着理想而流浪"，所以最后一节的"孤单的一株丝杉"，"丝毫不需再借助地平线的陪衬，就能完全表现出流浪者深潜的孤独了"，因为他的流浪与孤独,"是来自理想的追寻与生命本身。"① 我觉得这个解读是符合诗歌的建行体系,也是非常有意义的。中国台港和香港把这类诗称为图案诗或图象诗,我则以为叫"象形诗"② 最好,这是外张型建行中较为特别的一类诗例。总之,名称是不管什么,其实都要根据一首诗的情绪、意蕴,尤其是文本中的意象来做富于艺术逻辑的、创见的,本身就充满象征或暗示性的排列。这般凭着诗歌内容的需要,诗人在纸上纵横驰骋(当然仍有规矩与限制),用汉民族的象形文字画诗歌的图画,把诗形与诗意完美融合起来,我以为比正方形或长方形,以及有理无理用长短参差句的建行都是有意味得多的。

按前文的定义,还有所谓"概括性表现",即是现代诗歌从形式到内容一种综合性的发挥,关键是如何在富有意义的意象及其关系中通过特殊手段去艺术地涵盖世界与人生的一般,从而使诗作既有艺术的趣味,又有形而上的永恒价值。现代诗歌创作的理论问题还有许多,本文只能从文本的构成角度论述几个重要因素,是否有些道理,就有待读者的批评了。

1993年11月于小可斋

——载《灵感之门》,南海出版公司1993年版

2023年12月修订于津门龙凤河畔

---

① 林明德等编著:《中国新诗赏析》(三),台北长安出版社1981年版,第223—225页。

② 喻大翔:《雪是太多了》,《北京青年报》1989年4月25日乐土版。

《朦胧诗精选·前记》

有一种使命在召唤着我。

经过半年多的努力，这个集子终于编定了。但对于它的粗糙，编者仍深感不安。有些问题，也该向作者和读者交代一下。

首先是"朦胧诗"的概念问题。据我们所知，一九七九年年底至一九八〇年上半年，"某种品类""难懂诗""晦涩诗""古怪诗""意境朦胧""朦胧感""朦胧美""新诗潮"等各种名目已在诗坛相继出现。但自从《诗刊》1980年8月号登出《令人气闷的"朦胧"》一文，作者把自认为"似懂非懂，半懂不懂，甚至完全不懂，百思不得一解"的诗，"姑且名之为'朦胧体'"之后，"朦胧诗"也就被接受下来，叫开了。围绕这个名字，讨论的文章大量出现，虽然众说纷纭，莫衷一是。后来，有人站在更高的层次上，将囊括了朦胧诗在内、带有20世纪以来具有世界现象的现代色彩的诗，统称为"现代诗"或"新诗潮"，"朦胧诗"在社会上的印象，又似乎没有头三年那样热闹了。说到它的内涵，至今还没有一个被公认的界说，观点倒很多，但目前都不置可否，因此，选哪些诗进来，倒真颇费斟酌。我们采用的标准，也似乎是我们或多数人对这类诗歌的一种意会，只能感觉，不好说出。

其次是关涉"精选"的问题。何谓"精"？似更无把握。有的诗，也许我说精，你说不精，他甚至说不好。所以，这"精"字，实际上也很"朦胧"。我们从一千多首这类诗中，筛下这一百首，大体上既以公认的或有争议的诗家诗作为主，又尽量不漏掉无名诗人的名篇，甚至是我们自认为没有影响的精心之作。都以短为先。在情思与艺术上，想尽量照顾到丰富多样，又争取使人们揣摩到这派诗歌有大致相似的精髓。这只是我们想做的，也许恰恰事与愿违。这里还要补充的是，几个有影响的中青年诗人的诗作，未收的不一定就比其他已收的差，或比他自己已收的差，如顾城、北岛、舒婷、杨炼、江河、昌耀等，而许多偶然的因素，没有能在书中占一席地位的诗人和作品，也大约能肯定有更好的在。缺憾是不能避免的了。

再次是这本书的编选体例。所收诗歌的时间跨度，是从1979年3月到1985年10月。绝大多数选自公开发行的报刊，也有少数选自北大内部发行的《新诗潮诗集》。尽管这类诗在短短的七年间发生着惊人的变化，各界评价不一，但我们认为还是有共同的东西在，有发展的脉络在，故统贯在一个书名之下，以保持它的总貌。编排时，按作品发表时间的先后为序，每个诗人第一首诗的发表时间，决定了诗人们排列的先后，同一时间的作品，又以作者姓氏笔画各领次序。不过，也有麻烦的，有些诗歌写作年代远在发表之前，这儿只能按所见书刊的时间编排了。

另外，书后附有关朦胧诗争论约四百篇文章目录索引，希望给教学研究工作者和读者带来方便。

1985年10月作于武昌于桂子山

散文:1987 的随想

阴历龙年快到了,而热闹的校园一下子空寂得很落寞。要做的事情挺多,却不知道干什么好。一位文友要我谈谈 1987 年散文的印象。于是找来《散文世界》《散文选刊》《随笔》与《散文》,一口气看了。好歹这是目前较有发行量的几本纯散文杂志。地域不同,开本不一,印张有别,刊载原则,作者与读者群落也大有差异。尽管大量的散文被我遗漏而不敢多舌,但仅此一千四百余篇散文相信还是有一定代表意义。于是,东扯西拉,把我随时记下的感觉抄出来,散文散谈,难免草率,也难免直率。

先括约一语:有值得刮目的新现象,有好散文;但不好的更多,毛病也很突出。

新现象就是我称为的"文化散文"。早些年诗界有年轻的闯将,写易经八卦,写庙宇神祇,有推出"文化诗"的意向,可惜终未成一派。近年文化讨论风热,又有中国台湾的柏杨先生《丑陋的中国人》[①] 出而推波,散文创作于是自觉走向文化层次,

---

① 柏杨:《丑陋的中国人》,花城出版社 1986 年版。

1987 年颇为可观。有对地域文化中心论的痛陈和对西方某种文化的大胆钦羡与赞赏,如范若丁的《南蛮子》①、吕锦华的《三遇安娜》②、对当代社会仍遗留的封建伦理道德进行揭露与批判的,如王英琦《那些有形的和无形的》③、刘绍棠《古朴得生锈的故事》④,把笔锋深入传统文化铸成的国民劣根性,篇幅可谓最多。《处级和尚》⑤《媚外一例》⑥《弈人》⑦《谈"揣摩术"》⑧《放放缠缠,缠缠放放》⑨ 分别对媚骨奴颜,等级心态等国民性进行了辛辣的摹写与讽刺。我尤其愿意向你推荐《随笔》的作者牧惠。多大年龄,哪儿人氏,笔者都未知晓,但他的《食的文化》《跪的历史》《赵书信与我》⑩给我留下很深的印象。旁征博引有书袋味,联系现实有中药味,直言己见有傻瓜味,顽固的国民性在他的揶揄和调侃中脆弱而可笑。还有值得注意的,则是从古今文化的正反两面寻求优劣,进而直接切入现实的改革作为参照,功利价值十分显然,如曾敏之《管仲的改革》⑪。苏叔阳的《说"韧"及其它》、⑫ 戴厚英的《做不成"现代人"》⑬ 则把当

---

① 范若丁:《南蛮子》,《羊城晚报》1987 年 2 月 7 日第 12 版。
② 吕锦华:《三遇安娜》,《散文》1987 年第 2 期。
③ 王英琦:《那些有形的和无形的》,《散文》1987 年第 2 期。
④ 刘绍棠:《古朴得生锈的故事》,《报告文学》1987 年第 2 期。
⑤ 舒展:《处级和尚》,《散文世界》1987 年第 1 期。
⑥ 荒芜:《媚外一例》,《随笔》1987 年第 6 期。
⑦ 贾平凹:《弈人》,《随笔》1987 年第 4 期。
⑧ 伏琛:《谈"揣摩术"》,《随笔》1987 年第 6 期。
⑨ 高光:《放放缠缠,缠缠放放》,《随笔》1987 年第 1 期。
⑩ 分别刊于《随笔》1987 年第 1、4、6 期。
⑪ 曾敏之:《管仲的改革》,《散文世界》1987 年第 4 期。
⑫ 苏叔阳:《说"韧"及其它》,《天津文学》1981 年第 2 期;《散文选刊》1987 年第 7 期。
⑬ 《随笔》1987 年第 1 期。

代一部分知识分子在复杂文化背景中的复杂心态与选择，写得比较深刻。如上观之，我谓之的"文化散文"，大约有下列要素值得注意：（1）用现代的文化价值观理性地重估传统文化；（2）散文自觉作为文化（广义）的充分载体；（3）用在当代世界能进行文化竞争的世界文化价值以对现实生活主动参与为其目的性；（4）到达接受者的过程是通过动人的艺术手段实现的（除却完整情节、纯论文结构和系列象征）。上述篇什，我是从一批散文中挑出的，一定程度上达到了四种要素的要求。

从散文体裁的角度看，四本刊物推出的篇什也甚为可喜（就我的口味，《散文》略浮躁，废品尚多，一大年，满意的就那么两三篇。丰富而质量较高的推《散文世界》，《随笔》与《散文选刊》也不错）。笔者酷嗜抒情散文，我几乎用渴望的眼光在搜求哪怕短得容易被人翻漏的豆腐块。然而，读了，品了，叫人夺心夺魄，简直寥若晨星。上述档次中，唯一值得欣赏的就是冰心的《霞》[①]了，庶几可说，它是八七年所有品类的最上乘之作。算上标点，此篇也才四百来字冒一点，但朴素清淡的文字中，却深藏佛道与基督的精神之流，说到底，是人之为人，为个人，为老人，为人类之人，对喜乐的彻悟与超越。一切都自在、自来、自去；互在，互来，互去，影响了大半个世纪的现代散文之翁，在层叠忧欢交感的"落霞"中，走上了她情感与哲学的高峰。倘若我估计得不错，它迟早会被公认为当代散文练达隽永的佳构。

[①] 冰心：《霞》（"万叶散文丛刊"第三辑），《散文世界》1987年第4期。

老一辈散文家,抒情文较好的还有郭风,像《散文四题》①《对于四月的认识》②仍有些充满童心与人性的光辉,清丽浓缩而富有弹性。另一位没有文名的周尝棕,是个将退休的老记者,但《晚霞》③一篇,自如、真切而深沉,文章到此一步,应该不是一日之功力。青年里宁肯的散文尤值得关照,他的《天潮》与《藏歌》④其笔力与西藏高原一样富有神秘潇洒与男子汉气概,一些意象与象征似可称妙。不过,有些地方又在读者进入语境的通道上制造着阻隔。报告文学家乔迈的《鱼跃龙门歌》⑤在神话的公共象征中又重演当代理想的社会变迁过程,悲抑且壮。文字不玄,耐人一嚼,此是散文抒情象征的正途。王维洲的《寄生蟹》⑥也有一味,是以物写人的佳作。倾侧于记叙的散文,有几篇很可欣赏。李存葆的《云自舒卷风自狂》⑦、苏叶的《马得不在名利场》⑧,写人,前者文白一铸,凝重酣畅;后者诙谐风趣,随手碜人。两篇人活文也活,较有表现力。苏叶的《十九日喜见大雪有记》⑨也是快意的抒情短制,斜里一刺的功夫同样高明,在此试补一笔。另有《萌芽》第10期上黄宏地的《小米》,童趣的互照,叙述的干净,对"成熟"的隐忧,可称文心俱佳的小品。记事写物也有几篇不错的。《火刑牡丹》⑩为艾煊新作,

---

① 郭风:《散文四题》,《散文选刊》1987年第9期。
② 《福建文学》1987年第8期;《散文选刊》1987年第12期。
③ 周尝棕:《晚霞》,《清明》1987年第1期;《散文选刊》1987年第7期。
④ 《散文世界》1987年第3—4期。
⑤ 乔迈:《鱼跃龙门歌》,《散文世界》1987年第7期。
⑥ 王维洲:《寄生蟹》,《随笔》1987年第2期。
⑦ 李存葆:《云自舒卷风自狂》,《散文选刊》1987年第11期。
⑧ 苏叶:《马得不在名利场》,《散文世界》1987年第12期。
⑨ 苏叶:《十九日喜见大雪有记》,《散文选刊》1987年第9期。
⑩ 艾煊:《火刑牡丹》,《散文世界》1987年第11期。

灵异花卉，与自然社会的神秘关系始终留你一个空间。直面改革的散文可谓多矣，独刘成章《临潼的光环》平实可信，虚拟的叙述手法油然生出历史感，为参与改革的记叙散文光亮一途，可喜可慰。

谈到议理散文，文化散文里我提到相当一部分，主要成绩亦在那儿，我不再多说。此处特别介绍画家林墉的《芒钉集》①，为哲理小品，不少片段灵气而邃远，找来一读，相信你在时间面前不会喊冤枉。1987 年好的散文与十年散文一般，多不出自专门家之手，此景令人深思矣。最后一提交际散文（纯属我杜撰的，是指书简、文学广告、序跋、编余、祭忆等的合称），《散文世界》最有心。第 5 期搜罗重刊巴金先生《为屠格涅夫选集写的出版广告》，实为现代文学广告的佳作。不知怎的，当代人的书信也好，序跋也好，此类文学总没有现代的大家们写得过瘾，渴了还得去翻陈货。

上边几乎都是好听的，不太好听的也不能少说。自然只是我的看法。

散文不是交情而是矫情，不是抒情而是虚情，不是真情而是假情，这是散文的致命伤，而 1987 年的创作令人脸红、令人窒息的还真是一碰一篇呢。《散文选刊》（1987 年第 9 期）上一篇名叫《逝川的沉思——黑龙江纪行》的散文，你觉得题目不错，但读着读着，就发现那题目是一行骗人的广告，"沉思"挤不出来，而琐事与浅得不能再浅的感受一个一个接踵而来加强你的烦恼与失望。不只肤浅，还有做作，硬是要把浮面的东西牵强进莫名其

---

① 林墉：《芒钉集》，《随笔》1987 年第 4 期。

妙的深刻。大概是一群男女文人的采风,"男人们去打水漂,仿佛想驱散那满江雾气,使着巧劲"。"雾气"也许是一个象征意象,然而,它周围再没有一个意象或词句能帮助我对它获得自然的联想与理解,这是矫。坐了磊船再坐小船,这使从没有享受远方客人赐福的年轻船主人很高兴,"他说他要回家吃晚饭,明天,他空闲了,载我们跑得远远的……远远的,哪里去呢?江心不是国界线么……"一个上个月得了儿子,又营运木头的小快艇的主人,会去说"载我们跑得远远的"酸话吗?第一次省略号后的引申,更是文人的滥情,船主人不会有这种馊意思,更做作的还有那段山坡的呼喊与江面的回声。

曹明华的散文在我看来缺乏深度,但它深受大学生的喜爱,其书一下发行五十多万册,它的秘密全在于坦率真切。查散文不真的原因,一悟之下得了四条:一曰人格偏离;二曰文化观念陈旧;三曰环境刺激;四曰艺术思维惯性束缚,笔力不逮;五曰甚或有发表欲的诱使。要使散文变得真诚,如巴金老人所说"割自己的心"[①] 就得调整自己的人格结构,在各种捆绑中解放出来,进入身心的自由境界。我想,由于一种新历史的昭示,散文不能说真话,不敢说真话,不便说真话,不愿说真话的时候,应该是过去了。

再谈散文的结构模式化。这是个十分恼人的问题,从 50 年代至现在,大量的散文死抱着几种结构模式不放,把散文由于袒露性灵必有的自由挥洒钳制成可以按理出牌的套路,这种恶性循环的创作方法是到了认真破除的时候了。我想从 1987 年的散文

---

① 巴金:《随想录》,生活·读书·新知三联书店 1987 年版,第 1 页。

入手,对其中最为典型的几种模式作简略分析。

第一种杨朔式。我们姑且把一篇散文的层次本体符号化为直线行进的过程,称为"线性结构",即占有交叉着的主客观时空的人物、事物或别的什么由于某种力量的支配在文中的直线排列与组合。这是我们标示这些结构层次的一致方法。

杨朔的模式——自然物象→人事物象→二者的合一。第一层次主要为客观时空;第二层次是人物的交混时空;第三层次则为作者的纯主观时空。如《雪浪花》的对应层次:咬石头的海浪→老泰山及其事迹→"老泰山恰似一点浪花"。他的《香山红叶》《茶花赋》《荔枝蜜》《海市》《秋风萧瑟》[①] 也是如此。杨朔的这种写法,不夸张地说,此后是无年不有。且看1987年的《无名崮》[②]:沂蒙山柴山乡的崮(歪脖崮、无儿崮)→柴山乡党委书记刘建福及其业绩→"我望着刘建福……这不正是柴山乡的第三崮吗?"(其中有一句:"心里不禁一动",与《荔枝蜜》"我的心不禁一颤"相差无几)。数年前,我曾读过张岐清新的散文诗,此次不觉入套,可见模式的吸引力。再举一例《深圳的勒杜鹃》[③],其对应模式同样分毫无左:勒杜鹃(红色的深圳市花)→海关干部小骆等人及其事迹→这些人"就像路边宅旁奔放的勒杜鹃,棵棵那样鲜红"。为了制作得标准一些,文章结尾竟然说,在来往的人中分不出小骆,然而小骆的帮助曾叫她"热泪夺眶",不用说,这些散文远逊于杨朔,只能说是复制的产品,不能说是艺术。

---

① 参见杨朔《杨朔散文选》,人民文学出版社1978年版。
② 张岐:《无名崮》,《散文》1987年第1期。
③ 刘毅峰:《深圳的勒杜鹃》,《散文世界》1987年第6期。

第二种秦牧式。秦牧的散文曾以他丰富的知识与正确的见解影响了一代读者,但从艺术结构上看,却至今未有突破。他的模式即是他反复强调的"一根红线,一串珠子"。红线贯而到底,而交混着时空的"珠子"则被它步步串起,此种抽象模式显而易见。打开《花城》或别的集子,实例也不少。1987年《随笔》第3期有新作《生命壮歌》,是他早年《面包和盐》《菱角的喜剧》等层次形态的复现。从这篇文章,我看出秦牧模式存在的危机。由于现代传播工具的发达,各种知识以平均的信息量向读者发送,那么,你文章的材料再有"笋尖"的魅力,也新颖不再,此其一。其二,随着新的探索与发现,文中的知识有的在失去科学性,论据一倒,论点也难保。况且,有些观点,并未超越时代与政治,去作更早更尖锐的发现。有一篇《替鬣狗翻案》[①]的文章,就用科学家研究的新结论否定了《鬣狗的风格》中生动描写过的鬣狗是"专吃腐臭尸体"的"寄生者"的旧说,这样一来,秦文不受影响是不可能的。不过,说实话,尽管秦牧模式享用的人不算少,革故势在必行,但比起杨朔模式来还是灵活一些,对于孤陋寡闻的人来说,套用也是无效的。

第三种刘白羽式。1987年他有一篇《白桦树》[②],1986年有《白蝴蝶之恋》[③],稍一抽象化,即见模式的雷同、三个不变要素,一个可变要素:逆恶环境与客体形象的逆境之难→(有助于转逆为顺的可变要素)→环境的和顺→形象的超越与主体的感

---

① 谢客:《替鬣狗翻案》,《随笔》1987年第4期。
② 刘白羽:《白桦树》,《人民文学》1987年第3期;《散文选刊》1987年第10期。
③ 刘白羽:《白蝴蝶之恋》,《文汇报》1986年第8月6日;《散文选刊》1987年第6期。

喟。《白桦树》的层次对应为：战火硝烟与小白桦树的被"劈裂"→（同类形象在其他时空的美感：兴安岭与长白山的白桦树）→后来，战场变成耕耘的沃土→"砍断"了的小白桦复活了，长壮了。"多么坚强的韧性呀"，"我的眼泪流在小白桦树上了"。再看《白蝴蝶之恋》模式的同构："春寒料峭"中，白蝴蝶给雨水打落在地，"奄奄一息，即将逝去"→（形象的奋斗与主体的帮助："我用口呵气"，蝴蝶苏醒了，并表现出"非凡的勇气"）→风停雨歇，"太阳用明亮的光辉照满宇宙"，白蝴蝶在树叶上蠕动→美丽勇敢的白蝴蝶"终于一跃而起，展翅飞翔"。"我"的矛盾心理：危难时的怜悯与翱翔时的失落，"唉！人呵人……"如果再往前追溯，则写于1958年的名篇《日出》，与此种模式别无二致。公平而论，这种层次结构，符合主体对于客体的观察、把握，参与行动和心理联想发挥的变化过程，正如杨朔模式一样合乎情理。《日出》的雄阔，《白蝴蝶之恋》的哀悯也各具特色，但一到《白桦树》，我就觉得作家跳不出自己的圈圈，模式化的情感与哲理不再能打动我了。大家风度，恐怕在于变，而不在于守。

第四种孙犁式。孙犁的很多散文，写得淡泊清简，功底很深，被不少人树为典范。不过孙犁也有他的局限，他的忆旧思乡一类散文，三十余年也同样扼于一种结构模式，描述如后：勾起回忆：各种原由引起的思乡思亲思友→进入回忆：与家乡或亲朋故旧的关系和交往（情感与事象都是"抑"）→跳入现实：家乡或故人的今胜于昔（手法与意思上的"扬"）。先看50年代的《访旧》：下乡安国县，想到邻县大西章村看望五年前的一位房东大娘。"公路上是胶泥，又粘又滑。我走得很慢，回忆很多"→大娘的大儿子参军六七年没有消息，"她的日子过得是艰难的"→

如今呢，"大儿子早就来信了，现在新疆"；女儿"脸上安静又幸福"；小儿子，"也快长大了"；"大娘是省心多了。"1986年他又发了一篇《老家》①，也是这种模式。我不认为这样不对，但老这么写就不够了。《散文》1987年一期的《山瓮里，敲响了太平鼓》②，层次也是标准的思乡忆旧模式，这种类型的文章还有很多。

第五种模式峻青式。将60年代初他的名篇《秋色赋》与新近的《黑山岛放飞记》③合起看，其稳定层次为：铺叙→点化式。前面大量铺写，后面来一个比喻或类比式的点化，以进入本意。《秋色赋》带着时代的浮躁病，相信它会消失在散文名篇的系列里。而后一篇欠精警，阐发又并无新意。采用此种模式结构散文的人也可装上一卡车。

散文的灵性，散文的自由，散文的随心所欲以吐真情渐被各种模式僵化了，即使多么新奇的东西也被它凝固、扭曲、变得索然无味。当代散文的结构（及其他所负载的"心"）为什么不像小说诗歌那么勇于创造？无非是散文生性太直通了，有"自己"不敢端出来，抑或还没有建立起作者的自己；无非创造力衰退；无非钻入单调的思维模式而不得出；无非包袱太重，从名从旧从众心理无法解除。凡此种种，似乎值得散文家们深深反思。相反地，在巴金的《随想录》里，你却感觉不到这种凝固的层次模式。

最后谈谈散文的文体。这个问题太复杂太庞大，我在此不敢多说。这儿用的文体，不仅是体裁，不仅是语体，不仅是风格，

---

① 《散文选刊》1987年第6期。
② 作者陈映实。
③ 峻青：《黑山岛放飞记》，《散文》1987年第4期。

但与它们都有关,一言以括之,可称为散文的语体风格。譬如随笔,抒情小品、文化、历史、科学、游记、书信等散文,都有各自主导的语体风格。而随笔一种,无拘无束,信笔所致,简捷灵活是它的基本要素。但可以闲逸、风趣与幽默,也可以凝重、学究与认真,等等。文体绝不仅仅是语言及其系统化的风度,它是散文身心的熔铸,是作家的身心加入散文身心的熔铸,"是以作者个性为主导,以语言文字为基本的、诸种因素融合的整体美"①。驾驭不了的人就失去语体风格,驾驭得了的人就丰富与创造语体风格。我十分欣赏美籍华人许达然的散文文体,参与社会,拥抱人生,大胆直率,对世界特别是台湾社会出现的弊病作无情抨击,但文章不浮不躁,不空不腻,用新奇、丰满、深刻的各种意象、别具一格的中文造句造词技巧、千变万化的结构手段,以及充满天才的节奏与情调等把读者带入滋生各种感觉的第三世界。散文里,性灵的自由挥洒与文体的鲜明有度是一对矛盾,但他处理得甚好,其代表文集《土》② 可为证明。但大陆当代的散文文体太缺乏创造了,语体风格特别的数不出几家。散文失去文体就等于一个人没有个性风采,加强散文创作者自觉的文体意识,是当代散文别出新境的必经之路。

说了这许多,空寂是没有了,却多了饶舌的烦恼,写走了调的,请读者批评。

1988 年作于武昌桂子山
——原载《羊城晚报》1989 年 1 月 15 日

---

① 佘树森:《散文创作应强化文体意识》,《散文世界》1987 年第 4 期。
② 许达然:《土》,台北远景出版社 1979 年版。

踏遍山水塑人文

——大陆近二十年文史游记的兴起与发展

自 1988 年以来，由于余秋雨在《收获》杂志的出现，由于《文化苦旅》一书 90 年代初在上海的知识出版社（中国大百科全书出版社上海分社副牌）出版，国内的旅游文学出现了中文文学史上焕然一新的文体：文史游记。1995 年 10 月，中国大百科全书出版社上海分社及知识出版社更名为东方出版中心，成为中国出版集团在京城之外的唯一一家国家级出版机构。东方出版中心继续沿着余秋雨的"文化苦旅"之路，相继策划了"文化大散文系列"和"东方文化大散文原创文库"，向读书界陆续推出了李元洛《怅望千秋——唐诗之旅》、夏坚勇《湮没的辉煌》与《旷世风华——大运河传》、卞毓方《长歌当啸》、李国文《大雅村言》、汤世杰《烟霞边地》、南帆《叩访感觉》、朱鸿《夹缝中的历史》、朱艾萨克《古典幽梦》、沈琨《岁月山河》、费振钟《堕落时代》、郭保林《昨天的地平线》以及王开林的《天地雄心》等数十部作品，使文史游记的创作在二十年左右的时间蔚为一种潮流。本文即以余秋雨的创作和东方出版中心的两套丛书为例,谈谈国内的文史游记在近二十年的兴起与发展。

一 "文史游记"的界定及其成因

本文所谓"文史游记",是指写作者将自己动态地置身在区域的、国家的甚至世界的文化现象特别是历史现象之中,用文学笔调重构自然地理中的历史人物与文化事件,从而探寻个人的或与民族命运相关的文化生命理想。"游"与"记"是作者主要的行动方式和写作方式,它能把沉淀的文史现实化,平面的文史立体化,历史的文史文学化,专家的文史大众化。"文"与"史"是文章的主要内容和目标,重视山水的文化化,但并不轻视山水自然化带来的地理影响。这种文体把重点转向了历史与自然中的人及其文化,因此,我们也可称为人文游记、历史游记、文化游记,甚至可以说,它就是一种文化散文。

是什么原因,促成了文化散文思潮之主体——文史游记在20世纪80年代中后期的酝酿、萌芽与发展呢?笔者以为下面几点不得不注意:

第一,受到了第二次文化转型及其文化讨论热的开悟。如果说,中国文化的第一次转型经历了"洋务运动、戊戌变法和辛亥革命、五四新文化运动三个阶段"[①],那中国文化的第二次转型就是从1985年初春开始的。那个时候,中国的改革开放到了精神突围的深层,人们认识到,如果只是改变经济体制,不改变政治体制,尤其是人的思想秩序,经济和整个社会的进步一定是有限的,是会受到看不见的力量捆绑和钳制的。人们发现了那个力

---

① 杨春时:《中国文化转型》,黑龙江教育出版社1994年版,第28页。

量就叫"文化"。此阶段,由新儒学推动的声势浩大的文化讨论热潮,不仅对大陆,甚至对整个中华文化圈都产生了经久不息的影响。

如果文化是潮流,文学是船帆的话,那大潮来临,帆船和它的渡海者们不可能在潮汐的涨落中安然不动。文学界正面响应这次文化转型渴望的太多了,我只摘出几朵至今还渍在船舷上的水花,因为它们和这个散文的季节有关。1987年,湖北省散文学会主办的《当代散文报》,即打出了通栏连环标题"文化散文"。据我所知,这可能是大陆乃至世界华文界的平面媒体,第一次使用"文化散文"这一术语。1989年5月,余秋雨接受上海《解放日报》记者采访,记者连问了两个与文化和散文有关的问题。一个是:"您是不是觉得,我们这几年的文化研究,太过于理性了?"还有一个是:"这一来,就产生了别具一格的文化游记?"[①]没有国人对文化的特别关注,哪有记者所说"我们这几年的文化研究"?没有《收获》杂志1988年连载《文化苦旅》,又哪有记者的"文化游记"这个术语的概括?还有一点,就是余秋雨和那两套丛书的作者,他们在散文文本中对"文化人格"这个词的格外钟爱。还是《解放日报》那个记者提问:"您对中国散文的发展前景,有什么想法呢?"余秋雨纲领性的回答只用了十个字:"取决于文化人格的演进。"[②]他这里既指散文作者文化人格的修养,更指中国"当代民族性的人格变动"。[③]"文化人格"或"人格",也可以说几乎是上述两套丛书共同映现的主题,是抹

---

① 余秋雨:《文明的碎片》,春风文艺出版社1994年版,第274—275页。
② 余秋雨:《文明的碎片》,春风文艺出版社1994年版,第276页。
③ 余秋雨:《文明的碎片》,春风文艺出版社1994年版,第276页。

不去的灵魂关键词。非学者散文家的郭保林在《昨天的地平线·后记》里就说:"我常常为古代精英人杰的文化人格所感动。"[①]他还谈到,文化大散文的功能就是"借历史事件讽喻和批判当今社会的丑恶,提纯历史的美质,增强现代人的人格情操"[②]。

这一批文史游记的作者热衷于文化人格的重塑,响应了五四时代"改造国民性"的传统和"立人"的理想。而这么一个由文史游记造成的文化散文思潮,也应合了中国第二次文化转型期刚刚迈步时,整个大陆社会急于"建立个体本位的新文化结构"[③]的需要。

第二,受到了港台散文的启示。1980年前后,福建的海峡文艺出版社和广州的花城出版社就引进中国香港与台湾作家的作品上市了。我没有做过统计,印象里,到80年代中期,港台的散文单集与合集,介绍到大陆来应该是最多的。文化讨论热一兴起,历史学家柏杨《丑陋的中国人》[④]在大陆出版,恰逢其时,一纸飘红。这前后的三毛、余光中、李敖、董桥、王鼎钧等,无不引起读书界大反应、大轰动。有的书虽然没在大陆出版,也很难引起大陆读书界注意,但不能说与大陆文化散文及文史游记思潮毫无关联。比如黄国彬1979年在香港出版的散文集《华山夏水》[⑤]与1982在香港出版的《三峡·蜀道·峨眉》[⑥],它们对文化与自然的双重关注;它们多视角、多文体的融会;它们

---

① 郭保林:《昨天的地平线》,东方出版中心2004年版,第308页。
② 郭保林:《昨天的地平线》,东方出版中心2004年版,第310页。
③ 杨春时:《中国文化转型》,黑龙江教育出版社1994年版,第211页。
④ 柏杨:《丑陋的中国人》,花城出版社1986年版。
⑤ 黄国彬:《华山夏水》,学津书店1979年版。
⑥ 黄国彬:《三峡·蜀道·峨眉》,学津书店1982年版。

冷静的批判意识与浪漫、豪放的气质，实在比大陆的作者们早醒了许多年。这其中有一些作家的一些作品，可能直接催化了大陆文史游记的诞生。《解放日报》的那位记者曾问余秋雨喜欢哪些散文作家？余氏开列了这么一个单子：鲁迅、林语堂、叶圣陶、朱自清、巴金、沈从文、孙犁。漂流海外的作家中有梁实秋、余光中，还有一个在大陆不太知名的叫思果，我也挺喜欢。①

余氏曾说过要读那些让他仰视的书，相信这个名单不会随便开列。尤其点出这些作家"当代散文的新形态有一种重要的启示"，也当然是可信的。那么，他所说的"散文的新形态"是什么呢？至少是他正在经手的而且模糊着不能道出来的那种散文体裁，也可能就是文化散文、文化游记或文史游记的类似物吧。总之，与笔者这篇小文的论题，应该有一些关系。

此外，影响有共时的，也有历时的，而共时和历时也许就体现在一个人身上。这批作者中有一位卞毓方，他既受到了港台散文的影响，也受到了余秋雨一样先进作家的影响，这在他的集子《长歌当啸》中可以看出来。卞氏的《隔岸听箫》，一口气写了五个他心仪的散文家：柏杨、梁实秋、余光中、王鼎钧和张晓风，全是台湾散文界重量级人物，前三位和余秋雨不谋或偶谋而合。他评王鼎钧"沉郁顿挫，苍凉老辣，……凛然令人想起周鼎汉碑"②，这粗糙的气息有些许也流进了卞文的某些篇章。《长歌当啸》的后记里提到，他接受一位长者的推荐，找来了一部散文集，读完了，"一缕淡淡的苦味，像咖啡，摩挲着无数在

---

① 参见余秋雨《文明的碎片》，春风文艺出版社1994年版，第275—276页。
② 卞毓方：《长歌当啸》，东方出版中心2004年版，第153页。

生活大潮中疲惫了的神经……不久，我竟鬼使神差地迷上了散文"①。我相信，正是这种交叉的、相互的影响，造成了文史游记在近二十年的发生与繁荣。

第三，受到了历代文学及散文、现当代散文的影响。中国传统文学及其散文，直到今天还充满着巨大的活力，对上述两套丛书的精神支持也是无处不在的。余秋雨多次说到对他散文写作影响最深的是司马迁。李元洛的《怅望千秋——唐诗之旅》，及后来在长江文艺出版社印行的《宋词之旅》和《元曲之旅》，直接以唐宋元三朝诗歌菁华为资源，那种浪漫、高蹈、悲凉的古典文气，无不贯穿其间。泗水流进黄河，清江注入长江，当代文史游记的海洋也永远是不清不白的。其实，大陆现当代散文对文史游记的影响更为复杂，余秋雨点出了一批大家，而鲁迅、沈从文、钱锺书等人也成了这些书籍的主人公。但依我判断，有几位现当代散文家及其作品，是特别值得注意的。比如沈从文，他的《湘西》与《湘行散记》，今天看来那也是极典型的文史游记。比如贾平凹，1986年12月，他就在百花文艺出版社出版了《商州三录》，并在一篇《题记》里提出"历史地考察"乡土，"记录""故事"②的书写方法，实在是开了两年之后文史游记思潮的先声。我读朱鸿《夹缝中的历史》尤其是沈琨的《岁月山河》，怎么也抹不去贾平凹一声土一声悲一声吭的"秦腔"。再比如余秋雨对一些后起作者的影响，也是显而易见的。不仅有好几个人引述余氏的言论，即便只字不提，你仔细读读夏坚勇《湮没的辉煌》，其观念、其笔调、其气息，那就是一派"余风"，想抹也

---

① 卞毓方：《长歌当啸》，东方出版中心2004年版，第293页。
② 贾平凹：《商州三录》，百花文艺出版社1986年版，第230、229页。

抹不掉的。

二 大陆文史游记的文体特征

四大文学体裁的边缘是模糊的。就像上海的某一天,你不知道是活在夏季里还是活在秋季里。但不同文体的核心部分应该是基本明晰的,这像说"四季分明"一样,春花、夏阳、秋果与冬雪,季节的主体总还坚定在轮回的时间中。不知道能不能用"文体季"一词来描述这个比喻?不同的季节有不同的风物与风景,而不同的文学时段,总会有一种文体跑到纸面的世界来显山露水,这是被文学史所证明了的。近二十年,国内文史游记紧随第二次中国文化转型缓步起航,着实风光了一阵。如果"文体季"说得过去,我还想再把几大文体描述成"散文风""诗歌雪""小说雨"和"戏剧河",勉强了些,但相信也有合理之处。文体是有层级的,从散文到游记,再从游记到文史游记,边缘的地盘越多,而核心的领土就越少。但不管怎样,由余秋雨擎起大旗至今仍在世界华文文学界猎猎飘扬的文史游记,有三大主要文体特征可以探讨:

第一,文本的游写内容不再以自然为中心,而是以人物及文史为中心。

中国古典的游记传统,从命名的角度说,有"水经""山水记""山水游记""山水小品""名山游记"等称谓,这些文体名称内涵与外延都较明晰,所指主要是自然山水。指向人文,又附着于"记""游记""小品"等主词的专称几乎寻觅不到。"园林志""风物志""风土志"等与文史游记相涉,但主要还是"通志"或"地理总志"的分类,它们可以与散文或文学无关。这样一来，好像古人只"游"山水，不"游"人文。事实上，"人与山水两相求而不相遭"①，古来纯粹写山水，一笔不涉人文的游记作品，恐怕是很难找到的。因此像"游记"这样，前面不冠以"山水"或"人文"的词，自然或文化什么题材都可以写，性之所至，行之所然，两者在文本中的比例占多少，也根本不用去考虑，这是一种中性也是最有包容性的表述。只是阅读的时候，分析的时候，我们才会追问他到底写了什么？山水多少？人文多少？它们的关系如何？作者为什么要那么写？它们可以划分到哪种文体类型里边去？所以，判断一个文本是山水游记还是文史游记，还是要看文本侧重在哪个方面，既有题材的侧重，用笔的侧重，也有目的的侧重，这才比较合理一些。

总之，中国古典的山水游记从命名来看，显然发达一些。但人文游记是有的，且有一个若断若续的传统。像《尚书》的《禹贡》等篇，有人物也有大地山水，就其记录大禹"随山浚川，任土作贡"的历史行为而言，是以人物及文史为中心的。随后的《穆天子传》与《山海经》，有不少篇主写人物行止、历史风物与神话故事。这样说来，文史游记的笔锋所指，原是中国游记的正宗血系。后来司马迁《史记》开创的文学性特强的历史著作、班彪的骚体赋《北征赋》、马第伯日记体游记《封禅仪记》、王羲之的《三月三日兰亭诗序》、陶渊明的《桃花源记》、李白的《春夜宴诸从弟桃花园序》，一直到欧阳修的《醉翁亭记》、苏轼的《放鹤亭记》、《记承天寺夜游》、陆游的《入蜀记》、袁宏道的《虎丘》和林纾的《洞箫徐五》等，这些都是以人文或

---

① （南宋）杨万里：《景延楼记》，载臧维熙主编《中国游记鉴赏辞典》，青岛出版社1991年版，第296页。

文史为中心的。

近二十年国内兴起的侧重于人文历史的游记，当然是承续了这个传统，而且，被这些笃信文化可以改变一切的散文家们发扬光大了。在他们笔下，华夏天空山河都被历史化了、故事化了、文学化了、情感化了，总之，是人文化了或文化化了。有一些篇章，甚至"挂"山水而"卖"人文。醉翁之意不在山水，在乎人文之精气也。最典型莫过余秋雨《文化苦旅》中的《三峡》一篇。以前的"三峡"文章，从郦道元到刘白羽，无一不是正面铺写，余秋雨一侧再侧，全文四千五百字左右，正面描写的只有十个字："神女在连峰间侧身而立"。不幸的是，给美丽的神女还是一个远镜头，神态表情均付阙如，因为神女还只是"侧身"着呢。作者为何如此吝啬笔墨呢？原来"余翁"之意不在大山之奇和峡江之险，在乎从里面鼓荡、冒险出来的屈原、李白、王昭君；在乎奇山异水中涵养的中国式"叛逆"与"流注"；在乎"健全的个体生命"即文化人格在三峡的"潜藏"；在乎与那些人物和文化相关的诗词歌赋中蕴藏的文化生命理想。读者诸君，从古典的游记里，你看到过这般的景象吗?!

第二，这两套丛书号称"文化大散文"，其大之一，是所写题材要么是大乡土、大流域、大高原；要么是大历史、大人物、大人格，即精英文化人格，为第二次文化（人格）转型张大旗。独特的题材领域，成就了文史游记的历史意味与风雅格调。

曾纪鑫《千秋家国梦》和王开林《天地雄心》，主写古楚地从战国到现代那些迷人的城乡与强人的梦想；夏坚勇《湮没的辉煌》写江南地理与人物，而《旷世风华——大运河传》写从杭州到京师的沿途城镇与风物；汤世杰《烟霞边地》主写云南的风土与生存方式；朱鸿《夹缝中的历史》和沈琨《岁月山河》写黄土高原上陕西和山西的地理、人物与故事；郭保林《昨天的地平线》写天山南北的奇景异事和古丝绸之路的日升月落等，读这些散文，像回到战国时代，重新体验思想与人格的纵横；又像跟着一个个向导，沿着河流或山脉前行，感受惊涛骇浪与狂霞罡风。

所谓大历史，当然是指"文化大散文"的作家们，把笔尖犁向中华民族从神话一直到当代数亿年时间、千万平方千米空间和无法丈量长宽高的心间。这里面有多少豪杰？多少英雄？有多少"大人格"的小人物？又有多少亦人亦鬼的"大师"与名角？仅是历代作家，丛书里就写了屈原、司马迁、陶渊明、王昌龄、李白、杜甫、白居易、柳宗元、欧阳修、苏东坡、陆游、文天祥、元好问、袁宏道、鲁迅以及上文提到的文星。还有历代的哲学家如孔子、庄子、王阳明、王艮、李贽等，还有政治家、艺术家、军事家、教育家、实业家呢？真可以说是星光灿烂，当然也呈示了星光背后黑暗的深空。费振钟的《高洁之思》，塑造了"异人"李贽，"一个绝不肯苟且于世的人"[①]的文化人格。而费氏《大师的落魄》，则将中国艺术史上的闻人董其昌贪婪暴虐与淫奢豪横大白于天下。这些作者大多有着清醒的文化反思与文化批判意识，褒扬与揭露也正是他们重塑精英文化人格的手段。不过，他们笔下的历史大人物，其文化人格的光辉还是太理想了一些，离红尘中的现代人格有些遥远。不过也正是这种隔膜，造成了文本的陈古与风雅，作为文化人格的榜样，有

---

① 费振钟：《堕落时代》，东方出版中心2004年版，第40页。

高悬的姿态总是好的。

第三,这群作者是20世纪之前散文的总结者,又是21世纪新散文的开拓者,冲破散文写作的固有模式,将诗歌、小说、戏剧、电影甚至评论或相声等各种艺术形式引入散文,使文史游记成为一种真正的兼类文体,也成就了"文化大散文"之大。

余秋雨开始写作《文化苦旅》的时候,好像没有意识到自己是在写散文,这一"非散文"的预设性创作,其实是对传统散文的解放,他的散文也获得了他意识中的艺术效果。奚学瑶说余氏的文本"文史融为一体,既有历史之人物情节,亦有文辞之优美高雅,更有灵巧的文化思辨,使中国历史写作本已荒芜的旧径,重新清扫而展布鲜花缤纷的文路"[①],是颇有道理的。

其他善于纵横各种文场艺苑而文笔矫健者大有人在,如李元洛、夏坚勇、汤世杰、卞毓方、朱鸿和沈琨等,都有出色的文本可供我们欣赏。下面只举两种不同类型的两个人,看他们的笔力有怎样的表现。

首先我们看看学者散文家李元洛。他是作诗评和诗歌美学出名的,在退休之前都是一个学者。没想到告别了批评却走出一个作家,而这作家,又的的确确是从批评家蜕变出来的。收在丛书里的《怅望千秋——唐诗之旅》,你会惊喜地看到他散文家的蜕变,也会惊喜地看到他诗论家的本色。我曾写过一篇专文,以他写王昌龄的《诗家天子》一文为例,探讨他如何

---

① 奚学瑶:《谏说余秋雨》,《文学报》2009年8月27日第7版。

"将诗性的、散文性的、小说性的、戏剧性的、评论性的、现代派文学性的等多种文体特性有机交融起来,几乎每一篇都不相同,每一篇都有独创,每一篇都给人惊喜"① 的艺术创造,可供参考。

其次看看非学者散文家卞毓方。《长歌当啸》一书中,有一篇《文天祥千年祭》,照他自己的说法,那是他别恋散文的第一声,这一声啼叫还真是漂亮。全文三节,第一节以元军押解文氏和文诗《过零丁洋》为中心;第二节写元人对文氏的诱降与威吓;第三节以文天祥遭囚和名诗《正气歌》为中心。像三幕剧,当然是三幕大悲剧,以塑造"迄南宋以来,不,迄有史以来,东方爱国主义圣坛上一副最具典型价值的人格",中华民族之"崇高人格"②。卞毓方曾自白说这篇文章:"洋洋洒洒,有点像历史剧,也有点像小说,当然,本质是散文。传统的散文招数,早被我扔到爪哇国外。笔随气走,气随势转;一个明确的概念,就是'破体'!"《文天祥千年祭》其实还用上了电影的画外音,用上了政论,用上了相声与大陆近三十年流行的戏曲小品技法等。文章写元世祖忽必烈请九岁的恭帝赵㬎劝降文氏,文天祥故意放声痛哭——

并且一迭声地泣呼:"圣驾请回!"

赵㬎这边慌了手脚,越听哭声心里越发毛,早把元人教给的言语,忘了个一干二净。少顷,又搁不住文天

---

① 喻大翔:《从游记诗史到诗史游记——李元洛散文论》,《理论与创作》2006年第5期。
② 卞毓方:《长歌当啸》,东方出版中心2004年版,第272页。

祥的一再催促,便乐得说声"拜拜",转身回头,辚辚绝尘而去。①

这难道不是戏剧、电影、小说、相声、小品的混合体吗?更难得的是,卞毓方是自觉将散文杂体化,且不同技法的转换又那样流利自如。第二节写到丞相孛罗亲自出马,试诱文天祥投诚时道:"历史记载这一日天寒地冻,漫空飞雪。文天祥随狱卒来到枢密院……天祥往厅堂中央一站,草草行了个长揖。通事(翻译)喝道:'跪下!'天祥略一摆手:'你们北人讲究下跪,我们南人讲究作揖。我是南人,自然只行南礼。'"② 在文天祥心里,根本就不存在一个什么蒙元王朝。关键之关键,从历史平面切到影视现场,只用了短短十一个字,"漫空飞雪"就已经动起来了。在一些作者的笔下,历史被现场化了,人物被影视化了,情节被小说化了,当然,人格被理想化了,而散文也被兼体化了。而这些,与作者们重"游"走的方式有着极大的关系:不但游走立体的山水,还游走纸面的历史,并且用一种穿越时空的象形文字把它们形象化。如此,文史游记比起以往任何关涉文史的散文,有了别开生面的艺术魅力。

不能不指出的是,框定在这篇文章中的研究对象,不是每一家都好,更不是每一篇都好。郭保林其文若诗,有丰富的想象与繁密的修辞,但雕章琢句,且时过浮丽。曾纪鑫《千秋家国梦》的学识还不够,文辞的叙议不到位,感觉古楚国的气韵冒出了一丝轻烟,就不见了,很是可惜。王充闾散文名气不小,但《沧桑

---

① 卞毓方:《长歌当啸》,东方出版中心2004年版,第267—268页。
② 卞毓方:《长歌当啸》,东方出版中心2004年版,第270页。

无语》还把自己套在旧思维里，就散文写散文，没有从传统笔法中蜕变出来，几无创新可言。至于张加强的《傲骨禅心》，文字低劣，逻辑混乱，简直不堪卒读，不知道怎么会列进"原创文库"的。

——载陆士清主编《新视野　新开拓：第十二届世界华文文学国际学术研讨会论文集》，复旦大学出版社2002年版。

李元洛:诗文化散文的树旗人

一

文学四大体裁诗歌、散文、小说和戏剧,就是四座山头。中国是一个文化大国,历朝历代文人的越野跑达人很多,他们都想得到前三名,并把自己的旗帜插到显眼的位置。散文的大山上,李元洛的身影在哪儿呢?

这位散文跑山者多次提到笔者将他的《唐诗天地》《宋词世界》《元曲山河》《清诗之旅》和《绝句之旅》等系列散文专书命名为"诗文化散文",并作了首肯性认定,认为"此语一言抉要,也深得我心"①,深觉与有荣焉。

我曾在散文《六乡书》的后记里说,"近五十年来,竭忠尽智做了三件事:一是教书,勉强称职;二是读散文、写散文、研究散文,稍可自慰……"② 在提出"诗文化散文"这个文体名称之前,笔者于1988年7月,曾在湖北省散文学会创办的《当代散文报》(1988年6月25日印行试刊第一号)第二期头版通栏标

---

① 李元洛:《唐诗天地》,中国工人出版社2023年版,第447页。
② 喻大翔:《六乡书》,作家出版社2023年版,第426页。

示出"文化散文"栏名。那时,诗人王维洲任该报主编,我任副主编。受20世纪80年代初期"文化热"的影响,也受了寻根文学文化内劲的推动,我在全国首次推出"文化散文"文体名,并连续发表了牧惠等人的系列散文作品。未料即刻在学术界引起关注,并移用评论余秋雨《文化苦旅》等散文创作。毫无疑问,"文化散文"的专利权应该由我来注册的。

如果说余秋雨是文化散文的开山人,那李元洛就是诗文化散文的开创者了。虽然笔者专对李元洛的散文创作提出"诗文化散文"文体概念,但一直未予定义并加以阐释,这篇评论看来是绕不过去了。我以为可从两个断句的方式(或两个角度)来探讨:一个断句是"诗""文化散文"。"诗"当然是四大文学体裁之一,且是中外源头性文学文体,它的意象元素、情事元素、韵律元素与意境元素(不一定每首诗都具备),标示着它的诗体本质性;"文化散文"约而论之,它首先是散文作品,我近四十年对散文有一个变化不大的概括,以为"凡创作主体直接将情怀、事物、观点等,以散体文句真实、自由而又艺术地表达出来,都可视为散文",这是散文的本质性。但文化散文不是一般写经验题材或日常生活的散文,它是一种学者散文或学者式散文,它的题材是古今中外广远深厚的文化,或对文化学术性和艺术性的思考与表达。从这个断句和角度来说,诗文化散文所涉及的题材,当然是诗或主要是诗了。另一个断句是"诗文化""散文"。"散文"如上定义,它也是源头性甚至是首创性的四大文学体裁之一或之首;"诗文化"则不是一个体裁的概念,而是一个与诗歌有关的,牵涉诗人、诗作、诗事、诗美学、诗接受、诗影响与诗传统等文化现象,与人类的精神生命有极其深远的关联,甚至是文化生命理想的核心所在。从这个断句和角度来说，诗文化散文所涉及的题材，不只是诗歌本身，还外涉与诗有关的人类一切精神现象。它是一种软性的东西，但却是人的内需与刚需，如果没有诗，人大概就是类动物或类植物，甚至与动物和植物没有太大的区别了。

总而括之，我认为诗文化散文是与诗有关的、从人类精神的各个方面承载着诗文化特质的、以散文体式与接受者真实、自由且艺术性对话的一种特殊散文体裁。李元洛从唐诗到清诗的系列诗文化散文，证明他是这个体裁的开创者、实践者与引领者，甚至是诗美学与散文美学联姻、交汇与交融的独树一帜者。

二

从文体上说，诗文化散文首先跨越了诗歌与散文两大文学体裁，然后，如李元洛自述，他又"将山水游记、文学评论、诗词札记、文化随笔以及一般意义的散文等多种文体的因素熔于一炉"，杂交成文化散文或学者散文的"新样品"[①]，熔铸成历史上早就存在如《庄子》《史记》《水云》等古今作品，但无人命名、笔者所论证过的"兼类散文"。《六乡书》附录《中国散文的五大特质》道：

> 散文所谓"兼类"，也可称"兼体"，从表达方式和文章（广义）类别说，既指兼富议论、叙述和抒情等多种表达方式、难以牵强划入以上三型之一中去的复式散文；又指像书信、日记、序跋等，兼有应用与文学双重体裁与性质，

---

① 李元洛：《唐诗之旅》，长江文艺出版社2005年版，第282页。

而突出其艺术品质的文学散文。①

由于李元洛的出现,"又指"还须加上"诗评""评论"或"文学评论"等主要偏于应用性的文章体裁了。相对于议论、记叙和抒情散文,兼类散文往往能够创作出复式的散文、立体的散文或者说大散文。这个"大"不只是篇幅偏长,应该还有从内容到形式的复杂、丰富、余味无穷甚至难以言尽之美。可以说,李元洛经过近三十年的努力,独创了一种中国散文历史上从未这么典型过的兼类散文,它当然也是典型的学者散文、文化散文,更是凭空而出的兼类诗文化散文(可惜的是,中国文学界不少人出于保守或偏见,还不知晓兼类散文为何物,不承认建立在兼类散文文体特性基础之上的诗文化散文是文学创作,还以为仍是诗词鉴赏或札记一类的文艺评论)。他的系列作品兼容文学与非文学的各种体裁,并使其文学化、艺术化尤其是诗化,是其最突出的文体特征。

文本有诗歌。首先,李元洛时时保持"诗性思维"②,按我的理解,没有意象就没有诗歌,诗性思维的核心就是意象思维,而以散文的方式,进入古典诗词的长旅,且能保持高强度的诗意与诗性,相伴诗性思维与意象思维非常重要。因此,他每一篇都尽力抓住诗词的中心意象,并通过意象的想象、联想、引申、比喻、象征等种种艺术功能,将散文的诗意发挥到诗性的最高值;甚至对原作的每一次引用,都可视为作者对散文文本诗化目标的推波助澜。

《唐诗天地》中的《月光奏鸣曲》,把诗旅焦点集中在"春江

---

① 喻大翔:《六乡书》,作家出版社2023年版,第421页。
② 李元洛:《诗美学》(修订版),人民文学出版社2016年版,第18页。

花月""边塞月""山月"和"故乡月"四片夜空之上,那正是古来中华民族的传人数千年念兹在兹、思之想之、梦之诗之的明星意象啊,如作者所言是"我国传统诗歌一个历久不衰的永恒主题",当然也是进入中国文人集体潜意识的母题。它用专题片的方式,从四种形态与表现的角度将月亮意象作集中刻画与阐释,就已经是相当诗性思维和相当诗歌化了。作者这样写道:

> 似水流年。数十年后再来读张若虚的《春江花月夜》,当然已有较深层次的理解。这首诗与陈子昂的《登幽州台歌》,是初唐诗坛的双璧。同是感悟人生,咏叹哲理,回眸历史,叩问宇宙,前者的意象中心是碧海青天的明月,后者的中心意象是抒情主人公作者自己,而前者出之以清新幽远的意境,后者则发而为慨当以慷的浩歌,标示了唐诗对诗美与风骨双重追求的创作走向。①

以上引文,可以看到作者清晰的诗性思维,且如何自觉抓住原作中的"意象中心"或"中心意象",对两位无论从题材、意象和主题作出开拓性贡献的诗人作出比较、概括与提升,并将他们建立在核心意象上的精神追求与独特诗风作了恰当的诗性评价。

这一篇《月光奏鸣曲》,征引了《诗经》、张若虚、陈子昂、岑参、李益、王昌龄、吕温、李白、苏东坡、王维、李洞、白居易、杜甫等名集名诗人的绘月之作,有的还引用数首,一诗一象、一诗一景、一诗一评、一诗一叹,真个是诗话交错,诗后有

---

① 李元洛:《唐诗天地》,中国工人出版社2023年版,第125页。

话，话后有诗，不断为散文文本的诗性品质添诗画意，诗意盎然。《月光奏鸣曲》参加当年第四届"中国广播文艺奖"获一等奖第一名，绝非偶然。

文本有诗歌，其次是指作者对历朝历代重要诗歌人物及其作品充满崇拜之情甚至还有感激之情（如感谢郭茂倩收存了张若虚的《春江花月夜》），哪怕是微瑕之璧或带泪之珠，这使得诗文化散文除了有对诗人的热爱与尊重，有对创造的景仰与崇敬，还有一份数千年传承下来的执拗与温暖，这正是中国好诗代代相传、生生不息、如林如森的内在动力，也是李元洛诗文化散文的诗性温馨之所在。

收在《清诗之旅》之中的《少年英雄与文雄》，出生和成长在清朝的松江今日之上海的主角夏完淳，牺牲时还不满十七岁，但这并不妨碍作者对他的慷慨赴死与杰出才华表达由衷敬佩，甚至反省"在自己为琐屑卑微的庸思俗念折磨的时刻，我总不免要想起历史上那些劲节如青松、浩气如沧海的英雄人物。如夜空中的北斗，他们让我深怀敬畏之情而久久地仰望"[①]。而夏完淳，数千年华夏几乎不多见的完美、纯粹的少年英雄与文雄，是"他们"之中一个异数的他，"一位名副其实的神童"、一位"杀身报国，岂可以让之"的义士，一位能写出《别云间》《细林夜哭》与《毗陵遇辕文》等远远超出一个并非完全成年之诗人的好诗，一个高呼"英雄生死路，却似壮游时"，好像活了数百年而不得不死的豪杰与雄杰。这一篇对中国历史、诗史、文学史上少年诗人无限景仰的惊世之文，全凭了一片诗心在诗人（李氏也

[①] 李元洛：《清诗之旅》，东方出版中心2022年版，第38页。

有诗与联之合集《夕彩早霞集》，不乏才情并胜的上选之篇）也在学人啊。其中的高度，不知可以照出多少人的"世俗与卑微"；而其中的温度，又让多少成年读者可感可握可蕴泪。这一脉流淌在中国诗人、文人、学人身上的中华血液，大道的血液，诗性的血液，才是诗文化散文里不可更改的诗性与诗意。

文本有诗歌，我以为还指李元洛将散文文本的情绪、节奏、语言等，尽量保留在某一诗词原作的同一厚度、氛围或格调之上，使散文文本与诗词文本构成一个有某种特定主题境界的整体，这个难度是极高的。

《诗家天子》叙述王昌龄与李白的友谊：

> 王昌龄曾有《巴陵别李十二》一诗相赠，现在分别见于《全唐诗》和敦煌新发现的唐诗抄本：
> 摇枻巴陵洲渚分，清江传语便风闻。
> 山长不见秋城色，日暮蒹葭空水云。
> ……两位大诗家同是天涯沦落人，他们聚会时，同游何处又都说了些什么呢？巴陵虽是我的旧游之地，可惜异代不同时，我当时如果有缘追随旁听并记录在案，那今日定然可以写出颇具文献与文学价值的独家大块文章。现在看到的只是楫桨摇曳，一叶孤舟漂向洲渚远处，而李白和王昌龄互唤珍重的声音，还从水波上随风传扬。舟行已远，李白从湖上回首，水绕山环，已然不见秋日巴陵的城郭，王昌龄呢？暮色中也只见一片蒹葭苍苍，云水泱泱①。

---

① 参见李元洛《唐诗天地》，中国工人出版社2023年版，第192—193页。

这到底是回忆还是想象？是唐时的镜头还是眼前的实景？千年之后，李元洛凭借种种修辞手法，出乎其外又入乎其内，借诗假设又凭诗传真，所引、所抒、所描画、所引申，让情绪、节奏、语言与原作品、原境界尽量保持在同一厚度、氛围与格调之上，如画如诗，古今辉映。

文本有散文，当然是典型的学者散文或文化散文。若是纯粹的诗歌评论，文本当是理性的批评文字，难免在静态中爬罗剔抉，搜证立论，但李元洛的散文文本始终警惕着有诗无境，有理无情，有论无文的文体窘境（哪怕是《诗美学》这样的大部专著），依笔者看，他用散文破解静态的、理性的评论至少有两大法宝：一是让评论主体游于诗，让诗人、诗词、诗境、山水、评者与读者等都互动起来，散文化起来，做到诗我同在或诗我同境，而这是散文文体让创作主体直接进入文本并自由发挥的最大文体优长。《月光奏鸣曲》的引子写道：

> 如果翻开卷帙浩繁的《全唐诗》，你可以看到唐诗人举行过规模盛大的月光晚会，大大小小的诗人都曾登台吟诵过他们的明月之诗。那场晚会永远不会闭幕，听众而兼观众的我也永远不会退场。在熙熙攘攘的红尘，营营扰扰的俗世，我珍藏在心中的，是永远也不会熄灭的唐诗中的月光。①

岂止不退出晚会，作为叙述者、择引者、评论者、参与者，

---

① 李元洛：《唐诗天地》，中国工人出版社2023年版，第122页。

一个指挥若定的诗文化散文作家,他永远保持着"主观审美的不同凡俗的想象力"①,时时都艺术地"正在"他的文本现场,任何时候也不会从散文中退场。请看《辋川山水》的结尾一段:

> 北宋的秦观在《书辋川图后》一文中,曾记叙他观看王维手绘的《辋川图》,"恍若与摩诘入辋川"而游,所患的"肠疾"也霍然而愈。这种医疗效果真是不可思议,何况我们今日实地来游?在辋川流连竟日,不觉日落渡头,已快到日暮掩柴扉时分,连王维都早已告别辋川了,我们也不可以久留。辋川虽好,但最后一班车在山外喊我们回去,远方的城市在红尘深处喊我们回去,从王维的诗句中匆匆出来,我和文庆只好向辋川挥一挥手,他向朔方我向潇湘,去自投啊重投,那市声汹汹、人声嚣嚣、车声隆隆的天罗地网。

秦观、王维如在目前,不,刚刚告别画中的辋川与现实的辋川;而我和友人,仿佛刚刚与秦观和王维在满眼古意中相遇,又不得不挥手从兹去,走向人声、车声与市声。但王维的诗句早已种在作者的记忆中了,任凭现实各种噪音的"天罗地网"也不可能阻止他们继续生长。李氏此前的书名称为"唐诗之旅""宋词之旅"之类,实是他进入古典诗词的方式与方法,也是他进入诗文化散文的一个文体基点、一条路径,就是让所有的主体与诗词与情境都动起来,做到诗我同在或诗我同境,让文本最大限度地真在化与散文化。又如《少年英雄与文雄》第一节的末尾:

---

① 李元洛:《诗美学》(修订版),人民文学出版社2016年版,第23页。

"被捕后，他被解往南京，风一程，雨一程，大夜弥天，让后世的读者陪同他一路前行，倾听他生命悲壮的绝唱"，有异曲同工之妙。把阅读变成悦渡，在想象中相遇，在幻觉中化合，他的许多诗文化散文采取了这种游若古今之间的笔法，游于史、游于地、游于诗、游于思，把古今虚实贯穿在一起，令人足往和神往。

第二个法宝，是指作者面对古典诗词文本能进能出，突进突出，或让诗评家跳出诗词时空自由抒发情思感慨；或让诗评家与诗者、读者甚至时代直接对话，入古通今，将作家真实主体的创作能量发挥到极限。我们看看《清诗之旅》中的《国士与巨人》是怎么写的：

> 近百年来，出类拔萃的干才、文才、将才乃至概而言之的英才与天才，可谓代不乏人，但像梁启超这种非同凡响的通才与全才，却可称绝无仅有。时下之某些半桶水者，甚至连传统文化之基本常识都有欠缺而下笔开口常贻笑大方者，稍有专门之识或一技之长，就被他吹或自吹为"大师"与"国学大师"，而且有的人不知敬谢不敏，抑且洋洋自得。这些人与梁启超相较，无异陵谷土丘之于崇山峻岭，小溪小河之于大江大海，令人慨叹昔贤之难追、价值之错位与世风之日下。

这样由干才到全才的联想，由梁启超到贻笑大方者、再到小溪小河之于大江大海的对比，典型地体现了诗文化散文的作者可"直接"参与文本，并作为评说主体毫不避讳地表达自己的文化立场、学术立场与喜怒哀乐的情感态度，体现了散文文本中所有人物关系可真实化、历史化、日常化的文体特质，与诗歌的意象化、小说与剧本的性格化和情节化有很大不同。

此外,李元洛诗文化散文的几乎每一个文本的修辞、节奏、画面等十分讲究,一层一节、一句一顿、一字一符都追求尽善尽美,追求着与那一首古诗、一组古诗相近甚至相同的语言韵味,他是用学人的有可能被人引用的自觉,来书写散文文本的每一行每一页,这能叫他的散文没有散文之美吗?本文上引和下引的每一个段落,都在证明着这个判断。

文本有小说,叙事的小说。李元洛的诗文化散文,不少像历史小说一样往往把自己和读者一起带入历史的叙事现场。叙事在于小说至为讲究,但好的散文家在好的散文中,也决不会忽略叙事的种种手法与审美功能。这亦是中国散文的传统,并不只是小说的专利,更不是西方文学理论家阐释的学术专长。司马迁《史记·太史公自序》曰:"人皆意有所郁结,不得通其道也,故述往事,思来者。""述"当然是记载,是叙述,这是古典史家的自觉意识。如果情与思是诗歌理论的重心,那述与思就该是散文理论的重心了。刘勰在《文心雕龙·诠赋》篇中说:"'赋'者,'铺'也。铺采摛文,体物写志也。"认为赋可"写物图貌,蔚似雕画",其实说的就是源自楚辞的叙述法,它历来也是中国散文的叙事技巧。据谭家健研究,《尚书·周书》中的《金縢》篇,"堪称我国最早的微型历史小说",它"故事情节完整。有起因,有经过,有结果,首尾呼应,而又富于变化,已能看出周公和成王的性格特征"。先秦其他多家历史散文和诸子散文中,小说因素均有不同作用和演化。[①]

[①] 参见谭家健《先秦散文中的小说因素》,载《先秦散文艺术新探》,首都师范大学出版社1995年版,第315—331页。

《临安行》一文近两万字，以史带诗，诗史互证，看起来真叫人惊心动魄。它有人物、有情境、有故事。这故事甚至是一个命运，作者非常善于叙述这个命运，使得散文也充满情节的力量和性格的深度。

该文写从1127年到1279年的南宋史，一段邪气史，也是一部正气歌。前者详述宋高宗赵构、宋孝宗赵昚、宋理宗赵昀一直到赵昺的逃跑主义、享乐淫逸、被擅权被操纵；秦桧、韩侂胄、史弥远、贾似道等宦官逆臣骄奢敛财、滥杀无辜的滔天罪恶。后者写在同一时空之内，岳飞、胡铨、陈亮、辛弃疾、文天祥等亦文亦武、披肝沥胆、抗敌复国的英豪之举，真是惊天地泣鬼神。其间点以北宋词人潘阆以《酒泉子》、柳永以《望海潮》等对杭州的赞美，岳飞和韩世忠的《满江红》、陈亮的《水调歌头·送章德茂大卿使虏》、辛弃疾的《破阵子·为陈同甫赋壮词以寄》和陆游的《诉衷情》等悲切长啸、报国无门、抱恨平生的伟词巨制。这一百五十年的历史与词史，十数代帝王与烈士的命运与恩怨，李元洛不但叙述得头头是道，而且壮怀激烈，荡气回肠，第一次让我在诗词的流光里领略到历史如此阴暗又如此恢宏。请记住，这一切都主要是用小说的叙述方式实现的。

文本还有戏剧，有场景、对话、冲突和结局出人意料的诗剧。戏剧性存在人与人、人与自然的许多时间与空间中，当然也可在诗中，在散文中。宇宙有一只手，上帝也好，释迦牟尼也好，他们是最高明的戏剧导演艺术家。《唐诗天地》《宋词世界》《元曲山河》《清诗之旅》等背后也有一只手，它的执行导演当然是李元洛了。《诗家天子》的戏剧性至少有三处：一是所引边塞诗与闺怨诗，如《出塞》《从军行》和《闺怨》等，本身就有强烈的戏剧因子。如后一首:"闺中少妇不知愁,春日凝妆上翠楼。忽见陌头杨柳色,悔教夫婿觅封侯"。是思春怨夫,是恨战事太久,还是厌恶官场?一个"悔"字,透露了当初可能的恩爱与错误。这都是唐代某曲戏中的某个瞬间、某个片段和某个场景。二是王昌龄与李白在巴陵和长安的相遇以复同游,后来双双流谪边地以诗遥思的痛苦,这里面有多少鲜为人知与史知的经历?不然"我寄愁心与明月,随风直到夜郎西",浪漫无羁的李白,怎么有如此缠绵而动情千年的友谊诗行?作者还说这是李白众多友情诗中"最好最动人的一首"呢?三是王昌龄被闾丘氏出于擅权也好,出于变态也好,出于忌妒也好,被王氏"不矜细行"所激怒也好,王"天子"路过亳州,不意被一个地方的刺史所枉害。而闾丘晓呢,他更没料到会倒在当时兼任河南节度使张镐宰相清正刚直的刀下。而这张镐不但仰慕王昌龄,对李白杜甫也多有关照。这后一曲戏是美学上的大戏与好戏,且符合中华民族善有善报、恶有恶报的审美精神,令人悲中有喜,悲喜交集。似可再看看《元曲山河》中那篇《诗国神偷手》,张生与莺莺只待完婚正名,却被老夫人逼去应试以博取功名后,再行鸳鸯之好的故事,这当然是《西厢记》的戏,何尝不也是散文文本的戏中戏呢?至于对话,大多相当精彩,但有些与友人跋涉、登临或观赏时的对话,或现场感不强,或没有对话人的个性,倒有被李氏风格同化之嫌。

  文本确有评论。李元洛除了早有创作的青云之志("少年时就一厢情愿地孵着诗人之梦"[①]),他在数十年诗评与文评中

[①] 李元洛:《寄李白》,载《唐诗天地》,中国工人出版社2023年版,第175页。

（"青年时对诗论与诗评情有独钟"①）积累的文学自信心，有对中国历代大诗人的崇敬与爱戴，有对传统诗词文化的传承与发扬，有对台港和海外华人诗人与诗论家的关注与借鉴，有对西方自古希腊以来著名哲学家、美学家与诗人的大量阅读，还有十卷诗评在握，相信这些都是他选择创作唐诗、宋词、元曲、清诗和绝句专题系列诗文化散文的基本理由吧。笔者刚在"文本有散文"一层论述了李元洛"用散文破解静态的、理性的评论至少有两大法宝"，那儿的所谓"评论"，是指一般的文学评论，是很多人为了教书而写的高堂讲章，或者为了评职称写得古板且死板的论证文字。这里的"有评论"，是指李氏学养深厚的诗评、文评甚至文化批评，是散文般的艺术性文学批评（当然，他有些篇章的感慨与批判有些重复或雷同，但文上十篇，复义自现，文过百篇，重复岂可避免呢），也是李元洛特别在出版了《诗美学》（将黄维梁和刘勰的评语合起来就是"文采斐然"，"体大思精，胜义纷呈"②）之后，他作为当代站在最前沿的诗美学家的当行本色。

《元曲山河》中的《诗国神偷手》真是一篇妙文，他从原香港中文大学教授黄国彬的评论《从近偷、远偷到不偷》③一文受到了启发，在黄氏介绍了美国诗人艾略特"成熟的诗人会偷盗"（其实就是借鉴与创造的问题）且举了古今的大量"案例"之

---

① 李元洛：《寄李白》，载《唐诗天地》，中国工人出版社2023年版，第175页。
② 黄维梁：《诗美学》，载李元洛《诗美学》（修订版），人民文学出版社2016年版，第2页。
③ 参见黄国彬《从近偷、远偷到不偷——香港作家创作三阶段与一份"自供状"》，载黄维梁主编《活泼纷繁的香港文学——一九九九年香港文学国际研讨会论文集》（下册），香港中文大学出版社2000年版。

后，李氏又搜索到了中国古代从黄庭坚、释惠洪到严羽的相关言论，特别是唐代诗僧皎然"偷语""偷意"和"偷势"的三偷之说后，将"缉偷"的注意力出人意料地转移到了元代诗人、剧作家王实甫及其《崔莺莺待月西厢记》这部千古名作了。他一层一层地举例，又一层层地搜证与"破案"，特别是在列举了"长亭送别"的华彩乐段"碧云天，黄叶地，西风紧，北雁南飞。晓来谁染霜林醉，总是离人泪"之后，李氏开评曰：

> 王实甫的"碧云天，黄花地"确实不告而取自范仲淹之作，连借条也没有开具一张。其实，岂止是开头两句，其结句"总是离人泪"不也是形迹可疑吗？如果将汉武帝的《秋风辞》和李煜的《长相思》也列为王实甫的作案对象，王实甫也许会拒不承认，那么，董解元有"红叶"与"眼中血"之喻，王实甫有"霜林醉"与"离人泪"之比，其间的蛛丝马迹，班班可考，人证物证俱在，王实甫还能不从实招来吗？①

前作、后作、人证、诗证俱在，真的是有口莫辩。在引用了同一折戏莺莺刚上场所唱"今日送张生上朝取应，早是离人多感，况值那暮秋天气，好烦恼人也啊"后，作者发挥说："中国人的悲秋，除了屈原对秋日悲凉的咏叹是最早的起调之外，大约就是上述三位（指宋玉、江淹、柳永——笔者注）共同完成了'悲秋'的形象工程。莺莺的咏叹，仿佛是触景生情，脱口而

---

① 李元洛：《元曲山河》，中国工人出版社2023年版，第37页。

出，其实包含了深远的文化意蕴，其源有自，如同面对已出山的小溪，令人遥想那未出山时的山泉。"① 在极简略的论述中，指出了中国数千年来悲秋情结的源流与演进，点出了莺莺集体无意识与离人、季节、传统的关系，还对借鉴与创新的思想作了形象的比喻，不是学术有专攻，不是笔下生花，不可能有这样深刻、准确而形象的文字。

三

本文开头就说过，李元洛是诗文化散文的首创者。他的起点很高，一出手就把一面旗子插在了一般作者和读者只能仰望的散文大山之上，让我们攀爬起来不那么容易。

我们在第二节做的，是从文体角度探究了李元洛系列散文的兼类性，若从全景视角出发，笔者以为他的创作有五个方面特别值得注目。

一是开创性。从散文创作来说，他开创了很多作家进不去，很多学人不能写的一个特殊题材领域（元曲和清诗至今还不被人多加青眼），将古代名诗中牵涉的诗人、诗作、诗事、诗生存、诗历史、诗接受、诗评论、诗影响与诗未来等，所体现出的诗主体文化、诗交流文化、诗文体文化、诗传统文化、诗美学文化与诗哲学文化熔于一炉，就像一台精彩纷呈的民乐大合奏，各美其美，各善其善，又美美与共，丰神绝代。使从屈原、陶渊明、李白、杜甫、苏轼到谭嗣同、苏曼殊等人的人生与作品在当代一切可阅读的空间，又形象地、生动地、深刻地新排一遍，重演一遍，

---

① 李元洛：《元曲山河》，中国工人出版社2023年版，第35页。

且屡开新境。他的探索，打开了跟散文、学者散文、文化散文、诗文化散文有关联的很多空间与心间——思维的、感觉的、文体的、方法的、地方的、历史的、心理的、美学的、哲学的等，绝不是职场之文、应景之文或别的什么文章，他们几乎篇篇都神完气足，与诗人同悲同哭同歌同快乐同生死，是那种有生命交感的全息创作，是为开创之功。

二是系统性。李元洛自从 20 世纪 90 年代中期，从诗论移情到与古诗有关的散文创作，至今已出版《唐诗天地》《宋词世界》《元曲山河》《清诗之旅》《绝句之旅》和《古典诗词课》（精选前五书之外，还补写了诗经、楚辞、曹操、陶渊明、南北朝乐府民歌和明代诗歌），共六册，近 200 万言（他在创作诗文化散文的前后或同时，尚出有《诗国神游——古典诗词现代读本》《一日一诗》《古典情诗览胜》《人间情诗》和《唐诗分类品赏》数书，偏于理性，但仍有充沛的情感与适度的文采），让他认可的历代大诗人好诗人，在他用学识与激情搭建的舞台上且歌且舞且吟啸，系统性地展现出了中国人精神家园核心经典之大美旋律。直至目前为止，笔者也未曾见过如此宏大的且一人扛鼎的大型诗文化工程。没有他近三十年精心的设计、生命的再次投入、特别是对诗歌创作能力（诗才）的把握（他的《诗美学》认为，诗歌的创作能力主要是"敏锐的意象感受力、高强的情绪与意象的记忆力、丰富多彩的想象力、生生不息的创造力，以及对语言文字的敏感力和高强的驱遣力"，[①] 他把这些能力也用在了散文创作上了），这一切都是不可能的。这些系统性诗文化散文的出版，

---

① 李元洛：《诗美学》（修订版），人民文学出版社 2016 年版，第 15 页。

使他在成就了一位诗论家、诗词鉴赏家之后，又成就了一位散文家，学者散文家、文化散文家、诗文化散文家。

三是文学性。文学性当然是指一个文本的文学本质特性，是由语言表现出来的感性、人物、故事、结构、比喻、联想、象征、意义，尤其是文体和文体间的创造性与艺术性；有时，也指文本整体带给相同文化传统和不同文化传统读者的新颖感与冲击力，对日常语言甚至生活来说，它就是超越性。中国历来就有将诗话、诗评、诗论写得富有诗意的文本，如刘勰的《文心雕龙》，用的是骈体，但它更多讲的是各种散文体裁的创作法则；司空图的《二十四诗品》，用四言古风以诗论诗，但总觉短小局促；当代如刘逸生之《唐诗小札》者，确有清新之作，然只对文本，不旅不考不兼类，仍属赏析文字，不能与李氏旅而考，考而思，思而古今中外、大开大合，集各类体裁于一章即兼类散文的立体式写作相提并论。李氏散文的文学性本文第二节已有详述，此不赘。

四是学术性。他毫不避讳自己的追求，要"着力融汇学术与文学，让学术文学化大众化而不面容严肃城府森严令人望而生畏，让文学富于学术底蕴文化含量而提高自己的质地品格"。梦想创新散文文体，是李元洛自 20 世纪 90 年代以来树立的目标，而他十余部诗学专著，则是诗文化散文那面大旗下的底座。他散文的"学术底蕴"来自他半个世纪的诗学研究，不但穷搜精读中国古来（包括台港）的诗话、诗论与各类诗学著述，还广被西方自亚里士多德、柏拉图，直至英国湖畔派、俄罗斯的文论家和美国艾略特以来的诗学、文学与美学理论。在他的散文作品中，看得到他的阅读和他的引用，古今中外手到擒来，没有任何局囿，又那么精到准确，如庖丁解牛，无微不至。他把他在《诗美学》里阐释过的许多美学思想,如主体美、意象美、意境美、含蓄美、通感美、创作与鉴赏的互动之美,甚至现代的精神分析、接受美学等,富有创造性、灵活性地运用到了历代诗人诗作富有激情和识见的夹叙夹议之中。他在描绘唐诗、宋词、元曲和清诗的天地、世界与山河的同时,也向读者洞开了哲学、美学与诗学理论的一扇又一扇大门与重门,悠远、新奇、古色古香,但都有诗的灵辉在闪耀。去看看《小漂泊与大漂泊》,在新解马致远的极品小令《秋思》的过程中,他是如何定义"小漂泊"与"大漂泊",又如何互证集体无意识与接受美学的,这与当代很多人在欣赏唐诗宋词时沿用的印象式、即兴式或感悟式的点评有很大不同。

五是时代性。李元洛曾说,他的散文是要抒写自己对古典诗人与诗词的生命体验和人生感悟,并力图开掘阐释不尽的古典的当下意义与现代价值。其实,就像他在《诗美学》里说的,他的创作大过或超过了他的意图与思想。这话怎么讲?李白、杜甫、苏轼有他们的时代,作者也有自己的时代,这两个时代有着不同的时间与空间,也有不同的时代性,但通过作者的诗文化散文,通过他对蕴藏在古诗词的人的生命体验与感悟,使两个不同的时代产生交错、比照甚至协同与协进。因为人性是很难变的,虽然文化推动时代在前进,但那些沉淀在前时代的文化、文学与诗词的经典,是要靠后时代的知音不断活化、再生、再创造,才能让前人的生命再度醒转过来,甚至创造新的生命及其价值,与我们新时代的灵魂发生共鸣、共享与共建。这样前后的时代就在李氏的散文里发生了互照、互证与互动,他们都是时代性的一环。如果你读了《卷起千堆雪》,再读一读《千秋不死的英魂毅魄》,你就知道苏东坡的词风何以因时而变,而文赤壁的江流水声不复再闻；也知道谭嗣同这一个"非常人"的雄诗大义，如何仍在当代活着。这些作品不仅以今探古、以今释古、以今新古，以今创古，还有对古而照今，借古而讽今，返古以促今，彰古以励今的诸多信息。

自梁启超以来一百多年的中国现当代散文史上，所谓大散文或长篇散文始自沈从文，他在20世纪40年代写下《水云》《凤凰》和《一个传奇的本事》，都在万字以上，《水云》则超过二万字，以记叙为主，特别是糅进了小说的体性，可谓稍早的白话兼类散文，划进一流散文的行列是没有问题的，但还不能说是典型的学者散文，因为缺少学术的品质。直到余秋雨，他的大文化散文来了，多数都在万字以上，但焦点不在古典诗词的喜马拉雅。直到一直行走在中国诗词高原地带的李元洛披甲上阵，忽地从一个鉴赏者、描述者、概括者，诗美学的建设者，摇身一变成为一个意图用语言为唐宋元清几个大朝的名诗人、名作品，建立一座立体式的、现代化的诗词博物馆来了。他用诗歌的、散文的或游记的、小说的、戏剧的或电影的、文学评论或诗评的、甚至还有类似拉美魔幻现实主义或超现实的叙事手法，将他盘踞了半个世纪的古诗词领地进行了颠覆性改造，在题材的开创性、文本的系统性、语言的文学性、内容的学术性和主题的时代性上，加入了学者散文、文化散文的当代俱乐部，尤其是创立了自树旗帜、勇夺魁首的诗文化散文，这是李元洛除他的印行四版之近六十万言的皇皇大著《诗美学》之外，他对当代文学特别是当代散文最大的贡献。

2023 年 12 月 19 日于天津旅次
——原载《名作欣赏》2024 年第 13 期

破茧而出的散文文体家
——彦火散文创作综论

中国地大物博,南北东西差异较大,自古以来,由于地理、风俗、人文等形成的传统,地方文化对一地文人的兴趣、行止、成就等构成相当影响。近代以来,闽籍才子于文学领域集中在散文创作与文学评论两大成就上,而彦火(潘耀明)兼而有之。

彦火自中学时代开始写作,近六十年而不辍;在香港中学毕业后即投身新闻、编辑与出版界,从底层开始奋斗,直至先后主持多个杂志、出版社、报纸副刊和网站的编务,迄今仍孜孜矻矻工作着;同时,他中年以后担任数家文学社团的领袖,被称为香港文坛的宋江;又由于公务、学习、交流和个人的兴致,足迹几乎踏遍五大洲,遂有四种身份与经历的互补与互成:

既有学者的气质与理性,喜欢引用、研思与概括;有编辑家的敏捷与执着,长于策划、记载与呈现;有社会活动家的能量与热情,善于交际、组织与行动;更有作家的感性与能力,擅长观察、游历与创造。他充分动用了地方文化与文学的积累,挖掘和坚持了自己的兴趣与爱好，还发挥了香港的独特地理与资源优势，用世界的胸襟、中国的身份、香港的眼光和散文的笔致，使他整体的文学事业呈现出一种泛散文化书写的奇特景观——生活是散文，散文是文学，文学的方方面面自然也历练成散文式的表达。可以说，彦火在创作上不诗、不小说、不戏剧，不是他不能，而是地方文化、个人性格与事业理想所造成。从1974年到2018年的近30部著作中，除一部分作家评传、文艺批评和政论不能划入文学创作，其他成果全都可以归纳进中国文学发生最早、涉及领域最宽、成果也最多的广义散文领域了。

他的作品，涉及散文文体不少，我们可以分为两大类型：一是以描述和抒情为主的散文，如游记、人物小品、咏物小品和饮食小品等；一类是以议论和说理为主的散文，如文艺随笔、序跋散文、哲理小品和杂文等。下面分两类择其重点述而论之。

一

游记是彦火散文创作的"重工业"，也是他成为世华重要作家的"看家"文体。第一次出游24岁，新婚旅行，跑大陆，从北京到江南，不算快速的火车带着一颗好奇的心灵，从夏天感动到秋天。第一本小册子《中国名胜纪游》① 收了他40篇不算长的游记作品，虽然初出茅庐，不少文本有些稚嫩，甚至还有句子不畅、形容不当，知识有误（如错把琼花当昙花），观念受限（如赞扬围湖造田和林立的烟囱），但他出游有道，立场鲜明，

---

① 彦火：《中国名胜纪游》，港青出版社1974年版。

以"祖国"为傲。这在1971年的时候,中国大陆还处在如火如荼的"文化大革命"中,相当不容易。如果你看了这本书,你还会发现,他的性格与兴趣已经对所游所历之景有了不易觉察、但是相当坚定而明晰的选择:对于当代的人造工程,他的笔墨往往流于新闻式报道;但一走入山水古迹,五官七窍的真性情就会潜滋暗长(这一点,《醉人的旅程》"扶桑鳞痕"一辑中的《那夜·风吕》《厚厚的苔意》《寄情山水花木》和《冷艳的富士与乙女》一组,有极深入极典型的表达)。所以,27岁出版的第一部游记中,《八达岭放眼》《奇妙的天坛》《静美的玄武湖》《太湖烟波浩瀚》《狮子林看"狮子"》《杭州湾的明珠》《雷峰塔及其他》等篇,已经是相当成熟的旅游美文了。尤其是后面两篇,无论从积淀、观察、用情还是写景——对叙写景象的整体把握、重点把握、特色把握和艺术把握,都能达到恰切的分寸,并且养成了以"字"为游——蕴藏在字里行间的景物、感觉、情趣、思想与境界,不是以"政"为游、以"乐"为游的旧习。直到1976年,黄国彬才带着夫人畅行内地,并写下了洋洋洒洒的长篇游记《华山夏水》,若说此风由彦火开启与引领,于史实并不为过。

1979年,32岁的彦火出版《枫桦集》[①],一举奠定了至少三个方面的艺术成就:一是写于1975年7月1日中泰建交之前的《"黄金之岛"的文学》,提出"泰华文艺"的概念,首开中国文学界关于泰国华文文学,甚至可能是世华文学的批评先声。要知道,大陆学界关注海外的中文或华文文学,最早也在1980年前

---

① 彦火:《枫桦集》,上海书局有限公司1979年版。

后,而侧目泰国华文文学,则要晚得多了。彦火将世界中文文学放在一个标准、一种命运中去看待与评论,使他很早就具备世界华文文学的整体性眼光。直到现在,《"黄金之岛"的文学》仍是笔者见到的第一篇泰华文学鉴赏与批评的文字,具有开拓性的贡献。二是该书关于菲律宾的两篇游记和一篇评论——《游菲零拾》《"千岛之国"的怀念》和《菲律宾的民族文化》,由表及里叙论了菲律宾独特风光与深层人文,为中国读者揭开了殖民历史中一个岛国的新面貌。后来几年,他又陆续写下了近二十篇关于菲律宾的散文作品,在中国文学界真是绝无仅有。三是书末最后一篇《庐山偶拾》(后更名《庐山组曲》,并略有修订,以下用修订名),以"雨""雾""山""水""路""树""花""茶""松""石""园""湖""昏""夜""牯""麓"依序结章,用散文诗般的抒情艺术表现,完成了从庄子、陶渊明、郦道元、柳宗元、袁宏道、冰心、徐志摩等,从古典、现代的单篇诗化游记,转换到当代系列的交响诗抒情游记。毫无疑问,在大陆的抒情游记还远未苏醒,而世界华文版图中的游记仍以台湾的乡愁基调为主旋律的时候,这是整个华文世界于 20 世纪 70 年代末期的文体独创,为中文游记书写开辟了一条新路。

"松"的一段:

> 记得,有一次登含鄱岭,弥天雾海,咫尺不见景物。当我们摸索着前往望江亭时,在路中倏地发现一株苍虬的石松陡立在面前。它的根,深深地扎在一块巨石缝隙处,身子却凌虚于雾海之中,一似置身汹涌的波涛上,但它的腰干,却是任凭风浪冲击,兀然不动。只有那细嫩的枝叶,在风中发

出沉吟的笑语。

在长短句的交错中、在仄平平仄的起落中、在气定神闲的节奏中、在比喻和拟人的描摹中，散文诗像雕塑一样，将松的根、干、枝、叶凸显在特有的雾境与悬石之间，将庐山松傲岸而乐观的形象刻画得栩栩如生。更重要的是，众人不顾万丈悬崖的危险，争相爬到巨石上与石松合影，"人们却没有丝毫畏怯。若问这是受到什么感染？答案是不言而喻的了"。作者没有给出答案，读者可以神游八极。笔者不得不提起唐宋八大家中第一流的游记高手柳宗元先生了，他在《始得西山宴游记》中，描述了古今之人何以奔向自然并融入自然的千古奥秘——这就是"心凝形释，与万化冥合"的九字箴言。尽管"松"间之人还没能达到这个玄仙之境。彦火曾说，只有"细致的观察"，"才能透视大自然最本质、最引人入胜的东西"。[①] 当然还有勇敢甚或危险的体验，《庐山组曲》将人从俗世社会哪怕是暂时解脱后，在一个特定的时空中，与大自然形神交融的至高境界，不少地方写得动情动性又无微不至。正如他本人所期，可"用心灵去感悟人与天的契合"[②] 了。

"花"一节，出现了一个意象和一个比喻，特别值得关切：写错过了庐山春天的"花潮"，却还有夏秋的野花可赏，"在芸芸野花之中，野菊有如浪潮，涌遍山坡……而庐山的野菊，则如野火一样，挨着路边山径漫燃，这分炽热的奔放，与家菊是不可

[①] 彦火：《浅谈旅游文学（代跋）》，载《醉人的旅程》，花城出版社1984年版，第246页。
[②] 彦火：《山水挹趣·料青山见我应如是·"我的旅游文学精品库"丛书总序》，中华书局（香港）有限公司2018年版，第 iv 页。

同日而语的。"如果回头检索《枫桦集》中的四十篇散文或评论,有二十多处描绘或比喻了"火"的意象,从"野菊"到"野火";从杜鹃与红棉的"火焰"到美人蕉"滚动着碧波的火龙";从"火焰般热情的话"到"炽热的生命火焰",从鲁迅"火热的感情"到高尔基"热血会像火花一样,在人生的黑暗中燃烧起来",处处都在呼应文集题名的"枫桦"二字,不,是两个意象;不,是两片树群;不,是秋天的树海;不,还有更可以联想的作者本人——彦火。再看一看两年后他在《枫杨与野草的歌》中的一段话吧:

> 火柴棒是枫杨木,很易燃,也燃得很快,虽然是稍纵即逝,但,每次看到那一朵焰火,就感到有好一阵子的亢奋和温热。[①]

那是一朵什么样的焰火呢?复调的、奇美的、希望的"焰火",请注意,是"焰火"。我不由揣测,作者当初启用"彦火"的笔名,除了隐秘的情缘,莫不是受到了那迷人的"蓝晕橙金色的火焰"之迷惑?不错,这是彦火《枫桦集》的一个象征,象征了那个时代作者的热情、乐观、自信与奋斗的主旋律!正如他所引歌德的话:"如果你不恒在死亡和蜕变中,/你在人间,/只是一个幽微的,/无黎明的过客。"[②] 不管有意还是无心,这就是文学上的意象隐喻,正是这种系列的象征,我们发现了他的游记文本,与他的性格、人生理想和文学理想的高度一致性。

再说人物与咏物小品。散文创作的难度,在于这种文体不像

---

① 彦火:《枫杨与野草的歌》,福建人民出版社1981年版,第2页。
② 彦火:《生命,不尽的长流》,天地图书有限公司1992年版,第Ⅱ页。

诗歌、小说与剧本那样音乐化、故事化与模式化,把人和物放在一种非情节化的语境中表现,又要能吸引人,在考验着一个散文家的艺术功力。彦火认为,"生命是有尽的,但与这个时代一同煎熬的文化人和文艺家,他们的文章道德,却是永存的"①,他以"返影入深林"式的悲悯情怀,写了很多文艺界的人物,有些文本达到了相当的艺术高度。如《伟大的现代舞蹈家——玛莎·格兰姆》②,以文字再现舞者系列的舞台动作,细腻生动,如在目前;又以坚定、简洁、准确的评语评述,看出来他在不同艺术知识中的现场捕捉和表现能力。又如《探望弥留的俞平伯记》,不长,千字左右,却大可欣赏彦火小说家的才能。从现场铺叙、到追忆、到插话、到典型物件的聚焦、再到点睛式的抒情与议论,简直可以作为叙事学的教科书了。看这两段:

> 我踮踮地走到他的睡房,只见他原来细小的躯体更缩小了。躺在床上如一只晒干的大虾米、佝偻着;脸太苍白了,以致看不到半点血色。只有微起伏的胸膛,才令人感到他尚在我们的身旁。③

彦火的那个比喻真的太狠了,可怜的平伯老。可以肯定地说,看到这个场景的人少之又少,但读到这个大悲悯的人应该不只我一个。作者连"微微"两个字都舍不得用,因为那会有连续性,说明生命有正常的节奏。从平伯老的身形、脸色到气息,

---

① 彦火:《生命,不尽的长流》,天地图书有限公司1992年版,第Ⅲ页。
② 彦火:《旷古的印记》,勤+缘出版社1993年版,第180—186页。
③ 彦火:《旷古的印记》,勤+缘出版社1993年版,第16页。

现实主义式的人物形象描写得再真实和再悲怆不过了。

请注意"踽踽"一词，把作者的恭敬、小心、爱戴和不忍心又不得不看最后一眼的情状描摹得相当准确。同一篇还有一个追忆："过去，俞平伯老听到我来，例必抖抖索索地从书房晃到客厅"，这次他已失去听觉了，不能。"抖抖索索"与"晃"是联动词，表现了平伯老虽老态且残态了，却闻其声而动其身，期盼和热情一如其面。彦火从第一篇游记开始就非常讲究用字用词，平常的用得不平常，少见的也可以时有所见，甚至自组新词以摹情状物。这一层功夫，是一个蓄意创新、不甘心被现有字词所拘囿的作家才能办得到的。

彦火的咏物小品不算多，但确有顶尖的作品，建议读一读《大地驰笔》中《想起斑斓的海贝》[①]，尤其是《焦点文化》中那篇《最系人的窗前月》[②]，把中国人千古以来的情意结写得美透了又亮透了，真的是路远而乡近，窗小而月大，纸短而情长。同时，还将散文的引用与借话，以扩大空间、时间与心间容量的艺术手法，运用得很纯熟。

《明报月刊》先后发表了不少谈饮食的文章，没有通读彦火作品之前，总觉得他是一个会吃会喝会编的美食家，不一定会将案上之菜、桌上之肴与口中之味像梁实秋、王世襄、蔡澜、逯耀东等人一样优美或俗美地写出来。读了《山水挹趣》中的"味蕾之旅"，读了《焦点文化》中的第一辑"酒文化"；读了《一代人的心事》和其他著作中的饮食散文或随笔，觉得他的这类美文不止于饮与食，还有更多的情怀与更深长的文化。

---

① 彦火：《大地驰笔》，香港文学研究社1980年版。
② 彦火：《焦点文化》，明窗出版社1990年版。

《茶香之外的梦》[1]，从香港的"叹茶"说到人生的"品茶"，以为"真正的品茶阶层是在品茶中品诗、品画、品文、品史、品人……人在从容悠闲时，会排除了亢奋过激情绪，从而领悟到诗书文章的真谛，甚至直接产生诗情画意和漂亮的作品"。这像有些现身说法的夫子自道。朋友们都知道，原名潘耀明的彦火先生虽不贪杯，但逢席有酒甚或必酒，总能打动他的兴致，这是不在话下的。[2] 这里面还有什么更深刻的东西吗？可能有。他断言："人生的巨大权利，就是消闲的权利和逍遥的权利……中国知识分子与激进思潮难以相容，并非没有道理，这其中有一点便是感受到消闲权利被剥夺的切肤之痛。从这一意义上说，饮茶文化艺术具有疗养民族伤痕之效。"好家伙，这高度一下子蹿到了民族文化心理学的山峰之上了，这当然是指向某个时代的，不能说完全没有道理。

《味蕾之旅》第一辑的文章，使笔者对彦火又产生了三个印象：吃到了好的，必定追根究底，从原料到烹饪到食客到气氛，他都一一不会放过，记忆力与文字烹调功夫真真了得；吃到了不好的，路上、车上或桌上，他会有气不过的调侃甚至批判，虽然温柔却也时或尖锐，但有一定的道理；更重要的是，这一题材的轻松悠闲之态释放了彦火平时被束缚了的创作能量，有些篇章将他幽默风趣的才能也激发出来，如《钟情美食的文人》，第二节写汪曾祺，道出汪老自述一生崇拜"三美"——美食、美酒、

---

[1] 彦火：《茶香之外的梦》，载潘耀明《一代人的心事》，江西教育出版社2017年版，第68—69页。

[2] 彦火在《揭开郑愁予一串谜》中曾叙说第一次与郑氏见面："有酒助兴，话匣子一打开，就如小溪的流漾，没有歇止。"《海外华人作家掠影》，生活·读书·新知三联书店香港分店1984年版，第73页。

美女，且不介意人家称他"酒鬼"，真正让人忍俊不禁。这一风格，他在饮食美文里表现得最为突出。

酒是可以交际的，可以助兴的，也是可以解忧的，这是民众的一种习惯，也是文人的一点趣味。吴祖光主编的那部《解忧集》我至今无缘读到，但彦火将成书的缘由，以及缘由之外的人事，人事之外的故实与文艺，在"酒情难却"的况味中勾勒出了不少令人回味的窖藏。譬如中国酿酒与喝酒的历史可追溯到龙山文化时期；譬如"中国的愁绪不绝如缕"，"酒是苦人浆"的感叹；譬如酒对于提笔杆的人，大有助于创作欲望和灵感的爆发；海内外文艺界的酒徒、能手、强手、高手、酒圣、酒仙等；又如明代王士禛撰有《列仙全集》，无一神仙不会饮酒，"酒仙"大抵由来如此；台湾曾教授力倡喝酒之酒趣、酒量、酒胆和酒德四部曲，且各有内涵；不少名家借酒挥毫，作者则最爱李白的《月下独酌》，其"三杯通大道，一斗合自然"在他的散文里引用多次了。至于《茅台酒的偷渡》一文，则将20世纪七八十年代茅台在台湾的"奇货可居"写得有点惊心动魄。借引1988年1月号《联合文学》刊发台湾知名诗人渡也的作品："仰首，合目，一饮而尽/贵州的山山水水/全在肚子里耸立，蜿蜒/叫他回去"，① 酒里竟然有国家地理与民族大义，这就是彦火饮食散文里的文化春秋。

二

随笔这种文体是非常难以界说的。四大文学体裁中，散文最

---

① 彦火：《焦点文化》，明窗出版社1990年版，第17页。

难把握；散文文体中，随笔又最捉摸不定。文艺随笔，我想至少应该满足三大要求：一是所写事物都与文艺有关；二是要有文学性，予人美的享受；三是不能写成诗歌、小说与剧本，否则，不能谓之"随笔"。用这样的初则来要求，彦火的两部《当代中国作家风貌》，大多只是文学评论、作家评传或评介，只有少数篇章够得上随笔作品（当然，也有一些居于两者之间）。但《枫桦集》《旷古的印记》《生命，不尽的长流》和《一代人的心事》等书，有不少好随笔。

  从这些文艺随笔，我们发现彦火能有如今的成就绝非偶然：他读了很多书，尤其是现代中外的文学作品；他跑了很多山水与城市，增加了作品之外的阅历；他交际了很多文学界朋友，老一辈的、同一辈的、小一辈的，使他的随笔里面总是有着感动的生活与独家的秘闻；他还有着良好的艺术直觉和理性思维力，能很快把握文学或艺术作品的优势与不足；更重要的是，他在老一辈作家和批评家曹聚仁、刘以鬯等人鼓励下，在长期的阅读与写作中，做了"润物细无声"式的知识储备，这些储备，我以为包括五大块：爱国主义的政治立场；现实主义文学的理论素养；民主自由的思想倾向；苏俄等外国文学的影响；还有最重要的一条，就是中国现当代文学尤其是鲁迅、巴金、沈从文、张爱玲以至金庸等人的熏陶。这之中，鲁迅和巴金的文学观念及其创作占有支配性地位。其实，他是一个在主流文学理念与自由民主思想中，不断拉锯不断前进的人，这既与他的出生和成长有关，与他所在的城市有关，也与他长期主编的杂志有关。读他的文艺随笔和文学评论，我们发现，一个兼有散文气质的、也是一个较为复杂的文艺批评家慢慢站起来了。这对于一个没有经过文艺理论专业教育的人来说,相当不容易。

他的艺术随笔,涉及绘画、音乐、戏剧、舞蹈和饮食诸方面,《百岁老人朱屺瞻》,是在评述一个大画家,文分三节《独·力·简》《竹啼兰笑》和《宇宙物情》,从"朱屺瞻百岁画展"起笔,介绍屺老"如何成为既有中国特点,也有世界性的艺术家"。其实就三个字:独、力、简。"独"是不依门户;"力"是"笔所未到气已吞";"简"当然是简练,但屺老说"数笔写意者,贵不在其简。贵在简之外,写出无限的宇宙物情,人间事态"。这当然是从《周易》思维继承下来的极高明的画论,彦火竟然让这三个字贯穿了三节,不断反复,又不断深进,结构上很有些像四重奏的回旋曲,又有些像交响乐一样,不断蔓延,又不断回到主题上来。他还偷偷借用了鲁迅散文的笔法:"只记得其中一帧是二尺水墨,画的是瀑布";隔了两段他又说:"另一帧还是水墨,题目依稀是'风过之后'。"整篇随笔散文味十足,又凸显了屺老的艺术精神。此外,还有《林风眠的潇洒》《影响一生的话》《他说:不在风里睡觉了》《黄永玉的文学因缘》《真假莎翁》《梵高的寻觅》《〈犀牛〉及其它》,加上前面提及的写舞蹈家玛莎·格兰姆的那篇,都是相当不错的。

彦火的文学随笔数量要比以艺术为题材的多出不少,这当然与他的主业有关。《自由人——阿城》[①] 是一篇典型的香港框框杂文式文学随笔,叙述也好,描写也好,议论也好,点化也好,基本上是一个句子一个段落,跳跃很快,弹性大,可用快餐式阅

---

① 彦火:《旷古的印记》,勤+缘出版社1993年版,第76—79页。

读法，跳过一两句关系也不大。但问题还是相当幽默，他把饮食散文里轻松随意的心态和笔法端了过来，以一个老朋友的身份，透露一个老朋友的行踪及其写作。这篇随笔不追求深度，追求的是阿城的脾性——"他人是个谜，吃不透"，以及由此造成的新闻性经历——他的确很自由，想做什么做什么；但他没有定力，经常改变主意，让外界捉摸不了。文章因此转折的层次也特别多，像他的经历一样跌宕起伏。里面还有不少技巧，比如说：自《三王》之后，"阿城便在阿美利坚迷失"，这第二个"阿"字，将阿城在美国购了一辆二手流动汽车酒店，在他自认为的自由而亲密的世界"浪荡"的心态与情态有关，妙而谐。还有，后面的"他人是个谜"远扣前文的"迷失"，这两个同音不同形的字，也别有深意。这篇随笔，让彦火的散文风格不尽是温柔敦厚，也不尽是对政府和社会进行的猛烈批判，他还有第三种调子，就像《钟情美食的文人》中的汪曾祺，就像随笔《书呆子杂趣》等文一样。这几篇随笔当然也可以划到人物小品里去，文体没有绝对的分类。

文学性稍弱但思想性较强的文学随笔，这一类在彦火还真不少，如早期的《文艺·生活及其他》《也谈文学的本质》《太平天国与文学革命》[①] 等文，均相当有分量。前两篇基本建立了他的生活观、现实主义的文学观——文学是一种社会的意识形态、艺术家的勇气与韧力、文艺的教育与审美功能、艺术提炼与典型塑造等；后一篇，不但赞美金田起义"在中国人民反帝反封建的斗争史册上，写下了灿烂夺目的一页"，还肯定"太平天国的诗

---

① 均见彦火《枫桦集》，上海书局有限公司1979年版。

歌，处处迸出革命之火，燃烧理想，鼓舞斗志，它是永远不灭的人民的歌声！"① 那时大陆刚刚开放，关注太平天国文学改革和创作实绩的人并不多。

卷首语、编者的话或编前小语等，是一种跨文类，一种写作中的写作。一般来说，要根据该期杂志的编辑意图、重点内容、作者或栏目来概括、提炼、发挥与点亮。一篇文字有限的卷首语是停留在一般的评介，还是上升为一篇优秀的文学作品或散文，既与重点内容和原文作者有关，也与卷首语作者的拿捏、心情和笔力有关。为了保险起见，我们仍然沿用"序跋散文"的概念，只将卷首语、编者的话或编前小语中富有文学性或准文学性的那些文本，作为这篇论文的主要研究对象。

《明报月刊》是一份泛文化的知识分子杂志，以全世界的华文读者为对象，它每期的主要内容都与中国时政、节令或文化的焦点有关。彦火任《明报月刊》总编辑近30年，写下了大量的"卷首语"，这在世华文化、出版和文学界恐怕又是一项纪录。本文集中精力研究《一代人的心事》，庶几可以窥见潘耀明卷首语写作的整体面貌。该书收录了105篇卷首语，称得上序跋散文者接近一半，看出来它在文学创作上的分量。这些文本的总体特征可以概括为四句话十六个字：思涉多边、锋出八面、起轻收重、文采斐然。

从内容上说，《一代人的心思》之序跋散文涵盖了四个方面，一是守宗旨。首篇《春天，是播种的时候》②，就重述了该刊的成功经验——"恪守'独立、自由、宽容'的信条"，并将

---

① 彦火：《枫桦集》，上海书局有限公司1979年版，第102—112页。
② 潘耀明：《一代人的心事》，江西教育出版社2017年版，第1—2页。

《发刊词》所说的"我们坚信一个原则：只有独立的意见，才有它的尊严与价值"又复述一过，作为新任总编辑的大方向。几年之后，他在《独立之精神，自由之思想》① 里，将陈寅恪的话上升为"人文精神"，并引用前任总编胡菊人的话："《明报月刊》从未偏离探讨中国文化路向、关切时势人心的精神，这种精神，我们祝愿像她的名字一样，有日月之明，不断地发出亮光。"当然，潘总编辑不忘补上一句"本刊同人当以此自勉"，足见他坚守办刊宗旨的决心。这一层意思里，也有他尊崇传统，并在传统中创新的愿望。

二是讲政治。如果分政治为大小，小政治指国内，大政治指国际，作者都泾渭分明。回归前后的香港局势，他都有专题策划和深刻批评。《自由是可贵的》② 一文，交代为何出版"九二香港展望"特辑，"对香港九二年的政治、社会、经济做出全面分析和预测"；《知其不可为而为的血性》，指面对金融狂飙，"当官的只有维系香港社会安定繁荣下大决心，并要具有'至死不渝的血性与气魄'，关心民间疾苦，才能渡过这个百年一遇的大难关"。《想起胡秋原》③，颂扬他是"两岸破冰第一人"，并把胡氏放在"统派人物"的背景下来谈他知识分子的独立人格，"巨匠长逝，光风犹存"。《征求"丑陋的日本人"》一文，以德国人的深刻悔过为参照，历数日本侵略者对中国犯下的滔天大罪，"欢迎读者提供'丑陋的日本人'史实资料"，"目的是迫使日本当局老老实实地认错和做出实际的赔偿，还中国人一个公道，以抚

---

① 潘耀明：《一代人的心事》，江西教育出版社2017年版，第34—35页。
② 潘耀明：《一代人的心事》，江西教育出版社2017年版，第6页。
③ 潘耀明：《一代人的心事》，江西教育出版社2017年版，第184—185页。

慰我芸芸死难同胞的亡魂"。这一举动,需要何等的正义之勇?!黄维梁说"在香港出版的《明报月刊》的多元内容中,必然有关于香港的,也应该有中国的,以至天下的。于是港事国事天下事,当然都关心",诚哉斯言!①

三是重文化。《明报月刊》是文化的祭坛,这在总编辑的卷首语里体现得淋漓尽致。当大师级人物季羡林提出"二十一世纪是东方文化的时代","东方文化将取代西方文化在世界上占统治地位"时,作者立即写出《迎接东方文化世纪》的卷首语,并欢呼"在新的一年,让我们迎接气势磅礴的东方文化世纪的到来!"十年过去了,这一呼声在国际上越来越嘹亮了。物理学家高锟不像有些科学和哲学家,对人生的结局充满悲凉,相反他是豁达的,他脸上永远漾开一朵"澄澈如溪流、银亮如秋阳"的"透亮笑靥",为什么?作者把他的爱、感恩和学养提升到"文化情怀"的高度,从小有了中西文化的熏陶,高锟不走极端。《人与天道的关目》②,讲的是潘氏创作、研究与号召的志业——世界华文旅游文学及其国际学术研讨会,在界定了何谓旅游文学、阐述了旅游文学的文化力量之后,他概述了三届会议的主题及其丰硕的收获,并宣称"如何把旅游提升到文化层次,以文学之眼看世界,更加亲近大自然的天籁、天趣,才是我们所追求的宗旨"。

四是仗名家。这跟杂志的泛文化品质有关,它走的是传承和创造文化的知识分子路线,当然就不能漠视从俗文化到雅文化、从行动文化到抽象文化和系统文化的转换群体——文化精英们的

---

① 潘耀明:《一代人的心事》,江西教育出版社2017年版,第3页。
② 潘耀明:《一代人的心事》,江西教育出版社2017年版,第194—195页。

成就与影响。月刊尤其重视中国文化各个领域的大师或大家,为他们发文章、写评论、做专辑、做专访、做纪念等,不一而足。彦火的卷首语不但经常引用他们的观点,推介他们的成就,更为他们的思想和精神能深入民心、深入历史、深入文化的土壤而呕心沥血。

从序跋散文的艺术表现来看,笔者特别请读者诸君注意《明报月刊》每年两个月的高光月或高光期:一个是二月号,多在春节前后,冬去春来,又有佳节美酒,作者的卷首语每每意兴超拔,笔下生花。像《春天,是播种的时候》《岁首谈酒》《春到人间万物鲜》《"满天红影下如潮?"》《春天的情思》《"春天,是复活的季节!"》《人与天道的关目》《也是新春感言》等,真是春意盎然,美欤盛哉!《春天的情思》①从普里什文笔下引出四季歌吟,并析出"中国的春节,欢乐中谈论的总离不开自然之春、社会之春、心灵之春这三种梦想",进而对社会之春和个人生命之春再次描摹与深化,将诗一般赞颂的焦点集中在以中国"勇敢而理性的改革者"身上,再衍生"一切为人类进步而努力的改革者与创造者"身上,"节日的第一杯美酒属于他们"。该篇是上述四大内容要素的集中体现,情绪沉郁中溢满昂扬;结构步步深进,节奏充满散文诗般的抒情笔调,是从内容到形式相当完美的散文作品。

一个是十一月号,瑞典皇家文学院在上月(此时,十月号的《明报月刊》已上市差不多半月了)颁发各项诺贝尔奖,尤其是文学奖,这亦是该刊(有时还止于十一月号)的文化与文学之

---

① 潘耀明:《一代人的心事》,江西教育出版社2017年版,第64—65页。

盛宴，作者借题发挥，每有新见或预见。像《政治是短暂的，文化是长久的》《走出"孤独的迷宫"》《诺奖与中国作家世纪情意结》《巴金、库切与强国梦》《她说，祖国是"有罪民族"》《诺贝尔文学奖与文学的"道"》《破读"高锟的笑容"》和《文学世界的莫言》等。这组散文相较二月号的艺术能量弱一些，但《破读"高锟的笑容"》是其中的佼佼者，前文已有论及。1999年1月，彦火在《诺奖与中国作家世纪情意结》中预言："中国作家的才能绝对不在其他国家的作家之下……不难期待在下一个世纪有伟大作家和伟大作品的出现！"话音未落，就有一位中文作家获得诺奖；再过10年，又有一位获得诺奖。他的判断，是建立在广泛阅读和中外文学比较基础之上的，而现实的回应，加强了《明报月刊》卷首语许多论断的历史逻辑。

杂文和哲理小品彦火写得不多，也不是他的代表性文体，不论。

2019年3月30日上海鸿羽堂

《世界华文文学论坛》2020年第1期

王蒙论文三术

王蒙是小说家、散文家、诗人，即他首先是一位作家。然后，他又是一个思想家，至少在目前可以说是一个文艺思想家，当然的文学理论家和批评家。

作为中国当代的文学批评家，王蒙有些另类。在政治上，他从小就热衷革命，到老也没有动摇过毕生的信念；他受过组织的打击，也曾站在某一组织的潮头；他的批评从来不回避政治因素，但对政治有着冷静的态度，并最终将政治、文学、理论作了很好的结合。在身份上，他没有本科或博士，也不是一个出入讲台或研究机构的学者，但他从边地一回京就有加深学养的愿望，掌握了英文后，更是如虎添翼，学识日渐精深。因为作家的思维习惯，他对理论与批评的表达，不是那么学院派，不强调注释或严密逻辑。但他不搞名词轰炸，他不搞唯洋诺诺，他不搞强词夺理，他也不搞山头主义，他搞的是王蒙主义，他在文学理论与批评上有许多自己的体会与发现。他曾说，《红楼梦》讲"'世事洞明皆学问，人情练达即文章'，有很多人认为这句话说得不好……但是我个人觉得如果一个人既善良又聪明，既经验丰富又有他的正义感,不是比那傻善良的人更好吗?"①

他有曲折的阅历,他有坚定的立场,他有独特的创作,他有丰博的学养,他有广泛的交际,他有灵动的智慧,他有宽厚的襟怀,一句话,世事洞明、人情练达、文学精通。他是学者群中的作家,又是作家群中的学者。他20年前在一篇纲领性文章《文学三元》中,"试图提倡一种尽可能打破过分偏狭的文学观的排他性的通达态度"②,他坚持了,也做到了。总括起来说,王蒙的文学批评,是一种贯穿在中西古今文化、文学传统中的通达的文学批评,这又可细分为三个方面:即道术、艺术和技术,我称为论文三术。

先说文学的道术。"道"在老子的哲学里是宇宙的本体,是一切有形和无形物的发源地:"道生一,一生二,二生三,三生万物。"(《老子·四十二章》)"道"又是中国哲学里最形而上的概念:"有物混成,先天地生,寂兮寥兮,独立而不改,周行而不殆,可以为天下母。吾不知其名,字之曰道,强为之名曰大。"(《老子·二十五章》)老子的互阐,既感性又智慧。这种物理的立场,万物之母的直觉,为不被视、听、嗅、味、触摸,只可被思维和感动之象正其名的认识论,为中华民族的世界观、道德观、政治观、文学观等,奠定了最重要的思维基石,成为我国无数代人探求宇宙本原的追梦大道;成为某一学科永无止境的研究总目标;成为文学艺术一幅无比生动然而又异常朦胧的图

---

① 王蒙:《〈红楼梦〉中的政治》,载《王蒙新世纪讲稿》,上海文艺出版社2005年版,第115—116页。
② 王蒙:《文学三元》,载《文学评论》编辑部编《我的文学观》,上海社会科学院出版社1987年版,第340页。

景……以后无论是孔子、孟子、庄子，程子、朱子还是屈原、李白、杜甫、苏轼、鲁迅等，都踏在这块看不见的石头上，过了一条又一条河，一片又一片海……依笔者浅见，道，是介于宗教世界与现实世界之间的本体性概念，是人类视觉暗区和明区的交汇所在。一个以汉民族为主，缺乏统一而强有力的宗教传统的国家，如果事事只盯着"万物"、盯着"有"，不去遥望一、二、三，去想象一、二、三背后的"无"，那这个国家太现实了，太拘泥了，也太不可思议了。文学的道术，就是扫过文学的"万物"，经过文学的一、二、三，达到浩荡的、超越的、美妙的"无"，人类视觉的暗区，从有到无，一望无际，无始无终。

以《王蒙新世纪讲稿》（以下简称《讲稿》）为主，我们可以将王氏的文学道术论略分作几个侧面来说。

一是文学道术的本体论。《文学三元》甚至在《王蒙文存·你为什么写作》中，王蒙好像还只藏身在文学的"万物"中，他提到了"有""无"，但只局限在社会性的正面与侧面，并不涉及哲学层次；他提到了生命，但那生命只指向人尤其是文学本身。《讲稿》开始羽化了，"无"化了，也开始超越"万物"当然也超越文学自身了。他承认一辈子真读的书只有两本，"一个是《红楼梦》，一个是《道德经》。庄子好看，但是看多了气急，因为有的地方分析得绝，有的地方发飘，不如老子，一句是一句，能砸出坑。"[①] 王蒙说："所谓'道生一，一生二，二生三，三生万物'"，而"确实有些小说在看完之后让你觉得在接近这

[①] 王蒙：《这辈子哪本书是属于自己的》，载《王蒙新世纪讲稿》，上海文艺出版社2005年版，第286页。

个'道',让你接近这个宇宙的本源、根本的规律。"①

可以看出,除了自我感悟之外,王氏最重要的知识来源一是哲学与散文的《道德经》,一是小说与散文的《红楼梦》,从前者他通向了天道(即所谓"道"也),从后者他通向了人道(即所谓"德"也)。前者他从宇宙、生活与文学生发出论点,后者他用杰出的文学作了论据。至于何为本体,王氏毫不含糊。他说:"宇宙也好,人生也好,它是由一些最基本的元素所构成的。中国最普通的说法就是'五行':金、木、水、火、土。印度的说法就是'四大':地、水、火、风。"② 这大概就是"道"体中生出的一部分象征性事物了。王蒙很确凿地告诉读者:"我有一个观点,就是本体先于方法,本体产生方法,本体先于价值,本体产生价值。"这已经相当清楚了,"道"的至大无外,至无生有,以及作者对道体在哲学和文学上的双重尊重,是王蒙理论与创作的最终归宿。

二是文学道术的认识论。王蒙认为文学是一种"路子",一种价值,因而也是一种哲学的方式。他说,文学的重要性:

> 归结为你能不能够给我新的概念,能不能够给我提供新的命题,能不能够给我提供新的解释,能不能使我对人生、对宇宙、对世界的看法产生新的变化、新的突破、新的发展,这是哲学的或思考的方式。③

---

① 王蒙:《可能性与小说的追求》,载《王蒙新世纪讲稿》,上海文艺出版社2005年版,第22—23页。
② 王蒙:《〈红楼梦〉纵横谈》,载《王蒙新世纪讲稿》,上海文艺出版社2005年版,第45—46页。
③ 王蒙:《文学的方式》,载《王蒙新世纪讲稿》,上海文艺出版社2005年版,第4页。

我认为这个表述已经覆盖了考察宇宙、世界、人生三个由无至有，或倒过来，由人到万物再到无，即由个体到明区再到暗区的全部哲学问题。这是一条悠长的即使动用人类发明的万有学科和全部智慧也终究无法完全照亮的神秘隧道。从宇宙而无的那一头，当然是黑暗的汪洋。就是人这一头呢，难道我们弄清楚了吗？难道我们敢说过去、现在和将来一定能照亮吗？但已有的人毕竟还是高明的，对无，对宇宙，我们用宗教、哲学、科学等来解释；对于人自身呢？我们用人文学科来解释，这其中包括了最世俗、最感性、最情绪、最大众化也最富想象力的文学。王氏非常了解文学认识方式的特性（"重直觉，重联想，重想象，重神思，重虚构，重情感，重整体，重根本"①），且激动地宣称："文学方式简直无与伦比"！② 他因此对文学探索宇宙人心始终充满高度热情。

比如谈到小说可能给人类带来什么时，王蒙在《可能性与小说的追求》一文中从不同角度，谈了求仁、益智、批判、游戏和美之种种，但最前之"载道"与最后之"追求永恒"最可思量。王氏认为，根据小说艺术层次的不同，小说有"超越"的功能——超越一切酸甜苦辣或悲欢离合；小说有"知命"的功能——知天命，人对自己不能完全掌握自己命运的无奈叹息；小说最大的功能就是近道，"能体现宇宙和人生的一些根本性的道理，能给人以大的智慧"，为什么呢？是因为那些杰出的

---

① 王蒙：《科学·人文·未来》，载《王蒙新世纪讲稿》，上海文艺出版社2005年版，第291页。

② 王蒙：《文学的方式》，载《王蒙新世纪讲稿》，上海文艺出版社2005年版，第11页。

小说提供了永恒的故事，对时光的抗拒，从而"反映了人把自己的精神提升到一个形而上的境界、一个永恒的境界的一种可能性"①。

从语言近"道"的角度，王蒙也作了文学认识论上独特的阐释。他认为语言与文字被创造出来后，就有了自己的规律，"语言有可能成为形而上的、最根本的东西"。他又说：

> 除了以上层次较浅的神学功能外，文字可以塑造一些绝对的价值，成为人的终极目标、人的信仰、宇宙的来源和归宿。这既是哲学，又带有神学的色彩。如孔子曰"朝闻道夕死可也"，这个"道"就是绝对价值，比生命重要得多，人以全部的生命就是为了寻找这个"道"。"道"变成了至高无上的超验的观念，虽然看不到至高无上，但是人心中有了，语言上达到了就是"道"。②

在王氏看来，语言的"道"之名与宇宙的"道"之体是一回事，一样的伟大与光荣也当然一样的神秘与绝对。文学借助文字，直通或曲通此大道。尽管王蒙像古来的许多哲学家、文艺家一样，不便或不能确凿地指出宇宙的本原或根本规律是什么，文学能够接近的又是哪些明区和暗区？但这仍然是迄今为止，我看到的文学认识论、功能论中最为深谋远虑的。它显然超越了自己

---

① 王蒙：《可能性与小说的追求》，载《王蒙新世纪讲稿》，上海文艺出版社2005年版，第22—31页。

② 王蒙：《汉语的功能与陷阱》，载《王蒙新世纪讲稿》，上海文艺出版社2005年版，第122页。

的"文学三元"论,超越了疗治国民劣根性理论,为人生的理论,寻根的理论。也能包容福斯特"时间生活和价值生活"① 的理论;包容米兰·昆德拉转述的"发现只有小说才能发现的"② 理论。

三是文学道术的批评论。早在《文学三元》一文的结尾,王蒙就宣称:"对文学进行全方位的理论探讨的时刻,已经到来了。"但那时王氏的认识还有相当的局囿,毕竟维度有限。到了《讲稿》,到了对宇宙、人生和文学之道有宏大认识后,他对文学及小说的批评思维才有一个质的飞跃。他在《文学的方式》《红楼梦纵横谈》《文学是必要的吗?》以及《汉字与中国文化》等多篇文章中讲到"一"或"总体性"。认为"汉字有一种追求事物最纯粹的本源的特性",有本义才有衍生义,并由此追踪说:"我们是崇尚'一'的,从我们的古代文化中,我们认为一个人掌握'一'就无所不通。这是带有神性的一种观念。"③ 他坚持认为"文学的方式是总体的方式",④ 并多次放在文章最重要的结构位置来谈这个问题。认为《红楼梦》无论内容、风格还是时间上,都是一部超越性的小说。"《红楼梦》最大的总体性,在于它超越了中国文学自古以来以道德教化为剪裁标准的观念。在这里,善和恶、美和丑、兽性和人性乃至佛性都是结合在一起的。"⑤

---

① [英]佛斯特:《小说面面观》,花城出版社1981年版,第23页。
② [捷]米兰·昆德拉:《小说的艺术》,孟湄译,生活·读书·新知三联书店1992年版,第4页。
③ 王蒙:《汉字与中国文化》,载《王蒙新世纪讲稿》,上海文艺出版社2005年版,第303—304页。
④ 王蒙:《文学的方式》,载《王蒙新世纪讲稿》,上海文艺出版社2005年版,第7页。
⑤ 王蒙:《红楼梦纵横谈》,载《王蒙新世纪讲稿》,上海文艺出版社2005年版,第38页。

"道"的理念，给王蒙的批评视野及批评方法，带来了哲学性的变革。

再说文学的艺术。相对"文学的道术"而言，这是一个中观的层次，可研究王蒙如何在美的层面上探讨文学的一般艺术规律，并有不同于他人的表述。

20世纪80年代前中期，王蒙写了一篇《论风格》，又写了一篇《风格散记》①。这两篇笔调不同，立意相近，都是关于文学的一般风格论。前文给我印象最深处，就是作者的确是在自觉地、辩证地论文学、看风格。譬如说风格有主观性，也有客观性；风格要求连续性与统一性，也要求连续性与统一性的中断；风格不可刻意追求，但风格又确是修养和劳动的产物，等等。后文是对不同风格类型的描述：潇洒、机智、幽默、激昂、清明、痛苦……一则就是一首散文诗，它用意象蕴理论，用激情谈思想，将感性与理性高妙结合，让人从诗与散文中发现抽象之美惑人。

当然，笔者并不讳言王蒙文论的复杂性，他早期的就事论事，他中期的"帽子戏法"，与他近数年的沉静深远，总觉得历练太多，矛盾不少。但他的铁肩大义不变、他的敏锐激情不减、他的理论素养日进。他有一篇标题很长的文章叫《漫话文学创作特性探讨中的一些思想方法问题》，写在1983年8月，现在读来也风雨犹在，雾光满天。那个时代，中国文学界被新一轮欧风美雨吹打得心旷神怡，各路草莽都是英雄，五花八门的高论和怪论都是创作与评论的圭臬。在创作心理方面的初探与密探，当然更

---

① 参见王蒙《你为什么写作：创作谈 文艺杂谈》，人民文学出版社2003年版。

是唯洋必拜，唯说必崇。王氏用自己写《海的梦》的经验，用巴尔扎克写《高老头》、福楼拜写《包法利夫人》、茅盾写《子夜》的经验和其他许多作家在不同精神、心理状态下的创作，证明美国大作家海明威的话——要善于在写作之前抑制自己不去想自己要写的东西——是大可怀疑的，再夸大一点就成了精神病说或高烧的呓语。

> 创作劳动是一个辩证的立体的过程，而且这个过程与不知道要漫长几多倍的生活过程、准备过程相联系。它的宏观的社会性、客观性、必然性、目的性与它的微观的个体性、主观性、偶然性、自动性构成了巧妙而又困难、有趣而又危险的统一。

通过一步一步地例证，一层一层地分析，证实创作有神秘感，但反对神秘主义。"不能否定创作的目的性、自觉性与构思的必要性"，从而达到"深化和拓展正确的文艺学和创作论"[①]的最终目标。

在王蒙，这篇批评非常富有代表性。一个方面他总是与众不同，发人之反论。如文坛都在大批"三结合"，他却道"'三结合'的说法并非没有根据"。他从实践出发，又从"全社会的事业"出发。跟着来的是另一个方面：他总是将自己有意或无意地置身于革命者的角色和革命家的激情之中，好处很多，后面我们还要说的。但不好处也有，那就是我上面说的"帽子戏法"，有时与政治太近，使人

---

① 王蒙：《漫话文学创作特性探讨中的一些思想方法问题》，载《你为什么写作：创作谈　文艺杂谈》，人民文学出版社2003年版，第234—249页。

觉得那帽子太大也太重了些,与当下的论题扣起来有些晃荡。王蒙先生可能完全不同意我的感觉,他说他一点也不保守,他只是坚守,但发现他自己坚守也有保守的嫌疑时,他会警惕甚至规避。这是肯定的,在近来的许多年,在《讲稿》里,政治被他的作品和论文魔术化了,帽子变成了盐,不再是让人感觉晃荡的头顶之物。再说他革命气质、潇洒浪漫、指挥若定的一面,这也是令我至今不能吃透的。我只是强烈感到,当代的不少作家,大家与小家,王氏的前辈、同辈与晚辈,有的年老力衰,有的不知所措,更多的是离不开自我——自己的作品,自己的圈子,自我的轨道——一旦出轨,就找不着方向,在广阔的文学天地间把自己变成了一片临秋的树叶。王蒙不,他穿着一袭风衣,站在一个时代的文学高峰俯仰万象,用他特有的力量、线条、手势与声音,去调动政坛与文坛,作者与读者。现在回过头来、侧过耳去,一代的文学原野,一路的风雨兼程,许多人遗落在记忆之外,那袭风衣,却还在飘动。他对中国文坛的关注、对文艺思潮的热情和他在当代文学批评上下的功夫,在同时代作家中确不多见:

在很早的 20 世纪 70 年代后期,他自己的写作才开始冲刺,就写过一篇很长的《当你拿起笔……》,可以说是一篇地道的创作面面观,一篇指导青年写作的历史文献,至少点燃过笔者无限的梦想。他写《关于"意识流"的通信》《先锋文学失败了吗?》《王朔的挑战》和《中国的先锋小说与新写实主义》等文,主张搞一点意识流不是为了发神经,而是"为了塑造一种更深沉、更美丽、更丰实也更文明的灵魂",意识流立马站住脚;[1] 至于现

---

[1] 王蒙:《关于"意识流"的通信》,载《你为什么写作:创作谈 文艺杂谈》,人民文学出版社 2003 年版,第 186 页。

代派及其现代手法，他更是大声宣称："天若有情天亦老，人间正道是先锋"，先锋派理直气壮①；他首先站出来肯定王朔和新写实主义的意义，后者至少造成中国文学的多元，而前者呢？"王朔的人物非工非农非兵非知识分子非领导非被领导非反革命非革命非先进非落后非中间非改革非保守非正经人非黑社会……""王朔的调侃胆大包天""他太尖锐了，他戳破了所有的道貌岸然""王朔的影响正在扩大。你拦不住，更引导不了"。② 因为王蒙在理论上保护了王朔，不知要从哪个地方打出来的一条闷棍，在半空中就蓦然消失了。他主张作家最好要学者化，这是人所共知的。他还涉足文学评论，要求变革论文的文体。"没有批评的文坛多么寂寞、多么不正常"？③ 他鼓励老友站出来做一个污浊而阴谋文坛的批评闯将。至于小说，那是他最关切，也是说得最多的，不用讲了。就连一直比较边缘的世界华文文学和华人在外国创作的非华文文学，他也不忘多有勉励。以后他还谈到语言和文学的关系、科学与文学的关系、文化与文学的关系，等等。

　　王蒙眼界高远、胸襟开阔、宏微有度，的确与他在当代文坛指挥若定的革命家气质有关，更重要的是，他从来不回避理论，不回避批评，也不回避现代文学史中敏感的话题。他对优秀的中外文学理论作了大量的吸引与采纳，他因此含英咀华、评文析理

---

① 王蒙：《先锋文学失败了吗?》，载《你为什么写作：创作谈　文艺杂谈》，人民文学出版社 2003 年版，第 460 页。
② 王蒙：《王朔的挑战》，载《你为什么写作：创作谈　文艺杂谈》，人民文学出版社 2003 年版，第 406—407 页。
③ 王蒙：《关于文艺批评的一封信》，载《你为什么写作：创作谈　文艺杂谈》，人民文学出版社 2003 年版，第 380 页。

显得用词恰当、内功精熟，有时结构稍有随意，但许多文章大开大阖，细展细收，极富有理论的思辨力与震撼力，这是当代不少作家和批评家都望尘莫及的。

这一层还有一点不能不补充一下：有时候，他虽然只谈小说、散文或诗歌，但其实带有几乎所有文学创作的共性。话题从某一文体切入，精神却贯穿了整个文学乃至艺术，这也是我为何说"文学的艺术"的另一原因。像《可能性与小说的追求》第二节讲小说的功能有载道、求仁、批判、益智、游戏、美和追求永恒等，这些是许多文体普遍渴望的；第三节讲叙述的可能性、结构的可能性和语言的可能性，认为小说"能把那些我们司空见惯的语言，那些用了又用、已经变得苍白、变得陈旧的语言，经过使用上的花样翻新，能够化腐朽为神奇，使语言一下子发了光，一下子具有了强大的力量"[①]，好的诗歌、散文、剧本，同样具备这种语言创造的果然率吧？另一篇《文学的方式》，讲总体的方式、主观的方式、情感的方式和语言的方式，除了最后一种非文学莫属，前面几种放至艺术大海里去，恐怕都可以被吸引或被释放吧？站在美、站在艺术的角度谈文学，王氏的文学论当然就鲜有与众不同的艺术和美了。

最后说文学的技术，简单一些。技术是具体的东西、细节的东西，但它不是物质本身，是组织物质使物质变得得体、变得主观、变得艺术，使个别、零碎的物质变得大出自己意料之外的东西。文学的技术当然就是技巧，就是方法，就是手段，它组织的唯一对象不是别的，是语言，带着宇宙、历史、社会各种信息，

---

① 王蒙：《可能性与小说的追求》，载《王蒙新世纪讲稿》，上海文艺出版社2005年版，第33页。

带着作家的情感、智慧、经验，带着题材的人物、情境、风俗等等的语言。创作的一切奥妙、一切要求、一切力量、一切目标、一切魅力要体而现之，关键就在这个语言的组织术，它最后是一个什么样的文本。如果道术属哲学层面，艺术属美学层面，那技术就是文体层面了。没有道术的指引，艺术有止境，而技术不灵光；没有技术的基石，艺术无门径，而道术被拆空，真的变为玄之又玄的虚无了。从文学批评角度来说，王蒙起于作，悟于道，游于艺，擅于技，得于学，又验于作，将论文三术作了很好的交融，此即通达之谓也。

王氏认为，"文学创作也是手艺"[①]，所谓文学的方式，"又可能是一个技巧性的运动"[②]。他的创作，特别是小说与散文，有不少奇巧的文学技术，古典的、西洋的、现代中国的，他都能化而用之。论文自然深有所悟也别有所到，往往透入文体与文本的细部关纽，让人叹为观止。最可代表的我以为就是那篇《翻与变》了。王氏多次谈到冯骥才《高女人和她的矮丈夫》给他的惊奇感，这次说得更细，且主要侧重手法。一般小说写人物应该如闻其声、如见其人，使读者有一种贴近感，但冯氏的小说"不是通过贴近的描写、剖析、挖掘来写人物，而是以一种旁观者的目光，遥遥一看，勾勒出几个画面……这就是同时作为画家的冯骥才在这篇作品中提供的新的审美经验：不是贴近的而是疏离的，不是工笔的而是写意的，不是分析心理而是致力于外观的再

[①] 王蒙：《当你拿起笔……》，载《你为什么写作：创作谈　文艺杂谈》，人民文学出版社2003年版，第181页。

[②] 王蒙：《文学的方式》，载《王蒙新世纪讲稿》，上海文艺出版社2005年版，第15页。

现（却又使人觉得颇有深情）的创作与欣赏的经验"①。这是一种翻旧变新。该文还介绍了谌容的短篇《关于猪仔过冬问题》，一反结构要紧凑的旧规，采用了多米诺骨牌式的连锁结构。结果，小说"结构本身也变成了一种语言，结构告诉你的比情节本身（猪仔过冬安排）和那一系列人物告诉你的还要多，这篇小说提供了结构短篇小说的新经验，把结构在小说中的地位提到了前所未有的高度"②。王蒙还曾将李商隐的《锦瑟》重组成新七言律诗、词甚至是上下两个长联③，为的就是实验李诗语言的活性、弹性与可塑性。这样的诗歌特别是古诗重组分解法，在诗评专家那里都少见到。王蒙在《红楼梦》里发现了多少语言构织的奥秘？技巧的力量？读者可以自己去欣赏。

尽管王蒙说："形式主义的雕琢，细小技巧的卖弄，或可炫耀一时，终难成大器也。"④ 不过，假如一个作家写不到细部，一个批评家看不到小巧，那就无从谈艺术，也是得不着道的。

2006 年 12 月作于上海鸿羽堂
——原载《清华大学学报》2008 年第 1 期

---

① 王蒙：《翻与变》，载《你为什么写作：创作谈 文艺杂谈》，人民文学出版社 2003 年版，第 214 页。

② 王蒙：《翻与变》，载《你为什么写作：创作谈 文艺杂谈》，人民文学出版社 2003 年版，第 216 页。

③ 王蒙：《说"无端"》，载《王蒙新世纪讲稿》，上海文艺出版社 2005 年版，第 257 页。

④ 王蒙：《翻与变》，载《你为什么写作：创作谈 文艺杂谈》，人民文学出版社 2003 年版，第 217 页。

《废都》之我见

《废都》闹腾得很，不能不读。读了之后，感觉就燥热，就复杂，就沉静而想说几句话。

《废都》写了那么多人物，庄之蝶、龚靖元及其西京四大名人；唐宛儿、柳月、阿灿、牛月清及其一大群女性；市长、秘书及报界杂志社；赵京五、老太太、拾破烂的老头及一帮遗少、闲人与怪人等。正儿八经生活在城市里的堂而皇之者，除了对钟主编苦难的身世和悲剧的结局寄予同情外，其余多少都是混迹在红、黄、黑三道的贬角儿。争权夺利，互相拆台，尔虞我诈，为富不仁，嫖娼吸毒，竞相偷人，无论是权、是物、是肉，都为了一个"欲"字，是基本的生存之道，也是他们最高的生活目标。尤其是作家庄之蝶，走到哪儿他的名字都可以涌起海潮，燃起大火，然而他并没有什么高贵精神的创造活动，不过写点有偿报告文学，为了钱而被人欺骗；帮人做论文去混职称；卷入官场角逐的旋涡；更重要的是，他几乎就是一个肉人，一个道貌岸然的"性"的伪君子，跟老婆总是不行，而跟野女人总是充满激情与技巧，这些又几乎成了他小说生命的主要内容。虽然，他在与钟主编、刘嫂的关系上保存着一些微弱的正义与纯朴，但那是极没有力量的美好人性的挣扎而已。最后，庄之蝶中风了，实际上变成了一个废人，这与老头的废品、西京的废都是相当机巧地构成一个总体象征的，不仅象征了一个城市，而且是一个时代，甚至可以是几代人的心灵，这的确是令人惊惶而震撼的。因此可以说，《废都》是一本发泄的书（贾平凹在《后记》中指出了写作的背景与心境："灾难接踵而来""只剩下了肉体上精神上都有着病毒的我和我的三个字的姓名"等)，一本调侃、讽刺和批判的书；对暴露物欲横流（明与暗）的当代社会，的确是有着一些残酷的力量的。

贾平凹十分看重《废都》，并称它"唯一能安妥我破碎了的灵魂"（《后记》)，可见在他艺术世界中的地位和作用。然而在我看来，随着时世的推移（即便就在现在吧)，它有着更多档案的价值，无论是作者个人的还是时代的，无论是形式的还是内容的，都少有艺术的深味。批判时俗可以有很多角度，也可以有不可回避的性，却不必搞性交大战，还有许多比性更为重要更为有利的东西。即使写性，也有不同的道德观念、角度与笔法。作者遗忘了一个重要的哲学法则，世间万事万物，在以丑击丑，以恶克恶，以毒攻毒的同时，丑、恶、毒本身并不能因此而变成了美，除非我们给予它们本质的转化。

贾平凹没有实现这个转化。他写性，大肆描写乱奔乱突的里比多，而不能让性在压抑和苦闷中升华出来，达到性的形而上，亦即不脱离肉体激情而又能限制和超脱肉体激情的那种崇高精神。问题出在哪里呢？在于贾平凹的性文化观念，还是停留在中国封建社会"万恶淫为首"的层次上。这就导致了《废都》在描写性行为、性心理,以至人物因了性而造成的命运上,不可能对古典小说有所超越。

我们不能因为小说而推测作者就有强烈的性压抑、性苦闷,因而才有了文字(意欲)上不可遏止的性宣泄,但至少从文本上,可以判断作者是畏惧性也憎恨性的。畏惧转移到了人物的"勇敢",而憎恨又使性带有不可饶恕的罪恶感。因此《废都》的性描写,是从有罪的眼睛看,许多词语有露骨的粗俗,给人以猥亵和污秽的心理压力。更甚者是在人物命运上,无非是善恶轮回,因果报应那一套,庄之蝶、唐宛儿以及柳月、阿灿的结局都如此,庄之蝶是其中典型,因而他的报应也最重。这些与古典小说《金瓶梅》相比,没有任何根本的不同,但与英国作家劳伦斯的《查泰莱夫人的情人》对照一下,则是天壤之别了。劳伦斯笔下的肉体与性是无比美妙的,是令人陶醉和升华的,原因就是在于劳伦斯认为,肉体与性本身都纯洁而高贵。我们可以指责社会与人性的不洁不雅和不仁不义,但不该以性作为贬低和攻击的对象,更不能以性作为牺牲的代价。因为,性是洁白的,性也并不是一切。

《废都》在艺术表现上有它的一些特点,首先是它对当代商品社会伤风败俗的恶行恶德通过不同人物做了长镜头一般的扫描,艺术视野比较宽阔,从政界到文坛,从城市到乡村,小说组织了一曲曲丑剧、喜剧和闹剧。其次,作者的叙述自信而游刃有余,故而也较有节奏感。最后,小说在场面、心理及细节等描写上不乏精彩的片段,这就要凭作者的感觉和刻画的功力了。比如饭桌上的那只苍蝇,以致最后牛月清请吃鸽子,都极富于戏剧性,对于人物之间的关系相当有表现力。

但作为一个长篇,笔者总觉得它还匆忙了一些,粗糙博杂了一些,有许多毛病不能被轻视和掩盖。最突出者,小说的许多内容在古今作品中有似曾相识之感,换一句话说,它的糅合再造之功还不够,对于一个相当成熟的名作家来说,这个表现是令人惊讶的。不说那些女主角的关系多么像《红楼梦》中的小姐丫鬟,也不说刘嫂一角有着刘姥姥的影子,下列数件,就有明显的模仿了:唐宛儿第一次到庄家、未见其人先闻其声的方式,颇同于王熙凤的出场;庄之蝶与柳月的梅李之戏,与葡萄架下西门庆与春梅的葡萄之逗就更为相似;孟云房跟老婆离婚的理由,"我老婆的东西怎么让外人看到呢"?与汪曾祺《陈小手》中团长打死陈小手的口气大为相同;正如《创世纪》1993 年第 5 期指出的近十处对小宛诗集《消瘦的时光》的改造和借用,又不加以说明的事实,则不能仅仅是模仿了。这些都是一部作品的致命伤,他失去了独创的体系。还有,那些女人被写得过于聪明,而这些又跟她们的出身和教养颇不一致,不少地方其实是作家自己代替她们说了话,以致混淆了人物和小说背后的叙述者,这种尴尬,照说是不应该出现在一个有着相当成就的小说家笔下的。还有,小说写当代生活,风格手法主要还是现实主义的,但叙述语言与人物语言不谐调,后者大体上还来自现实生活,而前者竟来自古典白话小说,开篇更为严重。这就违背了语境统一的语言原则,说是独创恐怕没有什么理由。

1993 年 12 月

——原载《学习》1994 年第 1 期

第三辑　外国文学

卢梭:"自我实现"的孤独者

一个五十岁时竟被一张逮捕令逼迫逃亡而手中只握着一支笔的文学家,一个因写作《爱弥儿》等书被上流社会的"引导者"煽动"万众"围攻、"很少有人真正理解"的思想巨人;一个本不该向时人忏悔而留下《忏悔录》的衰老的散步者,在生命的最后两年,孤独地完成了一本孤独的《遐想》。二百多年后在东方,在另一个文化圈子的中国,现在至少有近十万人(包括少男少女们)与这位唠唠叨叨的"长寿老人"热烈的对话。这真是人类难为自己。那些自觉着与整个人类有血缘关系,而又远远走在当代人之前的文化巨子,只在悲哀地成为古人以后,才被他后来的当代人所接受。

这是一本散文集。假如不只从文体的狭隘角度感受与认识它,那我宁可说,它是以散文的调子、诗歌的节奏、悲剧的情绪、哲学的精神、杂文的尖刻、音乐的和声,一个孩子的天真、老人的深沉、慈父的温柔、敌人的愤懑、朋友的坦率,随着他的交融着这一切的散步,而且步步印上人类精神历史之路。毫无疑问,我不感觉到我在读一本书,我是在把孤独者走过的路饶有兴趣地重新再走一遍，庄重而恢宏的音响震动我的心脏如发疯的树叶颤抖不止。这到底是怎样一个人——身陷绝境，为什么还在自称的"长长的梦"里作无涯的幻想？痛苦与创伤，却被他特异功能的牙齿咀嚼成甜蜜与幸福？日见衰竭，并不厌恶生命，也不厌恶生活，兴致勃勃"研究"自己，那样昂扬而超拔？哦，我的朋友，容我把我的感受说给你听。

这本激动而沉静、缠绵而果敢、充满万般情绪的"遐想"，勾出了他的各个精神侧面，一个完整、系统的人格。几乎他自己以前所有著述里的思想，他本人的每一步进程，都可以在这里找到归宿。毋庸置疑，我们不难体验到，两个多世纪来的热爱真理的读者，谁不把这个老人作为各个时代不可避免地会出现的孤独的文化先觉者的代表呢？当人们高尚地承受陷害，卑鄙地享受荣华的时候，谁又不希望在孤独者的路上拾到哪怕是片言只语的忠告呢？卢梭（Jean-Jacques Rousseau）是孤独的，同时是博大的；卢梭是清寂的，同时是响亮的。他以他独特的遭遇、忏悔、遐想，在基本需要之上，顽强地追求发展的需要（亦是最高的存在价值），向真、向善、向美、向自我满足与超越，完成了一个孤独者伟大的最后的"自我实现"，因而是这个世界上"不断发展的少数"之一，这是心理学家马斯洛（Abraham Harold Maslo）说的。

先说真的实现。在《散步之四》里，作者对真话与谎言作了较为详尽而深入的思考。他为撒谎下了定义："凡是与真理相违背，无论以何种方式都有损于正义的事情，都是撒谎。"并以对真理的行为作尺度，划分出两种"真实人"。一是上流社会称为的真实人，一是"我"称为的真实人。前者"对任何无需他付出代价的真理是忠实的,但决不会越雷池一步";而后者"在必须为真理作出牺牲时,才那样忠实地为之效力"。这样说,卢梭就是他自己称为的"真实人"了?那他将永远停留在"真"的门外。回到他曾经诬赖过女仆玛丽永的《忏悔录》吧,那里的每句话都是"赤裸裸"的"真实"吗?那事件以后,他真的"杜绝"了一切撒谎吗?读它的时候,直觉与良知告诉我,并不一定,卢梭果然在这里承认他在谈话与写作中仍有虚构与添枝加叶的"谎言",他说"这实际上就是歪曲真理"。如果就此为止,卢梭即使大大方方进了"真"的闾阎,迟早还是要被赶出来,抑或羞愧退出。一个哲人真正自觉的反省,一个一无所求的老人的忏悔在这里:我不但不能负人,我也不能负我。"我"说过要"献身于真理",那么,即使"我"因天性腼腆与怯懦撒了谎,也不能因此而原谅,因为,申张伟大的美德,是要"大胆""自负"和"担风险的"。他还留有一点让别人指给他退回"真"的路吗?我看没有。说出了他到底不是自称得彻底的"真实人",他在心理与行为上才最后达到了"真"的实现。自然,他笔下的真实,是以他天性的、心理的、感官的、情感的真实人生(几乎在各章里都可看到)而作为前提的,这些正是一个马斯洛所说的自我实现的人应有的素质与特点。

　　再说爱的实现。卢梭对爱的理解是超凡脱俗的。十六年的逃亡生活(尤其是晚年)使他对以前的爱与被人爱,发展成为自爱与爱人。这在散步之三、六、七、八中都有扣人心弦的思考与反省。我想,只是生活把他推入人类爱的真空地带以后,才有了他启发后人的爱的哲学;也只是他逐渐变得健康(心理的)和自重,渴望最高发展,才有了对自己对别人不可抗拒的尊重。否则,他将不能得到最高的善的价值,他也就无力战胜不爱和憎恨的痛苦。他把自爱与爱人当作不可分割的善的整合行动。既保住自己的清白无辜,作为不幸中的支撑(自爱);又不以邪恶的手段去损害"他们"("我"的敌人)。即使能给"他们"造成痛苦,而"我"因之"失去自重",痛苦也就不会减轻。"我太珍爱自己,以至不可能去恨任何人。"所以,他爱朋友、爱路人,也爱他认为的敌人。不然的话,要是去报复那些"迫害我的人",就会损伤自己的幸福(失去自爱)。而让自己幸福这一事实来惩罚他们,是对他们"最残酷的惩罚"。因此,他喜欢植物学,去采集标本,是为了具备一种清除"各种暴戾情绪的天性","不让心中萌动任何报复和仇恨的念头的措施"。他既用爱来惩罚(至少不损人),更用爱来施予和报答,亦用作消除自己不爱的动机并肯定自己的善。当然,卢梭的确认识自己,也就的确热爱自己。以致必要的时候,他甚至慷慨树敌。这例子在《忏悔录》中就太多了。此书中,他不止一次说到再不需要外来的给养,他自身就足可以输送爱与生命的源泉,而不必依赖他人。以上是一种相当具有包容性的一个饱经沧桑的老人的无边的爱的胸怀。弗洛姆(Erich Fromm)在《爱的艺术》中说:

> 我的爱必须以他人也以我自身为对象。我对我自身的生活、幸福、发展、自由的肯定建立在我的爱的能力上,也就是说,建立在关切、尊重、责任、认识之基础上。凡能创造性地施爱者必挚爱自我;凡只能爱他人者必定一无所爱。[①]

---

① [美]埃里希·弗洛姆:《爱的艺术》,刘祯堂译,商务印书馆,1986年版,第53页。

没有这种人格伟大、德行昭彰的爱的人,就不能走向自我实现。

诚然,卢梭并没有把自己打扮成一贯的博爱者。他还是在这个不能玷污的地方痛快地敞开来叫人去刷洗它的污垢。在《散步之八》中,他把"自爱心"与"自尊心"作了甄别,认为自尊心是阻碍自爱与爱人,使人类产生痛苦的"祸根",而祸根不在局外的哪一个人身上,"在我们自身"。他恳切地向读者坦露,尤其当了作家后,矫揉造作的情绪膨胀,自尊心也是够惊人的(他大概是想起《忏悔录》)。正是自觉的忏悔与建立,尽管爱必然伴随情感,他的爱的哲学才有一种毫不软弱的理智的坚定。而孤独者的博爱的实现,就是必然了。一个尊重情感,崇拜爱的世纪的启蒙者。如果你不是为我们而生,你何必表现出如此叫人陶醉的温柔的宽容呢?

最后谈超越的实现。不是不重要,相反站在发展需要的最高层次,它是孤独者塑像的底座,甚而就是他本身。1762年后,卢梭因他政治、哲学、社会、教育、法律、宗教等思想的大胆和不能容忍,被上流社会抛弃因而也被整个社会抛弃了,甚至躲到哪儿就要被赶到哪儿。于是,隔绝人群,潜身自然,寻求静谧平和成了这个活该孤独的老人的千方百计的欲望。被迫还是自愿?也许都有。不过弗兰克·戈尔(F. G. Goble)转述马斯洛的一段话更令人回味:

> 心理健康的人是非常独立的……他对独处有一种健康的欲望,这与适应性很差的人的那是种病态的、偷偷摸摸的、令人害怕的独处是极不相同的。……他们与其说是受社会或环境的左右,还不如说是受内心的命令、自己的本性以及自

然的需要的左右。①

不是社会的驱赶，柔软的舌苔大概不会发出坚定的命令；而不是自然与本性的支配，善良的独处也许宁可自投监牢或坟墓，除非不健康而陷入病态。对于那个"十恶不赦"的孤独者，更多的选择实不可能。他的始祖本就从那里来，现在他决然掉回头去亲近植物界、亲近自然了。这种投入自然的心理与行动，我觉得可分为三个层次：

第一层：躲避、排遣——进入过程。躲避是出于无奈，是另一种寻找（《散步之九》明告："出于无奈，到动物中去寻找人类所拒绝给的那种友善的目光"）；而排遣是纯属需要，建立在人与自然的理解之上。躲避并不只是消极的逃亡，而是一种积极的选择：躲避仇恨人，躲避伤害自己，躲避鬼魂。总之，是"忘却痛苦"。

第二层：契合、存在——融合过程。离开人寰，只身沉入山水，人与自然的交往就变得无言而神秘。正如《散步之七》所说"忘掉自己"，"融化到了万物的体系之中"。通过冥想，"不费心神就足以使我愉快地感到自己的存在"。这个存在的自我意识，是那么富有独立性与自豪感。社会的纷扰"把我们从自身中分裂出来"，而大自然又使我们"回忆起自己"。

第三层：批判、超越——超越过程。当主体回归后，自然对异化的环境有着更清晰而冷峻的认知，批判更加自觉而有力。在描述了充满善意而又诱人的自然风物之后，作者总是不忘记顺手给社会一击。《散步之七》就有一节警醒的比较"自

---

① ［美］弗兰克·G. 戈布尔：《第三思潮：马斯洛心理学》，吕明、陈红雯译，上海译文出版社2006年版，第31页。

然界从不撒谎,它不言不语却专门服从人类的权威;人却是骗子,他们信誓旦旦,要我们凭他们的话去相信诸多事情,但他们的话又常常是建立在别人的权威之上"。对于社会,作者深谓可恨!重要的是,卢梭太看重感觉的真实了,只要丑恶不在眼前,他就看不见它们,也忘掉了它们;而由树林与江河联想到青春岁月的纯真欢乐,使悲惨的命运也变得充满幸福。尤其是在圣皮埃尔岛上一刻永恒,"我们自身的存在这唯一的感觉就能够把我们的心灵完全充实"的强烈心灵状态,就宣布了一个完备幸福的存在。具体的物象都隐灭了,社会、自然、自我的事件与躯壳最终被超越。留下的只是一种享受并希望着的与灵魂交会的普遍精神。这正好回到马斯洛发展需要的最高境界或存在的最高价值:自我满足与超越。尽管,那超越过程最终完结了(正是这种超越的非现实性,以不可阻遏、蓄满力量的一笔回过头去刺向了它的现实),但完结甚或有些破灭的只是客观事实,超越的精神则是永存的。卢梭在极度孤独中驰骋飞射的幻觉、无边无际的自由遐想,和他在毁灭环境中的成功的自我实现,就证明着超越的不可怀疑。

以上真(索罗金说过,在健康人身上,真的同时也就是善的和美的)、爱、超越的三种实现,既是作者的内在结构,也是他的超然结构。是"遐想"的人格系统,是一个完整的、特别吸引人的伟大而又孤独的卢梭。一个"冒昧"走在时代前面的人总不免寂寞,而后面走来的人必然与他并肩前行,他的朋友会越来越多。

1987 年作于武昌桂子山
——原载《外国文学研究》1987 年第 6 期

庞德六帧

——用意象的心境读意象派的诗

追求者的寻找与悲哀

比起那些意象繁复、织满象征的诗来，庞德（Ezra Pound）的《抒情曲》显得简洁而单一。可以试把全诗压缩成一个句子："我的爱人是水底的火焰。"以"是"作判断，前后几乎为同质互证，言尽而义止。压缩的句子与后一句结构完全一样，但不能互证，竟言止而义歧。就因"水底的火焰"这个比喻，这个意象，这个象征，与"爱人"不同位更不同质。它包含丰富的神话与艺术原型的内容，由于诗人没有给出对等关系，又加上它自身的矛盾构成，使得这个简洁的意象变得并不容易阐释。

首先，"水底的火焰"是庞德创造的私人象征。由于原始人类对于自然万物的感应，在西方神话中，通常把火置于尘世生命之上，而将水置于其下。因此，火经天水行地成了后世社会集体与文学作品的原始意象。为了表达特别的意思，诗人一反原型结构，置水于火焰之上，这一倒错不仅开掘了新颖的意义指向，且以强烈的召唤力引导读者去追寻那些指向的原型次生意识。此诗至少可以离析出三层：火是人类生活必需的光热之源，而在英国气候下（该诗写于英国），火更是社会与家庭生活的标志。水在神话与宗教中被认为是生命之水，它在宇宙中犹如血液在人体中的循环。但是，由于它们上下颠倒，这就象征了基本生活秩序的混乱与失调。此乃第一层。第二层，火还暗示热恋、爱情与情欲，这里无疑是指带给人快乐，而不是烧毁一切的欲火。但在西方的一些原始部落，认为水是男性生殖力的表征，防止淫雨、大水与节欲的观念连在一块，所以后来表示情欲的断裂，总有雨、水、雪等意象的参与。说火焰深藏在水底之下，便使读者联想到社会生活中，要么是女性已被淫邪的欲火所覆盖，并被男性世界所欺凌；要么是"我"与"爱人"正当的情欲被一种外来之物所压抑而至于不能实现。第三层，火焰在西方神话及宗教故事里，代表着一种向上的善、智慧的心灵、崇高的精神境界或状态（鲁迅的《死火》亦如是）；而水常与死亡、流淌的鲜血、可怕的混沌与黑暗同为一体，所谓深渊、祸水、魔水即是。柯勒律治的《古舟子咏》说"大海自身已经发臭"源出于此。这样，强大的死水使火焰不得不躲藏于深处，恐怕是该诗最为深远的象征层——一种崇高精神追求的被阻隔。第三节的描写表明，他们确实相"爱"着，但"爱人"只能在巨大的海中让手指传递一丝微弱的信息。正是倒置的意象，象征了黑暗、腐臭与死亡多么强大，而精神的光明太微弱。不过，奄奄一息。又不过，难以得到。这几层内涵，可以说既是诗人个人心理的，也是现代社会的精神现象，少数追求者的寻找与悲哀。加上诗句有节奏的几重反复，它带给读者的情绪与思索是很复杂也很有重量的。

附：

抒情曲

［美国］ 庞德

我的爱人是深藏的火焰
　　　　躲在水底

——我的爱人快乐而善良
我的爱人不容易找到
　　　　就像水底的火焰。

风的手指
　　　　迎着她的手指
送来一个轻微的
　　　　快速的敬礼

我的爱人快乐
　　　而且善良
　　　　　但是不容易
　　　　　　　遇见

就像水底的火焰
　　　不容易遇见。

（赵毅衡译）

冷嘲热讽：女人与人性

《一个女人的肖像》是庞德写的一首讽刺诗。他在《诗篇》等处多次暗示道：20世纪并不是一个很人性的时代。在此，找到一个女人来作细腻的刻画与挖苦是很自然的事情。讽刺诗的对象，抽象一点说，是那些可笑、欠缺、阴暗、反动的人性。具体些，恐怕就是在道德、心理、行动、言语种种方面的非正当化了。庞德笔下的这幅肖像画，括而观之，是一个多舌、无聊又好惹是生非的女人；一个流言蜚语、古怪奇谈的发布与接收场；一个自诩不凡、故作风雅的伪君子；一个空虚、贫乏、一无所有的精神乞丐；一个依附于他物，只能靠崇拜与装饰过活的可怜虫。与其说她是一群人的典型，不如说她是新历史中落后的心理状况还要直接些。庞德经常将辛辣的笔对着他的读者，使他们难堪，进而愤怒，进而冷静……

对于人物的把握当然是经由艺术达成的，在嘲讽手法的运用上，该诗有着成功的表现。首先，以人物为中心，用"马尾藻海"的总体隐喻与其他具体象征相配合，构成系统的讽刺情境。"马尾藻海"为北大西洋中的一个椭圆形海域，布满一种叫萨加索（Sargasso）的海草，传说许多船只因该草的纠缠而沉入海底。这个巨大的物化隐喻夸张并含着难以言说的寓意。开头第一句就为那个女人定下了基调，也成了诗歌结构之船的一条必经海域。以后的"打捞""舰艇""浮现""奇异的收获"及"海的窖藏""缓慢浮动"等各种类型的语词符号及其所代表的物体与动作，都是依托在海的描述之上的。此外，诗人精心选用的某些象征意象由于某种角度的勾连，使之附加在物化的海上，让隐喻变得饱满以至于造成一种生存状态的系统化。特别是"曼德拉草""龙涎香""偶像""罕见的镶嵌"等。后两者好解,没有自己又喜好装潢。曼德拉草是陆地上的植物,其叉形根与人形相似,古代人认为是受地下精灵控制,并且有魔力,去土后,此草可用来催眠,引起爱情与怀孕。说她收藏的故事里"充满曼德拉草",可见其"吸引力"。龙涎香是巨头鲸所吞食的枪乌贼或其他动物的不能被消化部分周围积聚的分泌物,在西方用作香精的定香剂。女人的"财富"虽然还真的有些用处,但从它形成过程的暗示,我们也领略了她的"宏伟"了。隐喻的海与这些耐人寻味的意象之交织,一种讽刺的情境与人物,如前所述,已是无可复加的典型了。

再者,反讽手法的运用可谓娴熟而自如。从语言学角度看,该诗主要有三种反讽技巧:一是语法上的矛盾修辞,如"黯然失色的高价器皿""不说明任何问题的事实"等,贵重而竟无色,事实而没有用处。二是语境中的反语,像"你宁愿这样而不要一切寻常俗物/一个令人厌倦而惧内的蠢货/一颗每年闭塞一条思路的平庸的头脑",她自己正是这号人,甚至有过之而无不及。三是语词所表现的动作与结果间的可笑与荒谬:"哦,你真有耐性,我看见你一连静坐/几个小时,在有某种东西可能浮现的时候。""可能"不是能,而简直就不能。上述句子,都是从狡黠的语言表层入手,进而达到语义上的嘲笑与讽刺,揭露不协调的品质。其冷嘲热讽的效果,使人有一种美学上的享受。此外,在夸张与写实,比喻与直陈的有机结合上,该诗也有独到的特点。

附：

一个女人的肖像

［美国］ 庞德

你的心灵和你是我们的马尾藻海，
二十年来伦敦一直在这里打捞，
堂皇的舰艇给你留下这个那个作为酬金：
各种议论，陈旧的流言蜚语，离奇的怪事，
新奇的学识争论，黯然失色的高价器皿。
伟大的思想家在探究你——缺少一个别人。
你一直处于第二位。是悲剧么？
不，你宁愿这样而不要一切寻常俗物：
一个令人厌倦而惧内的蠢货，
一颗每年闭塞一条思路的平庸的头脑。
哦，你真有耐性，我看见你一连静坐
几个小时，在有某种东西可能浮现的时候。
如今你使人受惠。是的，你的恩惠丰盛。
你是具有某种价值的人物，人们来找你
然后带走奇异的收获：
捞起的某种战利品，某种古怪的暗示；
不说明任何问题的事实；一两个故事——
充满曼德拉草，或是别的什么
可能证明然而从未证明是有用的，
从未在岁月的织机上，在那失去光泽的
华丽而奇妙的古老机械上，和某一角相配，

显示某种用途，找到自己的时刻的东西：
一些偶像，龙涎香，罕见的镶嵌，
这些就是你的财富，宏伟的库存。然而
尽管有这些暂时物的海的窖藏，
奇异的半湿树林，华美的新颖材料；
在不同的光亮和深度的缓慢浮动中，
却没有！什么也没有！归根结底，
没有一件完全属于你自己。
然而，这是你。

（江枫译）

现代诗历史的碑记

诗歌生命力的分离与艺术结构的圆合，构成《反叛》最动人的魅力。

说来很凑巧，1900年，十五岁的庞德一踏上大学就决心要在三十岁时"比任何活着的人更多地懂得诗"。这是21世纪的开端，但英美作家还躺在旧世纪的阴影里。近七十年的维多利亚时代，虽也出现了大诗人和不朽的作品，但那些古人和半古人越来越严重的多愁善感、矫揉造作、华丽雕琢、耽于说教、柔弱无力，像梦魇一般笼罩着诗人与读者界。意识到并冲破那种窒息、只是极少数被称为富有创造性的叛逆者才能做到的。《反叛》的强大思想能量，就为我们树立了这样一个形象。从诗题即可觉出诗人的孤傲与倔强，并对自己讨伐的对象直言不讳。庞德崇拜诗，竭尽全力探索他希望的诗，发扬"日日新"的精神，以复活他谓之的"死气沉沉的诗歌艺术"但仔细读下去,我们就深切感到,他却并不把诗歌凌驾在一切之上,诗只是一个子系统,生命的一部分。只有人,人的生命的创造与实现,才是最为根本的东西。所以,庞德将诗人划然而别:一种是现实中病态、畸形、异化的"懦夫""半瓶醋""守株待兔者""形容惨淡的幻象",甚至已成"细小的蜉蝣",蒙昧微弱的思想、行动与诗歌都从他们而来。一种是呼唤中"刚毅的人",诗心热烈、思想有力,他们是自己的"主人""统治者",并用"权力的形状"给疾病涂上膏药,甚至是一代扰乱地球的"巨人",从而去创造"伟大的事业",伟大的诗。对于世纪末的窒息的诗界流行病,这无异于石破天惊的霹雳。二十四岁的庞德在破坏与领导着一个世纪诗歌潮流的历史中,已把自己置于别人难以企及的高峰之上。他所倡导的"人",该诗的核心语词,实际上达到了20世纪主体生命的普遍觉醒与抗争。一种健康的,现代的创造者开始从蒙昧中分离出来。自然地,诗的生命分离在这一年(1909年意象派开始萌芽)也骚动着。它是现代诗的宣言,也是一方历史的碑记。

《反叛》的结构简直可以说是完美无损的。第一节紧承题目突兀而起,用"嗜眠症"概括一个时代的浑蒙真是饱含象征。而人与梦的对立与对照,既把深刻的思考作了凝练的哲学浓缩,又为下面的描述设下分离的基础。此节是个总纲。第二节一个设问加两种回答的矛盾并置,直接引出两种人与两种梦,是对上节的具体演化。第三节与第四节就是答案的扩大与伸展,看起来都是假设,其实,后者更像现实的摹写,比喻与思辨都强有力。第五、六两节是第三节的深化;而第七、八节又是第四节的再度嘲讽与尖锐的批判。并且，最后几行，诗人构筑了自己离奇的理想，与第一节作了一个词质深层的呼应："人"与"巨人"。十分明显，《反叛》是一种典型的逻辑结构，其严密、自足、浑圆无可挑剔。内涵上现实的体察、现代的精神与形式上浪漫的笔调、古典的结构的妙合，证实了庞德早期诗风的多样与统一。

附：

反　叛
——反对现代诗的蒙昧精神
［美国］庞德

我要甩开当世的嗜眠症，
用权力的形状代替阴影，
用人代替梦。

"难道做梦比做事强？"
　　　　　　"对！不对！

对！要是我们梦到的是伟大的事业，
　　刚毅的人，
热烈的心，强有力的思想。

不对！要是我们梦到的是幽淡的花，
时光的行列缓步前行，慵懒地
坠落，好像水杨树上落下烂熟的果。

如果我们生生死死都不是活着而是在做梦,
上帝,给梦以生命吧,
不是调笑,是生命!

让我们成为做梦的人,
不是懦夫,半瓶醋,守株待兔者,
等着死去的时间复生,并给无名的
疾病涂上香膏。

上帝,如果我们命定不能做人,而成为梦,
那么,让我们成为使世人颤抖的梦,
使他们知道我们虽是梦犹是统治者!
让我们变成使世人颤抖的影子,
使他们知道我们虽是影子犹是主人!

上帝,要是人只能成为形容惨淡的幻象,
只能生活在迷雾里,幽暗的光中,
每当朦胧的时辰在头上敲响,或者
走过他们身边的脚步太重,他们就发抖。

上帝,要是你的子孙都长成如此细小的蜉蝣,
我就吩咐你抓住混沌,生下
堆成山的卵,养出一代巨人,重新
扰乱这个地球。

(赵毅衡译)

归来：忧心忡忡的希腊众神

庞德是从前期象征主义过渡到后期象征主义的典型诗人。他的诗，或重象征或重意象，或二者交融一体。《归来》是他早期一首出色的象征诗。

这首诗颇为朦胧隐晦，暗示性极强。由于文化背景的不同，诗的自然语言层面，即描写层的解析就给中国读者带来茫然而不知其所以的感觉。一个"瞧"字，仿佛置身于生动的现场描绘之中。这视角属于诗人大概是没有问题的。那么"他们"是谁？走来的脚步、动作、情态、心理为何如此迟缓、犹疑、艰辛且深怀顾忌？从"白雪"与"风"的意象，我们可以推测到"他们"自天上飘下；而对于熟悉古希腊神话系列的人，"惊恐的翅膀"，"鞋上带有翅膀的神祇们"，"银色的猎狗"等原型特征，则自然会联想到和谐、制衡又无所不能的众神形象。这些特征是对神话形象的泛指，前者可能指宙斯（他的圣动物是鹰）和朱庇特（象征物也是鹰，并且是雨神），中者至少与赫耳墨斯相关，他是畜牧之神，又是众神的使者，明显的特征就是常常脚蹬有飞翼高筒靴；与狗有联系的本体与象征则更多，奥德修有一条勇猛、鼻子灵敏的忠犬叫阿耳戈斯；提任斯国王安菲特律翁追捕恶狐时曾用过一只如飞的猎犬；掌管人世事务的女神赫卡忒，其灵兽为狗等。紧接其后的三句，都是强调神话形象不衰的机能与至今勃勃的生命力。另外，"雨燕"不仅是"翅膀"和雨神的衍化，恐怕还是诗人设置的季节环境。因为在西方神话中，燕子的出现与夏天的到来有着共在的思维逻辑。如此看来，这一大段是若隐若现地表现希腊众神在裸露的夏季重返人间的景象。最后两行，就自然语言的层面讲，并不难理解，指那些肮脏地进行肉体买卖的中间人，和他们贫弱的身体与需求。奇怪的是，在结构上，这短促的两行，对于上面反复的铺染是一项突然的并置。

如果问，诗人何以要在最后来一个突然并置呢？回答这个问题必然会进入全诗的后设语言层面，即暗示层面，这是庞德的本意所以。纵观首尾，这并置事实上是几个精心的对照：空间的——天对地；主体的——神对人；内质的鲜血的灵魂对"毫无血色"；最后是行为的——众神带着"银色的猎狗"要追捕什么对丑恶的"拉皮条"。庞德从很年轻的时候起就不满现状，认为现代西方社会处在一个异化、畸形的窘迫之中，因此拒绝适应任何环境，并从未停止过对理想文化氛围的追求。他认为希腊众神代表人类各种完美的心灵境界，只有让他们重返人间才能拯救被物化的世界与人群。后来的《诗章》第八十一节他写得明白："从空中去获得一个生机勃勃的传统。"归来的暗示在于，拉皮条不仅是肉体的欲望与堕落，更重要的还是以资本经济为核心，并政治、思想、情感，文化诸方面的幽魂在交换、出卖和腐蚀21世纪的人性。而希腊的神灵们，一是诗人努力回溯无意识的原始意象，为现代的畸形与片面提供补偿；二是诗人与众神的理性合一，用以对同时代人作呵斥与训诫；三是他可能渴望着将有神化的人物出来拯救这个社会。这大约是幻象，恰似这首诗如同现场的幻觉一般。这样说来，众神的"忧心忡忡"是不难揣度的了。

附：

归　来

[美国]庞德

瞧，他们回来了；哎，看那试探的
动作，缓慢的足步，
步履的艰难，还有那狐疑的
动摇！
瞧，他们回来了，一个接着一个，
忧心忡忡，仿佛刚才醒来，
仿佛白雪竟会迟疑，
在风中低声咕哝，
半转过身；
这些是"充满惊恐的翅膀"，
不可亵渎的。

鞋上带有翅膀的神祇们！
还有他们银色的猎狗
嗅着空气的踪迹！
哈！哈！
这些是要捕捉的雨燕；
这些嗅觉灵敏的；
这些是鲜血的灵魂。

慢一些，拉皮条，
毫无血色的拉皮条的人！

（裘小龙译）

视觉和弦与精神对比

《一个姑娘》据说是庞德写给他昔日的恋人希尔达·杜丽特尔（意象派的重要诗人之一）的。该诗收在1912年的集子 *Ripostes* 里，但实际写作的年代恐怕要早得多。在美国时，庞德曾和她订过婚，只因她父亲瞧不起庞德，说他不过是流浪汉，极力阻挡才使这场婚姻告吹。"一个姑娘"我们可以认为是少女的希尔达，也可以不是。

此诗是用视角转换的技巧形象地表达诗人情思与价值判断的，第一节开头就让"我"与树找到了契合点。幻觉，也许是现实吧，仿佛那树主动伸进"我"的手心，抑或"我"用手握住那树，活的嫁接开始了。于是，树汁涌遍了"我"的全身，树长进了胸膛，长进了腿脚，连臂膀也像树梢一般舒展。实际上，姑娘即树，树即"我"，三个形象已完全融为一体。爱的忘我合一与纯一表现得极富浪漫的，甚至是魔幻的色彩。毫无疑问，这都是"我"的主观视角达成的。第二节诗人就把"姑娘"切分开了，推到了很远的距离，变换视角，并热情同时更是冷静地加以描绘。一连三个比喻，也可以说是三个视觉意象构成了一个休姆称作的"视觉和弦"：树——圆、苗条、颀长、蓬勃，能开花、结果；青苔——苍绿、幽冷、柔润；紫罗兰——馥香、灿烂、摇曳生姿等。这不再只是一棵树，而是大自然的精灵，一切美德的化身。如此褒奖之后，那冷峻是太突然了："于这个世界所有这一切都是愚蠢。"社会不能理解"你"，甚至破坏与另一株树的同一，所以，"这样高"寓意是很丰厚的。孩子对于愚蠢世界，无异于高洁对于鄙俗，天真对于"成熟",青春对于衰老。这样看来,诗歌不仅以感伤之笔写了不能实现的爱情,而且还对非自然的社会进行了尖锐的挖苦和谴责。

最后,庞德为什么要选择树作为诗的主体意象呢?这从西方民族对于树神的崇拜,并用男性女性的观念对待树的婚嫁,以及对于高洁的森林女神狄安娜的供奉恐怕都有一种潜意识的联系。这就加重了这首诗的历史文化深度,尤其是现代社会与原始人类某种精神的对比,不管庞德创作时是否觉察到了。

附:

一个姑娘

〔美国〕庞德

树进入我的手,
汁液升上我的臂,
树长入我的胸——
向下长,
枝梢从我身内长出,像手臂一样。

你是树,
你是青苔,
你是煦风轻拂的紫罗兰。
一个孩子——这样高——你是,
于这个世界所有这一切都是愚蠢。

(裘小龙译)

意象的沟通：庞德与李白

1915年，庞德出版了轰动美国现代诗坛的英译汉诗《神州集》("Cathay")。他是根据日本艺术家欧奈斯特·费诺罗萨留下的大量英文注解的笔记从事移译的。由于他完全不懂汉语，又加上他别有用意的重构，这些译诗竟被美国读者和批评界视为他本人的创造与发明、意象派的力作，一直流传至今。《江上商人妇：家书》("River-Merchants Wife：a Letter")为其最富代表性之一首。

对于熟悉中国古诗和李白《长干行》的中国读者来说，读庞德的译作恐怕不能仅用自己的诗歌文化来观照，只有这样，我们才能评论它的不足，又不抹杀它在另一种诗歌传统中的开拓意义。《长干行》写一纯情女子与从事经商的丈夫旖旎、缠绵的爱情与回环凄伤的思念。译文的诗作较完美地保持了这个主题基调。并且，在题目上，庞德的设计比原题有着远为丰富的表达。《长干行》只指明了地点和诗体，而《江上商人妇：家书》则有着交响多义的效果。"江上商人妇"五字，点出了故事的环境、主人公的身份，并预示了特定背景下中国少妇必然的情感悲剧。而"家书"二字，它给我们的模糊启示至少有三项：写成送走但无人能收的信；自己写自己回忆自己哀怜的信；对话式戏剧独白的虚拟之信——这无疑加重了主人公叙述与渴盼的浓度，而且能让欣赏者作为一个角色去体验他们的经历与感怀，不自觉地参与"我"的戏剧性内心倾诉。而自由的格调与节奏使传达自在而饱满，适合现代读者的审美胃口。与读李白五言古诗时置人于一旁的冷静感颇为不同。可见，题目带给这首诗的氛围、情调及其与深厚背景（中国古代一般老百姓经商往往不是为了积累财富，而只为生活所迫）与读者的关联是非常富于系统和延伸意义的。

不管意象派内部出现了什么分歧，1915年应该说该派仍在鼎盛之中。因此，《江上商人妇：家书》的出现对证实、推动、发展意象诗的创作有着很重要的贡献。庞德一再强调，语言是由具体的事物形成的，用不具体的词作笼统表达是一种懒怠，诗人应该把感触和情绪隐藏在具体的意象背后。他在抛弃西方悠久的抽象教谕诗传统和浪漫派含混陈腐的抒情，并从唐诗里找到了理想的典范。《长干行》是一种典型的内心叙述，但李白让它充满密集的意象，庞德改译时也小心翼翼地使它们凸显着并极力加以强调与渲染。如果说，诗的意象是一种空间质，可视、可触（而以时间质为主的不算意象），那么，该诗在字词上虚化的只有两三行，其他的诗行里，主人公的情绪都由人物自身的行动或客观景物、节候的变化来刻画完成。有的是单意象，如"我不再皱眉头"；有的是全意象，如第四节的六至十行，几乎没有图画的虚构。大多的，则是一种被称作视觉和弦的意象叠加，如"采撷花朵做游戏""低下我的头，眼睛看着墙壁"，这种叠加联合起来提示一个与二者都不同的意象，庞德认为此乃意象主义的真谛。这里，他的改译是自觉而不少地方确有创造性的，达到了意象在感觉中的鲜明、硬朗、简洁与含蓄的美学特征，确实让英语诗增强了表现方法与力度，给英美诗坛带去惊奇不已实属理所当然。我们可以设想，用西方传统诗来改写李白笔下少妇的内心独白，将是一种什么样子。

必须指出的是，第三节的改译不能算是成功的。一方面，他剥离了"尘与灰"完整的比喻意象；另一方面，由于对中国文化的隔膜，将"瞭望台"取代"抱柱信"与"望夫台"，显然单薄而飘离深厚的民族原始意象，而第三行的过分抽象又与整首诗调格格不入，这些大概是庞德不少改译中缺失的根由。

附：

江上商人妇：家书

[美国] 庞德

我的头发还剪得覆过额头时，
我常在门前采撷花朵做游戏，
你踩着竹竿高跷来了，假装着是匹马，
你在我周围走动，玩着蓝色的梅子。
我们一直住在 Chokan 村：
两个小人，没有嫌恶，没有猜疑。

十四岁，我嫁给我的夫君你。
由于害羞，我从不曾笑过。
低下我的头，眼睛看着墙壁。
叫我一千次，一次也不回顾。

十五岁，我不再皱眉头，
但愿我的灰和你的融合在一起，
永远，永远，永远不分离。
我为什么竟会登上瞭望台？

十六岁,你离家走,

远去 ku——to——yen,江水旋流处,

你去已经五个月。

高处的猿猴啼叫使人愁。

你离家时拖着脚步走,

如今门前长出了青苔,各种不同的青苔,

长得太深无法扫!

今年的树叶在风中落得早。

西花园的草地上,

成双的蝴蝶随着八月的到来已变黄;

他们伤我的心,我正在衰老。

如果你要穿过峡谷下江来,,

请你早让我知道,

我会前来迎接你

　　　　　直到 Cho——fu——sa

(江枫译)

1988 年作于武昌桂子山

——原载河北人民出版社 1989 年版《外国名诗鉴赏词典》

艾略特:迟暮的《普鲁弗洛克的情歌》

《普鲁弗洛克的情歌》为艾略特（Thomas Stearns Eliot）的成名作，写于1910—1911年，1915年在芝加哥的《诗刊》杂志上发表。这个新颖独创且颇为艰深难懂的作品，可以说是迈向《荒原》的前奏曲，也为诗人整个创作的思想与艺术定下了基调。

全诗是一个行进着的抒情结构，可分为四个层次。第一层（1—69行），主人公在特定背景下，怀着复杂的心绪向那个"房间"走近。"你和我"到底是谁？有两种代表性意见：一种认为，"我"是普鲁弗洛克，"你"是主人公愿意向其展示内心秘密的读者。另一种认为，"我"是主人公的意识层面，"你"是潜意识层面。我们姑且采用后一种说法。但实际上，有些时候，这个"我"又是两种意识的合一，一个充满复杂个性的普鲁弗洛克。似乎去拜见之前，本能与理智已有过激烈争论，那裸臂与香味的挑逗毕竟太强大，"我"屈从了，只好一块走，先是从人物与行动写到大环境，经过街巷低级建筑的小环境，从黄昏到"沉沉入睡"的夜晚；再从环境自然引渡人物的具体动作与详尽心理。三个"全部熟悉"的反思与假设,"我"战胜了"你",普鲁弗洛克终于彻底"犹豫"了。第二层（70—74行）,"褴褛的爪子"指螃蟹。普鲁弗洛克看到结了婚的孤独者空虚缥缈的"白烟",他觉得自己的命运也不过如此,于是像螃蟹一样偏离目标撤退了。这是一个转折层。第三层（75—110行）,经过痛苦的心理折磨,主人公又回到昏黄的夜晚。他倦了,病了,岁月从"一个秃斑"到赠给他"有些秃顶",死神（"永生的脚夫"）的冷笑让他怕了。他不可能是"先知"、像施洗礼者约翰,拒绝爱情而死,但有价值有意义；他也不能像拉撒路一样死后还阳,从无意义的生活中觉醒过来；况且那女人,也会突然翻脸不认他、回绝他的。这问题太大了,不仅个人,而且关系"宇宙",既然这一切不可改变,就没有必要去冒险了。这一层是普鲁弗洛克用种种理由为自己退缩的选择作辩解与开脱。第四层（111—13行）,这里的"我""我们",均为"你""我"的同一。从心理深层到日常行为,看来主宰着他的都不过是像波罗尼乌斯一样的小丑。而廷臣与哈姆雷特王子也不可同日而语。然后,他为自己设计了苟且而时髦的生活方式,并沉浸在浪漫的梦幻中。这一层是普鲁弗洛克坦白的自嘲和对于"文明"的蟹般生存的希望。可悲的是,人声终究会被唤起现实的海水淹死他,不管是否积极去寻访他的"情人",他也摆脱不了注定的命数。

在这场回避表露爱情的繁复、多变、跳跃而压抑的内心独白中,一个抒情形象的典型性格凸显出来了:企望又迁延,敏感又怯懦,文雅又虚荣,没有主意,不敢追求,对前途迷惘而失去信心。一味地自我否定而导致迟暮,神经质地自语、自怜与自嘲。其精神的困惑、空茫、无所适从,最终走向没有出路的自恋与封闭,这是普鲁弗洛克一个人的,也是社会与时代的普鲁弗洛克式的。如果说,庞德的《归来》对21世纪的病痛抱有拯救的企图,那么艾略特的这首诗则在于彻底揭露它、击毁它。

这首诗在艺术上的成就是多方面的。首先,人物自身的张力构成,带来结构的张力、场面的张力、意象的张力,结成巨大的张力系统,是它最大的特点。诗的张力简单说来就是各种要素的二元对立。普鲁弗洛克心理、性格种种矛盾的互存,在上面的概述中我们已经看到。由于他是抒情诗得以流动的主因,这就不仅使静止的独白与独白中设置的事件与行动,有一种叙述结构的动静对照并产生律动,而且在效果上不断地冒出戏剧性,这在各种细节的描绘(譬如第六节)与层次的推进中都是可以观察到的。场面与意象的张力乃为更小的单位了,前者像第二、第五节,附庸风雅的女人侈谈伟大的艺术家;后者像"把宇宙挤成一个球",从两个悬殊的圆形物中可觉出深长意味。这些不同层次、类型与性质的张力撞击,使诗歌爆发出极大的弹性、力度和意义的多向度,使你解读它的时候,有难以穷尽的玄秘感。其次,客观对应物的运用。诗人受前期象征主义的影响,特别强调"艺术的'必然'就在于情感外形的完全恰当"。普鲁弗洛克的情感对应物(人物、事物)布满全诗,不但恰当,而且是绝对的奇特与精妙。最为著名的就是开篇的"暮色……像被麻醉的病人躺在手术台上"一句。可以说,它是该诗的一个中心象征,最后直接或间接地出现至少有六次。其暗示着的"病态""昏黄""空虚""遮掩行动""催人入睡""又可以做梦的种种意义"等,既可指时代的大背景,也可指主人公从事拜访的小环境,更是指他盘结不散的心境。这般夸张而不合惯常逻辑的情绪外形有如此惊人的概括力，在世界抒情诗史上并不能找到很多。此外，该诗还运用了宗教与文学上的不少典故，这虽给阅读带来麻烦，但给诗增加的厚度与容量却是更为重要的。在人物上，说明普鲁弗洛克是社会集体无意识的一员；在诗本身，是对文学传统的继承和发挥，让一种新意象、形象或象征参与流动。作为一种艺术方法，它也是艾略特最为得心应手的。

附：

普鲁弗洛克的情歌

［英国］艾略特

要是我相信我在回答的
是个能够回到阳世的人，
这火焰就不再抖动。
可是，如果我听说的是真情
从来没人活着离开深渊，
我回答你，不怕于名有损。

那么，让我们走，你和我，
当暮色背靠着天空伸展着，
象被麻醉的病人躺在手术台上；
让我们走，穿过行人稀少的街道，
走过通夜难眠的廉价客店

人声喊喳的僻静角落，
走过满地锯屑与牡蛎壳的饭馆：

街连着街,像冗长的辩论
居心不善
把你引向那难以回答的问题……
哦别问个所以然,
让我们走,去拜见。

房间里女人来去如梭,
老是在谈米开朗琪罗。

黄雾在窗子上蹭背,
黄烟在窗子上蹭嘴,
舌头舔着夜晚的四角,
在干涸的水坑上徘徊,
烟囱掉出的煤灰落在它背上,
它从阳台边溜过,突然跳起,
但它看到这是温柔的十月之夜,
又蜷缩在房子周围,沉沉入睡。

确实有个时间
让黄烟沿街滑行
在窗子上蹭背;
有个时间,有个时间,
准备一张脸去面对你会见的脸;
有个时间,用来杀人,用来创造,

让那些举起问题又丢进你盘里的手
去完成工作,结束一天天日子。
有个时间给你,有个时间给我,
有个时间先来一百个犹豫,
先来一百个观察,一百个修正,
然后再去吃茶点。

房间里女人来去如梭,
老是在谈米开朗琪罗。

确实总有个时间,
问一声"我敢不敢?""我敢不敢?"
总有个时间转身走下楼梯,
头发中带了一个秃斑——
(人们会说:"他头发越来越稀!")
我的晨礼服,顶住下巴,领子笔挺,
我的领结华丽又文静,只用一个简朴的扣针固定,
(人们会说:"他的手臂和腿可真细!")
我敢不敢
把宇宙扰乱?
一分钟内就必须做出
决定和修正,过一分钟再推翻。

我早就熟悉她们每个人,全都熟悉,
我已经熟悉晚上、下午、早晨,

我已经用咖啡匙量过我的一生;

我熟悉远处房间传来的音乐声里
那渐渐变轻而终于消失的人声,
　　可我哪敢冒昧行事?

我早就熟悉这些眼睛,全都熟悉——
它们把你固定在一句程式化的短语中,
当我被程式化,趴在一根针下,
当我被钉在墙上,四肢扭动,
那时我如何才能吐出
我平日生活方式的烟蒂?
　　我哪敢冒昧行事?

我早就熟悉这些手臂,全都熟悉——
那戴手镯的白洁的裸臂,
(可是灯光映出淡棕色的茸毛,)
是从衣衫上传来的香味
使我如此语无伦次?
是搁在桌上的,或裹着纱巾的手臂。
　　难道我必须冒昧行事,
　　叫我如何开始?

我该不该说,在暮色中我穿过狭窄的街道
看到没穿外套的孤独者倚在窗边

从他的烟斗中升起缕缕白烟?……

我想必是一双褴褛的爪子
在宁静的海底乱窜。

而这下午,这夜晚,睡得多安宁!
细长的手指抚摸着它,
睡着了……倦了……要不就是装病,
在你我身边,在地板上伸展四肢。
难道我在用过茶点和冷食之后
就有力量把时间推上紧要关头?
尽管我哭着斋戒过,哭着祈祷过,
尽管我见到我的脑袋(有些秃顶)放在盘里端来,
我也不是先知——而这也无甚干碍;
我已经见到我的伟大时刻闪闪摇摇,
我见到永生的脚夫拿着我的大衣向我冷笑,
一句话,我怕。

归根到底,这是否值得一做?
喝过茶,吃过果酱,
在杯盘之间,在你我闲谈时,
是否值得面带微笑
把这事情一口咬掉?
是否值得把宇宙挤成一个球
滚向一个叫人无法回答的问题,

是否值得说:"我是拉撒路,来自阴间,
我回来告诉你们一切。"
万一此人,在头边放个枕垫,
　　竟然说:"我根本无此意,
　　根本不是这么回事。"

归根到底,这是否值得一做?
是否值得,
经过庭院、撒水的街道、多次日落,
经过小说、茶杯、曳地长裙,
经过这个那个,还经过那么多事——
简直没法说出我想说的意思!
但就像魔灯在神经图案映到幕上:
是否还值得一做
万一此人,放下枕头、甩开纱巾,
朝窗子扭过脸,竟然说:
　　"完全不是这么回事,
　　我完全无此意,根本没有这意思。"
不!我不是哈姆雷特王子,生来不是;
我只是个扈从的廷臣,我的工作
只是使王家行列壮观些,念念开场白,
给王子出主意,当然,是驯顺的工具,
唯唯诺诺,很高兴终得一用,
处世小心,事事谨慎;
满嘴高调,却颇为颟顸,

有时候确实近乎可笑——
有时，几乎是小丑。

我老了……我老了……
我得翻卷裤脚。

我脑后头发要不要两边分？我敢不敢吃桃子？
我要穿白色呢裤，在海滨漫步，
我听到了美人鱼对唱的歌声。

我想他们不会是唱给我听。

我见到她们骑在浪尖向大海驰去，
梳理着波浪被风吹起的长鬓，
这时风把海水扰得黑白相混。

我们在大海的宫室里流连忘返，
海女们给我们戴上红棕色海草花环，
一旦被人声唤醒，我们就得淹死。

（赵毅衡译）

1988 年作于武昌桂子山
——原载河北人民出版社 1989 年版《外国名诗鉴赏词典》